战国无赖

[日] 井上靖 著
苏枕书 译

SENGOKU BURAI

重庆出版集团
重庆出版社

SENGOKU BURAI
by INOUE Yasushi
Copyright © 1952 by The Heirs of INOUE Yasushi
All rights reserved.
Originally published in Japan.
Chinese (in simplified character only) translation rights arranged with
The Heirs of INOUE Yasushi, Japan
through THE SAKAI AGENCY and Beijing Kareka Consultation Center, Beijing.
Simplified Chinese translation copyright © 2020 by Chongqing Publishing House Co., Ltd.
All rights reserved.

版贸核渝字（2018）第180号

图书在版编目（CIP）数据

战国无赖／（日）井上靖著；苏枕书译．—重庆：重庆出版社，2020.1
ISBN 978-7-229-14510-1

Ⅰ．①战…　Ⅱ．①井…　②苏…　Ⅲ．①长篇小说—日本—现代
Ⅳ．① I313.45

中国版本图书馆 CIP 数据核字（2019）第 223948 号

战国无赖
ZHANGUO WULAI

［日］井上靖　著　　苏枕书　译
责任编辑：魏雯　许宁
装帧设计：谢颖设计工作室
责任校对：杨婧

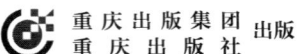

重庆市南岸区南滨路162号1幢 邮政编码：400061 http://www.cqph.com
重庆出版社艺术设计有限公司 制版
成都国图广告印务有限公司 印刷
重庆出版集团图书发行有限公司 发行
E-mail:fxchu@cqph.com　邮购电话：023-61520646
全国新华书店经销

开本：890mm×1230mm　1/32　印张：12.25　字数：210千
2020年1月第1版　2020年1月第1次印刷
ISBN：978-7-229-14510-1
定价：76.80元

如有印装问题，请向本集团图书发行有限公司调换：023-61520678

版权所有　侵权必究

目录 / Contents

- 001　沦陷前夜
- 015　逃亡
- 029　新战场
- 042　凛冽寒风
- 055　比良
- 068　回音
- 081　龙卷风
- 107　甲首
- 121　夏草
- 133　篝火
- 147　漩涡（一）
- 161　漩涡（二）
- 174　舟祭（一）
- 187　舟祭（二）
- 200　萤火虫
- 212　竹生岛（一）

225	竹生岛（二）
238	月明
251	丹波
267	箭书
279	大叶竹
292	又一秋
304	湖面
316	孤岛
328	风云
342	呐喊
355	战国的风
368	译后记　井上靖的少作
373	附录　井上靖年谱

沦陷前夜

（一）

天正元年（1573）八月二十八日申时（午后四点），暴雨大作，濡湿江北的山野，又悄然远去。

琵琶湖上的雨已停了一阵，而自小谷城望楼上望去，仍不甚清晰。城池四围的平原中散落的几处小丘陵，恢复了原本的色泽，沐浴着雨云中泻下的夕阳光缕，仿佛细小光粒的聚合体，闪耀着迷人的光辉。

离城南很近的姬御前山中，驻扎着敌军织田信长的本营。但除了几十竿旌旗静静隐现于仲秋霜叶层林间，不闻一丝动静。

姬御前山西侧山麓，有一片相当广阔的地带，生满芒草抑或芒花。秋草离披，芒穗齐摇，偶尔泛出大片闪烁的白光。真难想象，这未有交战的一日，就要过去了。

与任何时候一样，立花十郎太总是出神地望着夕暮的风景，然而此刻并无此闲心。在他满面髭须中，一双眼睛死死盯着一处，却炯炯生辉。那眼神，就与他许多次在战场上一心只想拿下敌军将领首级而努力避开混战，避开各处小规模冲突，冲向最为醒目的将旗时的眼神一般无二。又恰和他寻找是否有为自己提供建功立业的机会的大猎物，以及在混战中想着这些、物色敌方将领时的炽热眼神无有区别。

十郎太将紧盯着一处的眼神暂时调转到了另一处方向。虽然乍看去风景静谧，而在这平静中，在这连蚂蚁都无法进入的世界里，织田军必已将失去屏障的小谷城重重包围。要想从城中逃出，绝非易事。除了趁夜逃离严密封锁，再无他法。十郎太想，无论如何都想被救出去。不免有了可耻的念头：要为了这极小的城池而守节丧命么？如果说不是为了战死沙场才当武士的话，那么投身浅井长政门下也不是为了这个。他想，不管发生什么，都要努力活下去。

利用在望楼上守卫的工夫，十郎太已花了半刻以上[①]的时间，反复研究如何将自己这无法重来的一线生机，平安无事延续到琵琶湖畔。他再三思考，陷入神经质，与他果敢无畏的容颜颇不相称。

他想，决断就在今夜。然而，他又认为议和并非毫无希

---

①约今日一小时。

望。今天一整天敌人都没有进攻,姑且认为敌方和本丸①多少开展了一些谈判。如果议和谈判成功,战争就此终结,就不必抛弃过往战场上的攻击,弃城而去了。

但是,如果这唯一的希望也破灭,战争继续下去,那么这座城池的生命也危在旦夕。若被敌军一举攻破,漫说三日,恐怕只能勉强一日。如此说来,除了今夜,就无法弃城了。

想要死守城池已不可能,因为现在的小谷城已然半身不遂。城主浅井长政据守的本丸与其父浅井久政所在的二之丸②之间的中之丸,已在三天前落入敌手。是因守在那里的浅井政澄、三田村国定、大野木秀俊等将领均已降敌,将敌军引入中之丸。要想死守此城寻机脱逃,于今之势恐已无望。

"一国灭亡实在太快,好没意思。"不知何时到此的镜弥平次突然开口道。

"亮政公③以来共三代主公,到如今浅井家算是完了。想要逃的人就在今夜逃走吧。"十郎太蓦然一惊,看到弥平次的脸。好像自己的心事被窥破似的。弥平次捋着长柄枪的穗子,面无表情。也许是有表情的,却被满脸麻子与两道纵

---

①日本古代城池的中心部分。筑有天守阁。战时成为城主的住所。丸,即城郭的内部区域。对应有二之丸、三之丸、中之丸等。
②二之丸,第二城堡,本丸外侧的城郭。
③浅井亮政(1491—1542)战国时代北近江国人浅井氏之主,浅井长政的祖父。

向的刀疤掩盖。当然,现在的弥平次也就面无表情了。这位须髯半白的中年武士,有着举世无双的枪法和莫测的性情。十郎太对此常常感到悚然。

"您准备战死么?"十郎太问道。

"是啊,人总要死得其所。"说罢,弥平次忽而怒视十郎太,目光锐利,"我也要逃走吗?"而后,向十郎太发出一阵嘶哑的怪笑。

此时,大群不辨其名的小鸟如尘埃般聚集,由南至北,掠过不知何时自浓雾中露出一部分的湖面。

"不管怎么说,今年秋天实在有些凄凉!"

抛下这句话,弥平次又狂笑着走下望楼。

(二)

黄昏以来,城内就传言,今天巳时(上午十点)织田军派来的使者不破河内守来到了本丸。如此,关于使者带来的讲和内容也煞有介事地传开了……织田信长和浅井长政并无宿怨。长政出于同越前①朝仓氏②的情义而与信长反抗,这

---

① 越前,日本古代地方行政区分的令制国之一,位于北陆。今福井县内。
② 朝仓氏,越前国的豪族,战国大名,后为织田信长所灭。

是可以理解的。而如今朝仓氏已灭亡，再无理由与信长固执对抗。如果长政打开城门，信长也会顾及两家原有的姻亲关系，必然不会亏待他……使者的口信大约如此。

这一传言在城内不胫而走，在武士们走投无路的心理下，有了些微妙的作用。他们的神色突然明朗起来，仿佛是笼罩着晦暗阴影、沉浸在冰冷漩涡的城内照进一道光亮。

人们并非把这传言当成简单的流言，而是认为有相当的真实性。城主浅井长政的夫人阿市是织田信长的妹妹，信长与长政是妹夫与内兄的关系。两家原本并无理由交恶。如传闻所言，长政之所以与信长兵戎相见，是因信长未对长政有任何招呼，便对与浅井家多年至交的朝仓氏挑起战端。而且后来的战争，也因长政的父亲久政年老固执、不识天下情势、不顾长政一力反对而起。

当然，久政也未料到这么快就陷入织田信长带来的窘境。姊川一战中，浅井、朝仓联军不敌信长军，一度达成和议。而此后两三年内，朝仓氏的领土即被织田军蚕食殆尽，他所依赖的朝仓家也惨遭灭亡。很快，浅井家就面临如此悲惨命运。因此信长的使者来到本丸，可谓令小谷城免遭隳堕的最后机会。

秋日昼短，夕阳落山，城内暮气弥漫。众人仿佛为证实那传言，从天守阁下贮藏仓内搬出几樽名酒，送到城内广场。剩下的酒全部送到各处望楼的武士那里。

到处洋溢着和议达成的乐观空气,也不为怪。人们都想着,这座城得救,自己的性命也就保住了。众武士苦战到昨天,极为疲惫,也格外不胜酒力。不久,围着酒樽的人群中,爆发出苍凉粗犷的高歌。

你道浅井城,粗茶果
红豆米饭、粗茶果、一文不值粗茶果
我说信长公,桥下鳖
缩头缩脑
缩头缩脑
再伸头、来一刀

不少人一齐唱着,几乎是怒吼。去年夏天,两军在大岳城对峙时,织田军中的年轻人们编了首歌谣,揶揄浅井氏的小城:"小小浅井城呀,一块粗茶果,早上吃掉的粗茶果。"浅井军就编了这几句回敬。

歌声传来,城内的人们涌起莫可言状的感慨。虽然嘴上不说,心里却悄然想着,一年前在小谷城下尚有唱这歌谣的兴致,如今却不可避免,要眼睁睁目睹自家主公在这一年内一败涂地,几近万劫不复的悲惨命运。无论如何,战争可能在今晚结束的乐观猜测，却在原有的喜悦气氛中，被武士们略显异常的歌声冲散了。

一位足负刀伤的武士，甲胄仍在身，手执长枪，胡乱舞蹈。在他对面，一位年轻武士坐在盛贮首级的匣子上吟唱谣曲。篝火明灭的光焰里，是少年俊美如花的容颜，泛着潮红。还有无法掩饰的、忍耐着濒死的恐惧与苦痛的苍白。因为四围喧嚣，无法听清少年的歌声。只见他刻板又寂寞的神情，变幻着潮红与苍白，这完全不同的两种颜色。

酒宴狼藉，在混乱中又继续了一阵。新传来的第二个传言惊破武士们的醉意。来得这样无情，又这样简单。

据说，以明日拂晓为限，浅井必须将夫人阿市与三位年幼的公主引渡给织田家。这大概是两军即将发起最后交战的信号。

这一新闻使武士们大吃一惊，就在他们呆若木鸡的同时，城内也传来消息，命大家好好休息，不要耽误明日大战。不过今夜酒宴并无拘束，有精神的大可畅饮达旦。

没有一个人去休息。

虽然酒宴还在继续，但众人都陷入可怕的沉默。只有篝火的哗剥声在夜气中迸裂。不久，气氛陡然一变，孕育多时的狂暴终于演变成骚乱。

人们仿佛顷刻翻脸。一张张脸上，可怕黝黑的皮肤泛着油腻的光亮，两眼发直，丑陋扭曲的口中不知爆发出什么咆哮。

城南与城北的望楼下，胁坂八左卫门的十来位部下正围着酒桶。坐在当中的镜弥平次对身边的武士道："斟满！"说话间盛满酒液的长勺已将硕大一只酒杯注满。他弯腰捧起酒杯，咕咚咕咚三两口饮尽。复将酒杯倒扣在脸上。见他要仰头，忽而听见一声夜鸟般的长鸣，一道白光闪过，酒杯被远远抛了出去。飞过广场上武士们的头顶，最后撞落某处，发出碎裂的声响。

"说！你们都要殉城吗？要逃的话就只有现在！"

弥平次狂吼道。麻子与刀疤错杂的面孔狰狞好似阿修罗。满面酒气，仿佛要喷出血来。

他死死盯住立花十郎太。

"当然是殉城。"十郎太试探地望向弥平次，而后静静道。

"你呢？"弥平次的视线转向身旁的武士。

"事到如今……"

"如何？"

"效忠主君，必须马前一死。"

"很好。你呢？"弥平次那张坑坑洼洼可怕的脸转向其余的武士们，一一问道。

没有一人想逃。如此情形，原本也不会有人说出卑怯的言辞。

"哼！"弥平次叹道，不知是轻蔑还是感叹。最后，他又问那位此前一直沉默独饮的年轻人："疾风，你作何打算？"

年轻武士目光犀利，淡淡瞥了弥平次一眼，不置一词。

"说！"弥平次朝前逼近两三步，几乎要把脸贴上去，"是逃亡，还是殉城？要逃就逃！喂！疾风！"

佐佐疾风之介毫不畏惧地答道："我么？我当然不逃。不过我讨厌死。和你不一样，我在这儿才当了三年的差。"

"什么？"弥平次怒吼般低吟。满座武士也在此时将视线齐聚到疾风之介的脸上。

"我倒也很想好好报答主公的恩情。但也想尽力保住我这条性命。要是每次都要为这么小的城池殉死，有多少条命都不够用哇。"

最后一句刺中满座早已兴奋的武士们。他们愤怒地瞪着疾风之介，却没有一人敢说什么，也没人站出来。因为谁都没有单独挑战疾风之介的自信。

聚集在这里的十余人，是胁坂八左卫门的部下，都是浅井家臣中说得上名字的勇士。姊川之战以来，他们斩获的首级数不胜数。每逢混战，他们就杀向四面八方，又不约而同地提回敌人的首级。

然而即使是在他们中间，佐佐疾风之介也是被视为特别的一位。因为他们的剑法是凭不惧死亡的胆量，在多次征战中无师自通。与之相反，只有疾风之介拥有拔群的剑法。

他并不是那种每逢拔刀相向，就将生命弃诸脑后、孤注一掷拼杀的人。去年，也就是元龟三年（1572）三月攻打横山城时，他们遭遇劲敌，十多人围攻不下。而疾风之介一上去，不出一两个回合，就将对手劈杀。他精湛绝伦的刀法至今仍令人胆寒。

十郎太想要看透疾风之介这张毫无畏惧、清楚讲明不想送死的面庞。他望着这位和自己有着同样念头，比自己还年轻两三岁的武士，投以期盼的目光。想要逃出这座死城，就在今夜，至迟不过明日拂晓。若到天明，则极为棘手。无论如何都想和他商量一番，必须抓住逃脱的机会。然而面上却很嫌厌，脱口而出的也是违心之辞，仿佛是故意要说给旁人听："哼！怯懦之徒！"

这时，弥平次吼道："疾风，起来！"

"我镜弥平次，要用这杆枪惩处你这种畜生！给我起来！"他已举枪站起。在众人眼中，好似满面怒气、身披火焰的不动明王。在场武士不由紧张凝视。

弥平次一脸冷傲，在地面投下的庞大身影缓缓摇曳，渐渐离开篝火的光轮，被黑暗吞噬。佐佐疾风之介提刀而起，尾随于后。

"总得有个人去死吧,这对蠢货!"立花十郎太道。

漆墨的黑暗中,只有白色的枪尖静止于冰冷的空气。离白影约六尺处,疾风之介屏息对峙,将刀对准对方的眼睛。

许久,二人纹丝不动。

终于,枪尖微晃。随之,疾风之介以枪尖的白影为中心,一点一点移动着身体。

二人呼吸渐促。

白色枪尖似乎横向一闪,下一个瞬间,却如雷光电火直前劈来。

"疾风!"弥平次的粗声大吼在疾风耳畔震响。疾风突然闯到弥平次身边,枪柄恰好插在二人当中。疾风持刀的手腕已被弥平次坚如岩石的手攥住。

"好手段,果然厉害。殉城实在可惜。你一定能有一番作为。别磨蹭啦,就这样,赶快走吧!"话未落音,二人同时推开枪杆,向后跳去。

枪尖笔直指向黑暗的天空。疾风也将刀铿然入鞘。

此时，疾风之介第一次意识到，弥平次是一位可怕的对手。如果继续和他打下去，不知是何结果。

"你快逃离此城吧！"

"那你怎么办？"疾风之介终于开口。

"我么？我是不会走的。我家受主公三代恩遇，因此打算与城共存亡。就用这把枪，杀，杀，杀，杀到枪尖破损。"

"今天晚上我也不逃，要坚持到城池陷落。"

"如果这样，无异等死啊。"

"也许能杀开血路。"

"别做蠢事！没用的。反正不想送命的话，就趁今晚远走他乡吧。"

"我不。"疾风之介道。他并没有殉城的意愿。如果知道明天不能逃走，也许早已趁夜逃离。但听到这麻脸提枪的弥平次让他逃走时，不知为何又打消了在陷落的前夜逃走的念头。也许是被决心明日拼死一战的弥平次打动了吧。

事实上，不事二主的弥平次也有些羡慕疾风之介。要是自己也能遇到那样的城，遇到那样的主公，该是何等幸福。尽管舍弃生命是武士的职责，然而没有舍命的觉悟，又是多么令人厌恶啊。无论如何，在没有遇到那样的主公之前，必须要活下去。平心而论，自己并不是有多惜命。不过是不愿白白送死罢了。若是死，也要没有一丝留恋的满足的死才好。

"再说一次，等到明天，就没命了！"弥平次抛下这句，转身回望楼，留下沉重的足音。

这时疾风之介突然想到自己心里还牵挂着一件事。虽然很难隔着中之丸去想象本丸的情势，然而那里一位和自己一样拥有着明天的女子，应该还活着。想要守护这位女子命运的心情缓缓苏醒，越发下定决心，现在不能离开这里。

黑暗中传来一声："是疾风吗？"

"谁！"

"是立花十郎太。"十郎太走近，短暂沉默后，环视四周，道，"没有别人嘛。"

"没有别人，只有我一个。"

"弥平次呢？"

"已经回去了。"

"你没有把他杀了？"

"别说杀他，差点被他杀了。"过了会儿又深深叹道，"那是个好人，明天去死实在可惜。"

"这儿没别人？"十郎太又确认道，压低声音，"今晚我们一起逃吧。两个人一起总有办法。我可不想为这城牺牲。这些年就白白效力了。不过也不见得是白费。我们往后从新来过吧！逃出去之后的事我来打算。相信我，不会亏待你的!"

疾风之介并没有回音。他早就猜到十郎太不会舍生殉城,事实果然如此。不过想想,这个人要是死在这里,也不免可惜。

疾风之介并不反感十郎太一心只想拿下敌酋首级、徘徊战场时的目光。那双闪闪发光、充满血丝、避开无名小卒、专门物色与功名利禄挂钩的首级的眼睛,昭示他并非等闲之辈。有传言说他曾在浅井家的仇敌六角氏①下效力。他这样的人为了一己之利,身事二主也是可能的。的确,比起六角氏,浅井氏确实要强些。

至少到昨天为止还是这样的。不过,他实在不走运——疾风想道。

"我不会跟你走。"疾风说。

"为什么?"

"我必须跟另一个人一起走,是个女人。"他答。

---

①六角氏,镰仓时代至战国时代以近江南部为权力中心的武家。浅井长政曾击败六角义贤(1521—1598),史称野良田之战(1560年)。

逃亡

（一）

本丸内，为了明日清晨将阿市夫人引渡到织田一方，又挑选了二十多名随行侍女。上面把消息一一传下后，已过了初更（夜八点）。

这一夜，加乃原已从本丸出来，宿在伯父山根六左卫门的宅邸。却接到上面下达的突发命令，又被急急召回城内侍奉。

那些侍女不约而同强忍着情绪，面上冷淡，只是顺从低首，轻轻应着"是"。就这样一直垂着头，也没有抬起过。待传命的年老武士杉山三郎佝偻的背影消失于大厅深处，她们立刻抬头，露出与此前浑然不同的神色。

彼此无有一言。只是怔怔凝望远处。虽然很悲哀，难以理解的是，并不是阴沉忧郁的情绪。她们心里落下一种极为平静的东西。彼此境遇各不相同，在告别即将陷落的小谷城时，必也有各不相同的爱别离苦。不过，她们都无法掩饰地流露出暂得保全性命的安心感。

只有加乃一人不是。她雪白的脸庞已涨红，一副苦思不得时常有的愣怔神色，双目发直，如同被魔怔着魔一般。她忽而茫然若失地起身，独自离开了那里。

加乃回到伯父家中，屋内没有点灯，她靠近廊边坐下，许久都没有动一下。纸门敞开，似乎有风。泉水畔横斜的竹叶簌簌有声，时而又止息。虫唱渐渐响起来。

她并没有因为留在即将陷落的小谷城内而感到不安。那么如今将要出城，却又为何失去平静？面对死亡也没有丝毫的动摇，为何知道自己得救，反而内心如此惶然无措？

加乃忽而从黯淡的光线里起身，决心到久政公所在的城内寻找佐佐疾风之介。她并没有想好要找他做什么，只是必须要见到他。这是她现在所能想到的全部。

虽然和疾风之介不在一处，却都身在小谷城。此前加乃一直很安心。因为和疾风之介有着相同的命运，加乃并没有对城池的倾覆与可能降临的死亡感到太大的痛苦。

"没多久这小谷城也要沦陷了吧。"十多天前，来拜访伯父山根六左卫门的疾风之介这样对加乃说道。那时织田军尚未杀到城下，尽管朝仓氏那边败报不断，人们只是隐隐不安，对于各自命运的急转，尚未有切身之感。

"如果此城失陷,您准备怎么办?"加乃这样问时,疾风之介只是看了她一眼,并未作答。当时她似乎听到疾风之介轻笑了一声。而回想起来,也记不清他是否真笑过。不过,他当时冷峻的眼神却清楚记得。也许正是这冷冷一瞥,才给加乃留下了深刻印象吧。

那时,加乃确实是因那冰冷的眼神才被疾风之介吸引。然而即使心动,也并不要和对方有什么。如果对方不主动讲明爱意,她也断然不会说什么。这位伯父山根爱重的、力量强大的年轻武士,也有这样的劲儿。

只要疾风之介那冷峻的双眼还睁开着,加乃就不会独自出城。一想到那个人也望着城内燃烧的火焰,加乃心里意外一静。似乎已经可以面对即将到来的命运。

然而现在,意想不到的是,她留在城里的时间竟十分有限。这使她像变了个人似的无拘无束起来。她想趁今夜与疾风之介毫无顾忌地倾谈。

如今中之丸已落敌手,想要越过此处与久政公所在的区域取得联系,对于强壮的武士也绝非易事。但加乃却完全没有考虑这巨大的难处。一旦有了找寻疾风之介的念头,这世上就没有任何东西能令加乃胆怯。

伯父六左卫门守在本丸,他的妻子与三个孩子已去往伊吹山①麓深处的友人家中躲避战乱。因此偌大宅邸内空无一人。加乃走出家门，从瑞龙寺②背后取道大路，途经小谷山③麓，躲开敌军控制的中之丸，绕了很大的半圆迂回。她不顾一切地走在夜路上，心里没有一丝恐惧。

途中不知被守在哪处望楼的武士们叫住。

"奴婢受本丸差遣，要去主公的宅邸。"加乃这样说，也没有引起什么怀疑，就过去了。若在平时，三更半夜差遣侍女是不大可能的。现在却一点儿没有受到责难，加乃益发痛切地感到小谷城已陷入非比寻常的境地。

好容易走到距离久政公宅邸仅二三町④处，加乃远远望见几十丛燃烧着的篝火，气氛与本丸完全不同。加乃离开本丸时，大厅内尚在举行酒宴，然而守卫望楼的武士们一片死寂，阖城笼罩着难以言明的忧郁与凄凉。与之相反，久政公这边却好似庆功祝宴一般。

加乃心想，今夜长政公夫妇骨肉离分的悲哀使本丸一片消沉，而一生征尘、粗鲁固执的久政公却与长政公完全不同啊。

---

①伊吹山，位于滋贺县与岐阜县境内的山脉。
②瑞龙寺，滋贺县近江八幡市八幡山山顶的佛教寺院。开创者为丰臣秀吉的姐姐丰臣日秀。
③小谷山，位于滋贺县长滨市，标高约495米，浅井氏在此筑小谷城。
④作长度单位时，一町约109.09米。

走向篝火时，突然有人叫住加乃："谁？"

"奴婢受本丸的山根大人差遣，要去拜见佐佐疾风之介大人。"加乃答道。

"什么？是个女人！"凑上前的三位武士一身酒气，满口污言秽语，将加乃推向另一群武士那边。

在那里加乃又重复了一遍方才的言辞，又受到同样的调戏，被赶到另一群武士跟前。没有一人留意到她是从本丸来的侍女。

加乃辗转于一堆又一堆的篝火，徘徊在沦陷前夜、半无人统治的、充满不可思议的狂暴与悲哀的城内。

（二）

"疾风，本丸的山根大人派人来啦，是个女人哟。"一位武士进来说道。

"我来了。"疾风之介随口答道，站起身。座中诸人大多投去疑惑的目光。疾风之介一听是山根大人派来的使者，还是个女人，便是加乃吧。但并不知道她为什么独自前来。

阑珊篝火对面，镜弥平次和几名武士混躺着睡在地上。立花十郎太也倒在一边。疾风之介起身离开时，他霍地起来，环视四周，篝火边仍有几人没有放下酒杯，说着丧气话。于是又躺了下去。他想着逃离这即将崩溃的小谷城有何等艰难。与过去任何时候不同，每人身体内都充满杀伐的气息。武士们毫无理由地向彼此投去猜疑的目光。酒宴刚开始时，镜弥平次咄咄逼人，挨个询问众人是否愿意殉城。弥平次的直接，恰与武士们眼下的心情相契。

想要逃出城，无论如何都不止杀一人两人吧。十郎太渐渐理清思绪，躺在那里，轻轻阖目。

疾风之介刚刚听那位武士说本丸有人过来，绕过伊野田兵部宅邸之侧。黑暗中突然传来加乃的声音："疾风大人。"

与加乃在这里相遇，疾风之介有一种本能的不安。因为不知道这些自暴自弃的武士到底会做出什么来。

他走在加乃前面，途中想起什么似的，转身折回，来到伊野田家大门敞开的宅内。虽然这里还能听见武士们的喧哗，而脚下踏过的落叶声也清晰入耳。

一到明天，这里也要化为灰烬了吧。屋子与庭园都一片冷清，全无人迹。二人相隔三尺，在空旷的宅内缓缓走着。毫无可怪，这里当然也无人洒扫收拾。踩着抛散一地的落叶，深有废园荒芜之感。

"你来这里做什么。"疾风之介和过去一样，有些生气地说。听到这样的声音，加乃又有了被抛弃的感觉。

"我也不知道来做什么。"她说。这样的声音也令疾风之介感到冷漠。

"明日一早，我要侍奉夫人去织田军中。"

"那么？"

"那么，没什么。只是想让你知道这件事而已。我，一定要。"

"这不最好不过么。如此你就保住性命了。"

"您有何打算。"

"明天最后一战，能逃就逃。我可不想去死。本来嘛，没有你碍事的话，也许我就能顺利逃掉。"

"这是什么意思？"

"明天开始交战后，我准备绕到本丸把你救出来。不过，嗯，很困难吧。"其实，疾风之介的确这样想。从战事情况来看，能否顺利绕到本丸，实无把握。但是只要有可能，他就会这么做。虽然疾风之介从未仔细想过自己对加乃的感情，但陷落之际，自己心里牵挂着的，无法舍弃的，就是这位女子。不过，他并不想在城破前积极主动地救出这柔弱的加乃。每每想要这样做时，总有一种意想不到的情绪阻止他的行动。

说起来，这种在燃烧起来的激情上浇一盆冷水的情绪，也许是他生来就有吧。抑或是五岁那年，失去与明智城共同陷没的父母后，在乱世中走到今日的特殊命运带来的后天影响吧。他自己也不能说清。不仅他不知道，与他志趣相投的人们也没有谁清楚。不知为何，他也不把一个人的命运或性命看得有多可贵珍重。到那时，能救便救，不能救也没办法嘛——他就是这样想的。

"您真的想过，要救我么？"

疾风无意中听到凌乱急促的呼吸。女子身体散发的气息与润发的膏泽混杂着，有一种炽烈的东西，以令他眩晕的方式蠢蠢欲动。

"那么，我就不侍奉夫人去织田军中去啦。"

"你说什么？"疾风之介问。

"我想和你在一起。"黑暗中，加乃换了个人似的大胆起来。

"别傻了！你好好想想，哪能留下来！"

"死什么的，我并没有那么害怕。"在疾风听来，加乃的声音已大异平时。

"没什么必要特地回来送死。我也想尽力活下去，才不想去死呢。"

"那城破以后你要逃到哪里去？"

"哪里……"疾风之介也在问自己，"也许是去信浓①，

---

①信浓，今日本长野县区域。战国时代为武田信玄的势力范围。

诹访①那边的寺庙里有我的朋友。"

"信浓的话,有武田大人。"加乃想着,嘴上却道,"那么,我就不给您碍事了,明天一早还是侍奉夫人过去。祈祷您诸事平安。"

她想,这个男人一定能如他所愿,顺利杀出重围吧。然而一想到这也许是永诀,新一番涌起的激情又令她浑身震颤。

她一步又一步趋近他,轻轻唤道:"疾风大人。"声音如此暗哑。而后被一种无法抗拒的力量驱使,在黑暗中探索疾风之介的身体。仿佛是一面无论怎样摇撼都纹丝不动的厚墙。她双手攥着他的肩膀与右臂,突然呜咽起来,将脸埋在他厚实的胸膛内。

疾风之介感觉自己仿佛抱着一个不可思议的活物。不知明日是生是死的两人,还能说些什么呢?什么都不可以说了吧。他感到一阵冷风从脚下裹挟而上,充盈于自己与加乃的身体之间。仔细听来,秋夜冷风确也摇动着四围繁密的树林。

此时,门外传来杂沓的马蹄声,紧接着,还有几人匆匆朝相反方向疾走的动静。情势紧迫。

疾风之介松开加乃的身体,命她留在这里,自己穿过树林的空隙向门外走去。

---

①诹访,今长野县境内。

门外已静下来。只有一位酩酊大醉的武士在墙根踉跄。

"发生了什么事?"疾风之介问他。

"中之丸的敌人袭击了我们派往本丸的五名使者,大概和本丸已经失去联系啦。"那下级武士的声音虽还镇定,却含着绝望,似乎还没有完全大醉。

"已经去不了本丸了么?"

"你问我,我也不知道。反正重要的关口都被人家守住啦,一只蚂蚁都出不去。城里已经有火烧起来了!"

疾风之介回到加乃身边,道:"本丸已经回不去了,太危险。还是从这里赶快逃出去吧。"

"我不要一个人。请让我和你一起走吧!"加乃的声音突然拼命固执起来。

"不,我必须守在这里。"疾风之介道。

"无论如何都要留下?"加乃问。

"无论如何。"他答。黑暗中想起镜弥平次的脸。而且,自己无论如何都要奋战到最后。即使只为了那个男人。

亥时(夜里十点)一过,篝火渐歇,城内终于安静下来。城破前夜，不知何处暗藏的杀气仿佛流水，留下可怕的死寂。

静默的黑暗里，立花十郎太睁大双眼。防止有人逃出城的警戒比前日不知严了多少。明日即将舍命的武士们有一种奇妙的心理，彼此都要有共同赴死的命运，谁都不能有例外的好运。

十郎太决定子时（午夜零点）逃走。而且，不管发生什么，寅时（凌晨四点）之前必须突出重围。否则，那以后城内城外就要混乱起来了。

他想，不管大军包围千万重，进攻者总有疏漏。相比之下，如何逃离小谷城才是问题——这里充满了垂死的狂人们。

当十郎太猜测时已深夜，便静静起身，抬头。黑暗中，不知死活的武士们鼾声四起。可怜的人们啊。为生存劳苦一世，明天连唯一的资本——生命，也不得不舍弃了么！这算什么事儿呀。我可不要。不管在哪儿，我至少都要当上一方部将。

"弥平次。"十郎太朝着周围的黑暗低声叫。

没有回音。

"弥平次！"他又轻声叫道。三两人翻了个身，鼾声愈响。

十郎太唯一放不下的就是弥平次。虽说不过是他自成一格的枪法，舞起来却杀气凛然，精妙无双。傍晚疾风之介说不想送死，他就要杀他。如果被他发现我要逃，也会杀过来吧。虽然胜负难说，他却是个难缠的对手啊。

最难办的是很难敷衍他。白天他虽在望楼上说过"我也要逃走吗"，而他麻脸上浮起的冷笑，也许已看透我的心思吧。

十郎太轻手轻脚地取出太刀，忽从黑暗中立起，跨过几人的枕畔，朝屋外走去。

出来的时候，他听到身后一阵脚步，莫非有人尾随。心想不管是谁，一旦叫他，只有砍死。不过，那就必须离望楼稍稍远些。十郎太加紧步伐，又必须尽量悄无声息。

当他拐入两间屋子之间的小道时，身后有人叫："十郎太！"

被叫住的瞬间，十郎太猛然拔刀回首，朝对方砍去。对方也立刻向后闪去："别乱来！"

这时十郎太才听清是疾风之介的声音。

"你真的想逃啊。"

"正是！"

十郎太为防对手袭击，仍毫不松懈地摆着迎战姿势。

"恐怕很难逃出去。"

"……"

"除了城门口早见壮兵卫家后门以外,再没有其他出路。"

不待他说,十郎太也这样想。白天在望楼上远眺,他发现只有那里是比较安全的逃脱之路。那里下去,有两段石崖,每段六尺余高。而后是两町多宽的竹林。紧急时刻可藏身其间。沿着竹林的小路走到尽头,是一条无名小溪。顺着走下去,一直到底。溪流横穿织田军的包围圈,向北延伸。一路有河川藏身,对于逃亡者而言,是再好不过的挑拣。

不过十郎太什么都没有回答。但听疾风之介道:"不过,镜弥平次可在早见家后的崖下等着呢!"

"啊?"十郎太发出略显绝望的叹息。

疾风之介没有回答他,道:"那个人可是见到谁都会杀的哦,别害怕——除了我之外。"

短暂的沉默后,又道:"我来帮你逃出去吧。崖下的弥平次我来对付,你就趁机逃走。不过,你也得帮我做一件事。"

"什么?"

"帮我带个女人出去。"

"你自己不带她?"

"我还要决一死战。"

"你又不想死,何必如此!"

疾风之介不予作答,道:"如何,答应我么?"

"没辙,就当带了件行李吧。"

"只要带出织田包围圈就行了,她是个女孩子,出去了就不要紧了。"

"你答应我的……"

"你说弥平次那边么?包在我身上,绝不食言。"

疾风之介让十郎太少待,沿墙走了一阵。不久,加乃跟在他身后过来了。

"就是她。"

她沉默着,似乎微微低首致意。十郎太感到,这活着的行李有一种扑面袭来的脂粉香气。他冷冷的,不置一词。

"趁早为妙,快走吧!"疾风之介道。

新战场

(一)

疾风之介与十郎太、加乃三人走到早见壮兵卫的屋后,在那里停下。

"您平安脱险后,我该去哪里找您?"加乃的声音微微颤抖。她现在满脑子只有这件事。

加乃知道疾风之介并不想战死,而是想趁明日混战,在城陷时逃出去。为了不给他添累赘,才同意现在自己先离开。先一步出城,也是为了能与疾风之介看到共同的明天。虽然不知这明天究竟是何模样。对于现在的她而言,实在没有别的逃走的理由了。

想到自己擅自离开明日抱定一死之决心的伯父山根六左卫门,加乃自然心痛。而现在也无法顾虑太多。伯父许多次劝她与伯母一起避去伊吹山麓的朋友家,但她从来没有答应。伯父认为这是加乃出于对阿市夫人忠义之心。其实当加乃面对此事，脑海中总是浮现出疾风之介不可捉摸、难以取悦的面孔。

"伊吹山西麓有一户姓津守的望族，我伯母在那里，我要投奔过去。"加乃想告诉他，你一定要来找我。但当着十郎太的面则无法说出口。

"是津守家，津、守。附近没有人不知道这一家。"加乃担心疾风之介记不住这家姓氏，有些不安，一字一顿重复道。

"能去的话我就过去。"疾风之介道。为什么他语气这样冰冷？即使在陷落前夜非同寻常的气氛里，他依然这样。加乃有些不满。

疾风之介道："那么，我们快点行动吧。"在加乃听来实在是公事公办的敷衍。简单商量后，决定让疾风之介先下悬崖引开弥平次，十郎太与加乃趁机下去，隐蔽于夜色。以投掷石块为暗号。就是这样的顺序。

十郎太吩咐加乃："不管发生什么事都不许出声。不管什么情况都不要离开我身后。"

疾风之介站在下崖的地方，眼见加乃已被夜色吞没。虽有漫天星斗，而地上仍一片深浓的黑暗……那个令自己心动的女子。也许在自己一生中，对加乃这样的感情，是最初一次，也是最后一次。

他这样想着，不由对眼前的分别有了几分感慨。而当他意识到自己正陷入这样的感慨，又迅速将注意力转移到别处了。

也许明天自己会死吧，像父兄与伯父们那样战死沙场。即使侥幸活命，身为武士，也随时被死亡纠缠吧。自己到底能为这个女子做些什么？现在，除了将她悄悄送入暗夜，别无他途。

木叶繁茂，在风中摩挲有声。疾风之介在黑暗中略觉黯然，然而，只有一瞬，又道："那么——"说着望了他们一眼，攀着崖壁丛生的灌木枝，向下滑去。

黑暗中，加乃与十郎太屏息默立。开始还能听见疾风之介下崖的窸窣声，不久便静下来。虫鸣霎时在加乃脚边响亮起来。

爬下两段山崖没有花多久。疾风之介立在崖下，透过黑暗向四周张望。约略十二尺之外的树木阴影里，有些与别处不同的异样！

崖边的小道定是绕城延伸。他决定，当树旁的人影盘问他时，就向右侧闪避。

疾风之介死死盯着暗中某处，一动不动。对方也纹丝不动。

僵持一阵，果然有人问："谁？"正是弥平次沉着爽朗的声音。疾风之介忙将手中石块朝崖上掷去，立刻冲右侧跑去。但还没走出三十尺，就听身后弥平次一声怪吼，唬得疾风之介悚然身子一缩，一柄长枪从他腰旁掠过，刺在土堤上。

刹那，疾风之介被石块绊倒，翻了个筋斗，跌倒在地。弥平次像扑杀猎物的野兽一样飞身上前。

二人扭作一团，在地上翻了两三滚。疾风之介终于被弥平次压倒，在地上死命扭头。

"谁？报上名来！"弥平次喘着粗气问道。疾风之介默然不语。

此时，他留意着三尺以外爬下山崖的十郎太与加乃。少时，终于看清从崖上下来的两个小小的影子，旋即消失于暗夜。料想二人身影已消失于竹林之侧，疾风之介猛然发力，将弥平次掀翻在地。弥平次不提防摔得仰面朝天。疾风之介急忙拔腿逃离。跑出三尺远，弥平次已追来。疾风之介飞奔到崖下，没命地往上爬。

"傻瓜！回城去吧，我饶你一命。"弥平次在下面吼道。他看到这个逃亡者又跑回城里，大概也不想追下去。疾风之介一言不发，向上爬去。

爬到崖上，感觉右手疼痛。伸手去摸，指尖一脉冰凉黏稠，似乎在流血。许是与弥平次扭打之际被地面石块或树根磨破。

四周漆黑，不辨方向。许是方才下去时路过的早见壮兵卫家西边的空地吧。

他长吁一口气，远望崖下平原。而深浓夜色仿佛一块黑板遮蔽在眼前。

他们两人正在这黑暗中奔逃吧。想到加乃雪白的小腿正一点一点远离自己，疾风之介第一次感到难以忍耐的寂寞。

(二)

第二天，八月二十九日，拂晓的云霞燃烧得极为明丽。东面半空红霞绚烂如带，白色的鱼鳞云散布其间，又一片一片被彤云吞没。这漫天令人恐惧的红色，直到清晨的日光照彻天地才渐渐消散。

天明之时，空中没有一丝云翳。澄澈秋空仿佛可听见石英相触的清响。

阿市夫人与三位公主已离开本丸，转移到织田军中的消息传到久政公的阵营，已是清晨卯时（上午六点）。城内武士纷纷披上甲胄，正忙于备战。

原以为阿市夫人已转移，织田军应无所顾虑，一早发动进攻。孰料直到辰时（上午八点）织田阵中仍鸦雀无声，静得骇人。

合战于巳时（上午十点）开始。久政刚觉察地方阵营微有动静，即命打开所有城门。这是最后一战，要打得辉煌盛大。

而后久政公亲率近身三百侍童冲在头阵。这是浅井家的最后一战。第一场交战持续约一个时辰，刚发现敌军布阵有一角溃乱，浅井军就突然收回兵力。

未时（下午两点）久政再度出击。在随后激烈的拉锯战中，彼此混战，直到申时（下午四点）。本丸那边似乎战况愈烈，呐喊声不时乘风而至，听来是奇妙的虚空，也分不清是哪一方传来。

久政本想再次收兵，但士兵已再难集结。两军完全陷入混战，极目处皆可见本军将士在敌军重重包围中拼死奋战。这一幕在久政公眼里如此绝望。回头一望，最后可倚赖的城域已有部分织田军乘虚而入，城门旁的一段围墙也消失得无影无踪。

即便在四十年来久经沙场的久政眼里，这也是前所未见的地狱模样，阴惨无极。就到此为止罢。他摆脱敌军，直往城内，仅有数骑相随，很快到了厅内。

"不可有闲杂人等进入！你们再战一时。"他命令周围。

半个时辰后,久政自戕。

他自杀后不久,城内城外继续激战,仿佛烈焰燃烧至最盛时,俄而又缓缓平息。

镜弥平次在城北面的小丘陵上略作休息,浑身负伤十余处。平原上散乱倒伏着敌我双方的尸骸。风自南向北,撩起芒草的穗子。

"你是织田军还是浅井军的?"突然,身旁不远的松林里传来声音。弥平次无力地起身:"我是浅井的家臣,镜弥平次。"

话未落音,对手猛然从背后砍来。

弥平次避开锋芒,绕松数圈,以枪刺中对手的肩头。虽非强敌,弥平次却用尽全力才将他击倒。喘息稍定,抬眼望见几名武士正往这边丘陵跑来。一眼就知道是织田军的人。

他想,终于到了最后的时刻。小谷城似已落入敌手,敌军如蚂蚁般极缓慢地进入城门。

现在他已无气力对付那几个人。右肘的刀伤虽已用白棉布裹了几层,而仍然出血严重,棉布上染红的鲜血几乎要滴落。

此时背后有人叫:"弥平次,快逃!"回头看,佐佐疾风之介正与几名敌人保持一定距离,向他这里退来。

但弥平次却懒得回答。

"弥平次，快逃！"疾风之介又叫。

弥平次呻吟般道："我不。"说着，缓缓起来，摆出迎战的姿态，拿枪对准他们。

顷刻，又出现几名零散的武士。

"不要杀他！"一人叫道。

"是个老家伙，捆起来！"其他几个武士提刀对准弥平次，摆开合围之势。

弥平次知道现在的自己已无法对敌人造成任何威胁，只是一个无力衰朽的老人罢了。

"来吧！"弥平次沙哑着声音叫道。

下一个瞬间他的肩膀感到剧烈的痛楚，似乎是木棍之类的东西打下来。眼前一黑。正此时，对手们一齐朝他冲来。

弥平次啊地大叫一声，枪已被击落，仰面重重倒地。他想站起来，但已不能动弹。好几只手将他制服。

"杀了我吧！砍死我吧！"他呻吟着。

"杀了我吧！砍死我吧！"反复徒劳叫着，转眼已被五花大绑，扔到松树底下。

整日如阿修罗般暴乱血腥的战场映入他眼中，此刻却风景宁静。弥平次意识到自己正蒙受武士最大的耻辱，必须想法结束生命。

视野中，与先前保持同样态势的数名敌人在相隔十间①左右的地方与疾风之介对峙。疾风之介一再后退，向身后平缓的山坡而去。

又有一名武士出现在疾风之介背后，伺机而动。

"危险！"弥平次正这样想着，疾风之介已将这无耻的偷袭者杀了个痛快。

随即，又迅速将最右一人砍倒，朝山坡背后奔去。

余人紧追其后。不一会儿，那群武士消失在弥平次视野里。

"不好，这老东西咬舌了！"松树下坐着的武士望着弥平次叫起来。鲜血从弥平次口中流出。巨大的苦闷袭击了他，刀伤满布的麻脸上只有对他们的憎恶。

那名武士撕下一块弥平次肘上卷着的棉布，裹了块石头塞到弥平次口内。弥平次被石头堵住嘴，顿时怒目圆睁。

凄凉的寒风刮过，仿佛要将姬御前山坡上覆盖的杂树劈作两半。寒风掠过山头，化作数条疾风，扫过激战过后的战场。

弥平次愤怒地瞪着双眼，任凭烈风袭面。

一名武士踢了踢他的脸："死了还是活着？"

弥平次表情纹丝不动。他什么也没看到，只想如何去死。

---

① 一间约六尺。

三

疾风之介倒在草丛中。什么时候倒在这里，他已全不记得。也许是不断念着不能死、不能死，才从暗夜里摸索着走来吧。

他浑身无力，瘫倒在草地上。就知道手脚完全不能动弹，肩头受了严重的伤，其余倒不记得哪里有大伤。不过轻伤恐怕遍布全身，数也数不清。肩伤一跳一跳痛得厉害。

突然，想起弥平次被大群武士抓住时的瘦小身影，也许是要被杀掉吧。可惜他一身武艺，那张麻子脸，终于也不能动弹了么！他就是长了那张可怕的脸才不能发迹吧！那刀伤与麻子下隐藏的东西，却那么不同。

他单纯且极重义气。除久政公以外，世上再无可奉为主公的人。不，也许不是为久政公，而是与小谷城魂牵梦萦吧。父祖三代彼此的恩义，是弥平次的口头禅。

他决心将城破之时视为自己生命的终结之时。这种想法无可动摇，在他也不是什么不可思议的事。真是愚蠢啊。而我嘴上虽不说，却很爱重此人。一看他那张粗陋的面孔，不知为何很安心。可是现在，他恐怕已不在人世。

我也正是因为他身上那种奇怪的东西，才在城中留到最后。如果不是他，也许昨夜就和十郎太一道逃走了。

然而十郎太与加乃如今是何境况？

十郎太与加乃。加乃与十郎太。

疾风之介又失去知觉。仿佛正被加乃在某处冷冷地瞧着，他呻吟着，向深谷坠去，没有尽头。他的意识渐渐模糊，仿佛阳光被云翳遮蔽。

不知过了几天，漫长的昏迷过后，疾风之介醒来。薄淡的阳光洒在他胸前与脸上。喉咙极干渴，哪怕一滴水也好，他渴望清凉的水。

厮杀的吼声从远处清晰传来。虽然有时听着像山间林木被风摇动的声响，而那的确是人们拼命的嘶喊，有一种独特的撕裂感。

原以为已逃到离小谷城很远的地方，如今看来恐怕还在小谷城附近。想必因为身负重伤，摇摇晃晃也走不出几步。

他躺卧的地方，是某处山下杂木林的一角。他期待着日暮降临，如果此时身上的阳光消失，大地被夜幕笼罩，身体要舒服不少吧。土地与他藏身的草丛，也等待着夜露的滋润。

午后光阴极冗长，日光西斜后，不论如何细听，也听不见刚才不时传来的厮杀声了。

黄昏下过一阵秋雨,只一小会儿。树丛间落下的雨滴润湿了疾风的衣裳。很快,又是蓝天。

疾风之介没有睡着,也没有想什么特别的东西。朦胧中,幼年记忆漫至眼前。

父亲隼人临终前也像自己这样躺着吧。他有五位伯父,三位舅父。明智城陷落时,他们全部赴死。他们大概也像自己这样,像弥平次这样死去的吧!

他想,可是我并不想死。父亲、弥平次还有伯父他们,都是满足赴死,而我没有。

夜半,疾风之介不知醒来几次。离他躺着的地方不远似乎有一条小路,仿佛听见往来的足音与人声。侧耳细听,似乎不再有动静,而方才确实有人经过。

疾风之介很希望被谁发现。这个念头突然袭来,一旦形成,便很执拗。再这样下去,恐怕就要死了。

这次醒来后,他躺在那里,脑海中挥之不去的是死亡。他抬起右手,遮在脸上。就连这个动作都耗尽全力。而后,他看到沾满泥污的手,苍白如纸。

"也许是月光吧。"他想。白日饱受日光曝晒的身体如今沐浴着月光。大概正是月光苍白,也令他的手苍白。

他又一次清楚听到与方才一样嘈杂的人声,不久又远去。也许是小谷城来的残兵吧。人声断续,时有传来。过了一阵终于完全消失,周围恢复原先的寂静。

疾风之介没有睡着,也没有醒着,徘徊在半梦半醒的世界。

当他发现有人靠近说话而猛然惊醒时,一个极温柔的身体正抱着他。

仓皇之下无法判断身处何境,但很快意识到自己被谁抱在怀中。那定是一个年轻的女子。几个时辰前,他还为自己苍白的手而惊讶,如今却要被拥在他胸前皎白美丽的手惊住。那略显苍白的手,美得几乎不像在人间。

而疾风之介蓦然一惊。那皎白美丽的手,忽而在月光下取出他的印盒①,而后开始温柔地为他解开衣甲。

抢劫?!刚要挣扎,抱着他的女子在他正上方投下目光。疾风之介不由大惊,是一位年轻美丽的女子。

---

①印盒,江户时代武士吊在衣带上的装饰品,内置急救药。

凛冽寒风

（一）

"还很年轻呢。"低头俯视疾风之介的女子停住为他解衣甲的手，轻笑一声，又将脸凑得更近些，"想我救你么？"语罢咯咯笑起来。这笑声仿佛忽从林间飘来，实在想不到出自这位抱着自己的女子之口。这笑声仿佛与她没有关系。

"如果想我救你，那帮你也没什么。要是想死的话呢，我就狠心帮你一把。"

疾风之介的身体一阵异样的战栗。确实是难以想象的声音。她清澈的声音，或是恐吓，又或是恩惠。

她将疾风从膝上放下，硬生生站起来。浓密柔长的乌发自身后垂下。她又一次俯视躺在脚边的疾风之介，沉默着走开。

不久，耳畔一阵凌乱的足音。

"就是这人啊。"有老人沙哑低沉的声音。随即，疾风之介的肩膀被他轻轻拿脚踢了踢。疾风之介躺着哼了声。

"救不活了吧。"那沙哑的声音说,"谁来杀了他吧!就知道抢东西算什么,不积功德!"

疾风之介很想挣扎起来,但身体动弹不得。就这样死在这里可不行。他想喊叫,但也发不出声音。

"好吧!"有人应道,旋即拔刀,月色中刀光凛然,横在疾风之介眼前。

疾风之介扭动着,睁开双眼,望着将自己围住的几个男人。看来都像是野武士①,穿着各不相同,面目凶暴。疾风之介愤怒地盯着对他拔刀的人,气氛恐怖,充满不安与憎恶。

"请等一下。"是方才那位女子清澈的声音,"爹爹,还是把他带回去吧。"

"不中用了!"沙哑低沉的声音道。

"您看他好不容易逃到这里,一定想有人帮他。看他受这么重的伤,说不定是个高手呢。"

她说完,暂无人发话。短暂的沉默后,沙哑低沉的声音缓缓道:"不错,那就救救看吧,也许救得过来呢。"

另一个声音道:"这可是担风险的事,我刚还想把他扔湖里去呢。也罢,抬走好了。"

而后三四人窃窃私语了一会,将疾风之介的身体、头、脚抱住,从地面抬起来,动作相当粗鲁。

---

①野武士,战国时代的山贼、农民武装集团,类似江户时代的浪人。

疾风之介浑身剧痛，迷迷糊糊感觉自己被人抬去哪里。乌云蔽月，偶尔有树枝噼里啪啦扫过他的脸。

不知走出去多远，忽而感觉身下仿佛是流水，周围是水中踢踏的足音，不绝于耳。

他被搬到一只小船上，搁在靠近船头的地方。

冷风沁人，水面偶有鱼群跳动，溅起水声。许久，月亮从云翳中渐渐出来，疾风之介意识到自己躺着的小舟不知何时已在水中出发。

人们悄无声息，连划水的橹声也尽力避免。

这时，鼾声起来了。随即，旁人仿佛受到传染，又响起几声。莫可名状的安心感向他袭来，疾风之介也不知不觉坠入昏睡。

就这样不知过去多久。

疾风之介醒来了。他仰面躺着，首先映入眼帘的是离自己二尺多远的地方有一块隔开的岩石。石上苍苔丛生，水滴似乎要落下来。苔藓间垂下几丛羊齿类植物，拂过他的脸。四周幽暗。

一丝微光从他右面洒下。他想挪动身体，比之前稍稍轻便些。这才发现全身的武装均被解下，从肩头到胸前，都包着白布。抬起右手一看，手上濡湿了绿色的汁液，许是擦了草药。一闻，刺鼻的野草清香。在他昏迷时，全身的伤口已被处理。

他朝右边光线的来处望去,这里大约是某处湖畔洞窟,约有五六间长,四周岩石包围,一片黑暗。外面有半圆形洞口,从那里能看到阳光照耀的湖面。水纹寂静,波光粼粼,其余不见一物。只看见小小的一片天空与湖水,以及正午的阳光。

疾风之介努力仰头,总算稍稍抬起一些,看到自己躺着的船舱。一个人也没有,只有从脚下堆到船头的武器。

几十把刀。成捆的枪。铠甲。

原以为没有人在,而武器后却有动静,露出一张女子的脸。

"你醒过来啦?还好没有被杀掉。"记忆中清澈的女声。

光线黯淡,并不能看清她的脸。洞口透进的阳光映见她半面雪白的肌肤。这时疾风之介仍觉得她很美。

"要把我带到哪里?"疾风之介第一次开口。难以想象自己终于发出声音。

"就别管去哪儿啦。你都捡回一条命了,要杀要剐得看我心情。你活了下来,就好好谢天谢地吧!"

"要带我去哪?"疾风之介又问道。

"你可真烦呀。是去比良山中①。"

---

① 比良山,位于滋贺县琵琶湖西岸。

疾风之介心道，果然如此。大约是避人眼目，才白日停舟躲避于洞窟，夜间沿琵琶湖航行吧。

"你们有很多人吗？"

"大家都在岛上睡觉呢。这儿黑咕隆咚，他们才不要待呢。"说着她站起身，递过来一个碗，用十分温和的语气问："吃点儿东西？"疾风之介顿时也觉得自己饿了很久。

此时，外面一阵怪响。

"外面在刮很大的风哦。"她道。疾风之介这才知道那是风声。那半圆形的洞口外，风景已与之前大不相同。湖上风浪骤起，水波飞溅。紧接着浪头也打到洞里，小舟猛烈摇晃。

"就因为这天气，我讨厌秋天。"女孩儿说。

"为什么讨厌？"疾风之介鹦鹉学舌般问道。

"你年纪轻轻，语气却好傲慢。我就是讨厌这寒风，从比良山来的风都刮到这儿了。"

疾风之介略感眩晕，闭上眼睛。小舟不停地摇晃着。

（二）

镜弥平次被五花大绑扔在松树下，烈风呼啸，裹挟砂石与尘埃，迎面扑来。

小谷城陷落已三日。整日阳光曝晒，尘沙扑面，弥平次那平时就已像阿修罗般狰狞的脸孔，经此三日益发惨不忍睹。

太阳落山时，与过去两天一样，一名武士沿着和缓的山坡走上来。是一位非常可恶的年轻武士。他趋近道："怎么，下决心没有？"

弥平次完全无视，紧紧闭着嘴。

"你这顽固的东西，回答我！"他抬起一足，踩住弥平次的脸，"你要是今天还拿不定主意给咱们效力，顶多到明天早上你这条命就到头了！早该把你杀了的，不过是我们主人心血来潮，一时多事，才留你活到现在。身在福中不知福，蠢货！"

这武士不知是懒得照看弥平次，还是觉得主人对这浅井家苟延残喘的老东西另眼相待而十分嫉妒，语气非常恶劣。

弥平次对他的话充耳不闻。他只希望死个痛快，这么拖泥带水实在可恨。

至于活下去，给他们效力，想都不用想。小谷城陷落时自己本该一道自绝，想不到竟忍辱偷生到现在，实在难以忍受。杀头就好了，谁想到这么啰嗦。

小谷城与十天前，甚至一个月前保持着完全一样的姿态，屹立于东南方。几处望楼上有清秋洁白的云团缓缓飘过。城虽未改，而里面一个旧相识都没有了。只有部分织田军以胜利者傲慢的姿态留在那里。

方才那年轻武士说自家主人多事，弥平次也不知道那主人到底是谁。本来也没有知道的必要。他实在不知道自己有哪点被敌方的武将看中了。他突然望着那武士道："你们为什么不杀我？"这是他这天第一次开口。

"你的脸！"

"啊？"

"你的脸！因为你那张到处是伤疤的怪物脸！"那年轻武士似为排遣无聊，又踩住弥平次的脸，"我们主人大概就看上你这张脸吧！蠢死了，真想不通！"

说着，踩在脸上的脚越发用力起来。

尽管遭此侮辱，弥平次仍不作声，轻轻阖目，任其凌虐。他躺在地上，心里却想着别的事。

他也为自己这张丑陋的脸难堪。虽说天生一副狰狞脸孔，其实也还好，算是一张普通人的脸。不过是在姊川之战中伤了两回，就变成这般模样。后来两年，又生了一脸疮，变得越发难看。

长政公与久政公都不喜欢我这张脸。每次到他们跟前，他们都转开视线，极为不悦。而现在居然有人看上我的脸，真是荒唐。

他突然纵声大笑。

"你笑什么!"武士问。

"我这张脸属于浅井,属于小谷城。别开玩笑了!"而后陷入沉思,眯起眼睛,远望沐浴夕光的城楼。自己必须求速死!而从外表看来,他那张可怖的脸孔一丝变化也没有。

"吃!"那武士又和前两天一样,扔给他一个饭团。又和前两天一样将五花大绑的弥平次手上的绳子解开:"只给你松开手!"

弥平次也如前两日一样把暂时解放的手撑在地上,待恢复知觉后,将饭团塞到嘴里。在被杀之前,必须活着,没有必要饿肚子。饿死实在难看,他一想就战栗。要杀就得从腔子里喷溅出热血,将这头颅威风凛凛地抛出十来尺才好。

既然给我吃,那我就吃!弥平次这几天已在这里吃掉六个饭团。可今天,当他用自由的手抓住饭团的瞬间,突然瞥了那武士一眼。这个动作此前从未有过。脑海中闪过电光石火的念头,他想重获自由。他不明白,为什么之前自己从没这么想过。

弥平次缓缓把沾满泥土的饭团送到嘴里。

"快吃!"那武士轻蔑地叫道。

但他仍然慢吞吞嚼着,尽量放松双手。当他吃完两个饭团，道："捆上吧。"

年轻武士蹲身，将弥平次两手交叉，弥平次突然迅速抓住他的手腕，开始搏斗。弥平次发出低沉悠长的咆哮，将那武士拽过来，在地上扭打，滚了一两回。因为双脚还捆着，十分费力。他双手卡住武士的喉咙，怒目而视，竭力嘶吼，双手更用力。

对方很快丧失抵抗力，瘫软在地。弥平次松开手，急促喘息着，仰面倒地。

过了一会，他支起身体，用那武士的刀把捆得严严实实的下半身解开。

他已经四天没有站起来过，踉跄着立了片刻，才一步步走出去。走出很远，发现自己正朝着小谷城而去，又缓缓变了方向。他获得了自由，但心里仍然空荡荡的。因为在这片土地上，自己已没有什么必须要去的地方了。

就算再被抓住也无所谓。他漫然走着，背后袭来每天都有的狂风。待这阵风过去，内心深处起来的一股冰冷的虚空感令他浑身颤抖。而后，当他再迈出步子，第一次意识到，既然重获生命，就该继续活下去。这并不是爱惜生命，而是觉得以后的人生会更无意义，连死都没有任何意义。

三

立花十郎太刚逃出小谷城时就想着自己未来的新仕途。他想，这次可得选个靠得住的武将，必须让他认识自己的价值。多年来白白效力，现在一想还会愤怒。无论如何三十岁之前都必须出人头地，十郎太还有两三年的时间。

那一夜，十郎太带着与逃亡者不甚相符的欲望之眼，趁夜一步步远离小谷城。他并不觉得那是逃亡，不过是离开而已。一到天明，就开始迅速上大路南下。他知道在小谷城陷落之前，如果不走出很远，必然很危险。他一人匆匆走着，不时驻足等候加乃。他认为大大方方走进织田军的势力范围，是不被怀疑作浅井军的最佳之法。

加乃一切听凭十郎太，跟在他身后。

三天后，织田军的部队频繁从十郎太与加乃后面追来，又超过，一路南下。每逢这时，十郎太就与加乃靠在一起，一副浪人的态度，慢悠悠走着。

二人没有受到任何盘查。因为气焰正盛的织田军根本不屑看这路边两人一眼。当十郎太清楚他们已不再冒险时，便以热切的眼神打量那些部队。也许自己不久也能投奔到这凯旋部队的那一位门下了。

如果投靠一位有前途的武将，自然再好不过。但以他之前的经验，凡有前途的武将都不甚可靠。浅井长政不也很有前途么，不也才智双全么，如今也遭此厄运。因此他谁也不想倚赖。但无论如何现在还是想去织田信长那边谋职。

他携加乃与那群扬起一路沙尘疾走狂奔的武士平行向前。到了第三天的黄昏。

"我们是要去哪里呢？"加乃终于第一次开口问道。她根本不知道自己身处何处。但根据日落的方向，以及在路上偶尔看见的右侧湖面，她知道自己正往与目的地伊吹山完全相反的方向而去。

"我就在这里与您告别吧。"她道。

十郎太猛然一惊。因为带着加乃，才未被怀疑是逃兵，也没有被怀疑是浅井的余党。因此在找到新的落脚点之前，他根本不想放走加乃。

"告别？现在这么做可太轻率了些。我会把你送到伊吹山或是别的什么地方去。请再忍耐一下吧。"十郎太这么说，加乃也没办法反驳。这路上到处都是粗野的武士，姑娘家一人走着也很危险。况且加乃能平安到此，毕竟也多亏十郎太。再者她身无分文，若不是跟着十郎太，这些天恐怕连一碗饭都吃不到。

第三天，十郎太才开始放心投宿农家。这里并无战争纷扰，农舍四围田野环绕，一派安宁景象。十郎太估算了这里离小谷城的距离，想必也不会有人到此搜捕。于是这夜，二人总算在室内安歇。

"累了吧，好好休息。"十郎太道。

"是。请您先休息吧……"加乃答。直到夜深，她也不愿走进屋内。不久又开口问："疾风之介大人现在怎么样呢？"

出城以来，加乃第一次问出这样的话。不知为何，她一直避免说出疾风的名字。此前许多次想说，话到嘴边又咽了回去。

但出逃已三日，加乃再也无法沉默。

"疾风？"十郎太一副意外的神色，嘴角肌肉微微抽搐。

"那人大概死了吧。"他冷冷道。

"怎么可能。"

"他本来就想去死。"

"请不要骗我。"

"你觉得是骗你，那就骗你好了。反正他本来就想死，所以才让你逃出来。如果想活命，何必在城里留到最后。"

"他跟我说过，一定会逃出来的。"

"也就随口那么说吧，他是可惜了。"

听十郎太这么说，加乃又是不安又是愤怒。

如果他真的死了，自己恐怕也会选择死亡。但加乃相信疾风一定不会死。而逃亡途中路过民家，无数次听说小谷城破时浅井家的部下全部殉身。她虽以为那不过是传言，但还是陷入难以忍耐的不安。

夜深时分，风起来了。加乃想念着伯父，他是早就决定殉城的，大概已经壮烈身死。她更惦念的是疾风。听着风声，加乃不安得要死去了。

十郎太根本没有去听什么风声。他只是想着如何去织田军谋位。正想着，忽而豁然开朗。那就是娶加乃为妻，在织田军混得功名立身，实在美妙。

晚秋凛冽的风又刮起来。若当着风口，怕连野猪都要伏地躲避。狂风彻夜紧吹。

比良

（一）

十月末至十一月初，一种通体茶褐色、从未见过的水鸟成群而至，栖息在琵琶湖西一带枯黄的芦苇间，整夜哀鸣不已，搅扰村人的安眠。

但十一月刚过了一半，那些水鸟就不知去往何方，一只也不见了。不知为何，它们婴儿啼哭般的凄声啼鸣却一直萦绕在乡人的耳畔。

这一年（天正元年，1573年）的秋天何其漫长。往年一到十一月，就要有两三天连续的寒风，而后比良山的峰顶就被白雪覆盖。今年十一月已过半，仍秋高气爽，暮秋寂静的阳光铺满平静的湖面。

人们隐约感觉天灾地变即将发生。并为这种毫无理由的预感而恐惧。这一年，亮政、久政、长政，浅井家族历三代而亡。人们想着，这一年能平安过去么。并不是对浅井家族有怎样的爱眷，而是因为他们熟悉的一族，忽在朝夕间灭亡，由此倍感恐惧。

"是末世吧。"这一年来，近江地区的人们总念着这句话。末世之感或多或少左右着人们的内心。

人们对织田信长这位新统治者尚无好感。有传言称，织田军攻打小谷城前，曾炮轰竹生岛①。这使人们对织田军愈发冷眼相待。当然织田军是因竹生岛为浅井家的武器库才发起进攻，然而居住在琵琶湖畔的人们却认为这种行为严重无视竹生祭神的神意，实在无法无天。

十一月最后两三天，气温骤降，白茫茫的雪片飞舞在近江一带。没有任何前奏，严寒突然袭来。那年的雪几乎每天都纷纷扬扬飘洒着，那个冬天也是前所未有的寒冷。虽然来得迟，而一来就是这样酷烈的寒冬。比良山的顶峰终日埋在云层里，隐约可见的部分覆满洁白的积雪。岸边枯芦拍打着幽深的湖水，周围都结满薄冰。

人们从来没有像这个冬天一样渴望春天的到来。他们闭门不出，不知何处传来的流言令他们不安且恐惧。

什么从坚田②驶出的船一周后载回十一具尸体，什么从

---

①竹生岛，琵琶湖北部湖面的小岛。
②坚田，滋贺县大津市北部地名，面朝琵琶湖西岸，中世时代为水运的重要据点。

坂本①出去的船一夜间遭遇强盗船八次袭击，结果同行十余人，包括武士在内，都被洗劫一空，狼狈不堪地逃回来。诸如此类的传闻每日都有。

总而言之，大约是以几人或十来人聚为一群，行船偷盗，横行湖上。彼此之间又反复进行血腥的争斗。

这样的传说不只在湖上，据说今津到小滨九里半的街道上亦有盗贼出没，袭击往来行人。据说积雪融化后，会露出不少尸体。

事实上浅井家灭亡后，近江周边虽已处于织田信长势力范围下，但除却琵琶湖南岸部分区域外，治安仍极度混乱。

织田信长结束小谷城一战，平定江北后，将浅井氏的旧领地派给羽柴秀吉管辖，自己列阵佐和山城，攻打六角义治的鲶江城，令其降服。至此，信长已悉数扫平积年宿敌。

这一年，织田信长只在九月派兵征讨伊势，别无战事，度过了一生中难得平静的秋天。

转眼到了天正二年（1574）的元旦，织田信长在岐阜城举行新年贺宴，规模空前。众人开怀畅饮，无拘无束。宴席一隅放置朝仓义景、浅井父子三人的首级。千军万马的将士们在这跟前倾杯，舞蹈，高歌。

信长将天正二年视为下一步活动的准备期。虽说近畿一

---

①坂本，滋贺县大津市地名。

带已攻下，而四邻群雄割据，东与武田氏统领的信浓、骏河、远江一带相接；北面加贺、越前有本愿寺诸门徒；西面由波多野、一色、赤松氏盘踞的丹波、播磨尚属信长足迹未至之处；南面的南纪伊一带也不在信长势力范围内。即便是在他所领的近畿，有以本愿寺门徒为中心的反对势力根据地——伊贺；而大阪也以本愿寺为中心，向全国扩张势力，亦是一向宗起义的指挥中心，与信长顽固对抗。

如此情势下，信长遂将天正二年当做巩固自己势力范围的一年。这年三月信长从岐阜转移至佐和山城①，稍作逗留后，经水原乘舟至坂本，由此进京，拜谒朝廷。四月里，忽而发兵进攻本愿寺，亲于堺市指挥作战。奈何本愿寺僧众三千五百人防御得当，信长未能如愿，只好于五月二十一日率师返回岐阜。

棘手的是，以本愿寺为中心，全国各地大小教团形成坚固如铁网的屏障，一旦事起，则门徒群起，燃起反抗的烈火。于信长而言，那是必须征服的对手。而那个集团团结的力量也委实不容小觑。

在近江地区，由于六角与浅井氏两家长期与本愿寺气脉

---

① 近江国坂田郡佐和山城。建于镰仓时代，筑城主据传为佐保氏，主要改建者为石田三成。城主先后有佐保氏、小川氏、矶野氏、丹羽氏、石田氏、井伊氏。

相通，多有提携，两家灭亡后，众门徒听从大阪本愿寺指令，与新统治者摆出处处对抗的姿态。

因此近畿一带虽处信长统治之下，却到处隐匿着反抗者，治安绝不平靖。

浅井氏灭亡后，转眼已半年。光阴荏苒，冬去春来，天正二年的夏天就在眼前。

（二）

疾风之介取下腰间挂着的两只野兔，扔在地上，坐在廊边。暮色四合，整日奔走山野，身体疲倦，十分沉重，大概是走了太多路。

有一阵他肩上化脓，愈合花了很长时间。直到一个月前才算恢复。那之后，每天都要稍稍活动。像今天这样上午离家，黄昏才回来，还是第一次。

"呀，你回来啦。"阿良看他走进厨房，忽在一旁道，"这么晚，你到哪去了？"

疾风之介不作声，只是凝视着小山谷对面即将湮没于夜色的杂木林。

听她的谈吐，怎么也想不到是位二十岁左右的姑娘。语调可谓轻浮粗鲁,而疾风之介要理解其间真意,至少又花了三个月。其实也没有多么轻浮粗鲁,她幼年丧母,被野武士的父亲在比良山中当成男孩儿一样抚养到今。除了这些粗野的言辞,她也不知道别的怎么说。现在疾风之介倒觉得阿良的话语有一种少女般的稚气可爱。

"我抓了两只兔子,你拿回家吧。"疾风之介道。

"疾风。"她道,"你想下山么?"

"当然。"

"要是想,说不定还真能去。我跟爹爹去说说看,最近他们有事要下山呢。"

疾风之介忽而很想笑。为什么想笑,自己也不清楚。或许是因为阿良的稚气吧。

"我可不帮你们。"他脸上的笑意尚未褪去:"不掺和你们打劫。"

阿良似乎很生气,粗声道:"别胡说!"说着俯身捡起两只野兔,冷冷地走了。

她离开后,疾风之介顿觉轻松,也站起身,绕到住处右侧,远眺坚田一带。溪谷前半町远的区域已沉入暮色。

这时他忽而意识到,自己并无心远眺,只是装作如此。还有什么时候会这样?有时惦记阿良什么时候会过来,自己也会这样。他微觉自嘲。

很多时候，与她交谈时，他都不去看她的脸。最初从小谷城逃出、倒在树丛中的那一夜，第一次听到她珠玉滚落般的声音，如此令他难忘。那时留下的奇特印象，如今也没有修改的必要。每每听到她的声音，就回想起那一夜。那声音不是单纯的男声或女声，而是更为超凡，更为纯粹。

然而，单听她的声音也还好。若同时见到她那不知从何继承的端庄美貌、灵动神情，疾风之介就完全心旌摇荡。

不可思议的是，那声音在他听来居然有些淫荡。仿佛是本该发芽的东西没有发芽，本该成熟的东西尚未成熟，这样生硬的感觉，却有一种奇妙的诱惑力。这正是疾风之介所感觉到的阿良。

阿良跟父亲一样，见谁都直呼其名。对小村十五户人家的男女老幼，她都如此对待。这是从小养成的习惯，如今大了，也改不掉。举止言谈也有几分男孩儿的粗野，这也是从小的习气。不知是父亲有意培养，还是因为在一群亡命徒中间长大，言辞行动自然也耳濡目染。

他刚来这里时，听阿良大声直呼"疾风"，也颇觉反感，但只是极短的一段时间。因为阿良除了这样的直接称呼，没有更加自然的叫法了。

疾风之介换上工作服，在屋后小川内清洗身体。而后走出后门，沿着小路走出半町远。阿良与父亲藤十住在那里，藤十是这一小村的头领。

"阿伯,你还好?"疾风之介用小村的方言对正往地炉内添薪柴的藤十寒暄道。

这位本来就枯瘦的老人,有些难耐这年冬天的苦寒。

"还好。不过人哪,一到七十岁,就不行了。"藤十仍用那夜疾风之介躺在地上时听到的粗哑声音道。

疾风之介面对老人,在地炉边盘腿坐下。

"最近好像又有活儿?"

"是啊。"藤十微微颔首,拿竹管吹了吹火。不久问,"你去不去?"眼里闪过一瞬精光,望着疾风之介。

"要把武器送到一个地方去。他们都去,你要去么?"

"阿伯呢?"

"我是不去啦。阿良会去。这种担风险的活儿,一个多余的人也不要去。不过也要看你的身体啦。"

疾风之介没有回答。

他大略能想象这是什么性质的活儿。三四天前自称是本愿寺使者的僧人到这比良山深处的小村来过。

这个小村全体听从本愿寺的指令而行动,疾风之介虽没有问过一句,也是知道的。大约就是收集兵器与铠甲,再送到某处。小村的十五户人家似乎还承担着刺探各地武将动静的任务。然而他们并不是本愿寺的门徒,所以也可以说是比良山中一群亡命之徒的买卖吧。

他们与本愿寺并无特殊关系，也并非对织田信长有何仇怨。也许是这个小村自古以来的习惯吧。

"我不是很想去呢。"疾风之介道。

"那就留下来吧，或许还有别的事儿要你做。"藤十道。

过了一会，藤十与阿良围着小食桌，开始吃晚饭。约略六尺以外，疾风之介独自面对一张食桌，这似乎也是本地习惯。吃饭时谁也不说话，这大概又是一种习惯。

饭毕，阿良像吩咐属下一样说："疾风，洗澡水一会儿就烧开，你让我爹爹去洗吧。"

地炉的火光映红阿良美丽的面庞，疾风之介无意间望见，不觉恍惚。他旋即移开视线，默默点头。

〇三〇

已决定让小村里的数名男人、阿良并其他两个女人下山。前一日，此行的男人们聚在藤十家喝酒。

疾风之介觉得这场酒宴很有趣。虽是危险工作的饯行酒宴，却极为安静。藤十在最中间，大家都不言不语，沉默着将酒一杯杯送下。

疾风之介当然不参加这酒宴，只是开始露了回面，很快离席。这寂静的宴会，或许也是古来的习惯吧，实在不错。

回想小谷城陷落前夜狂暴的宴饮，疾风之介认为这群野武士反而更有人格。

"能回来一半人吧？"藤十若无其事问道。一行人中最年长的平佐答是。他似乎考虑了一下，并没有再提。当听到别的话题时，总是温和地笑起来。

这群人真有风骨。疾风想。

离开藤十家的宴席，回到自己的住所，他想，过不了多久，自己也必须离开这里了。有一回，藤十曾对他说："是我们把你从死里救回来，虽然不能留你一辈子，但眼下要离开我们可不行。"藤十将濒死的疾风之介救回来，是为了让他入伙。每提到这些，藤十的目光便显出与平常不同的严厉，令疾风印象深刻。他知道如果自己逃离这里，他们一定不会善罢甘休吧。

然而疾风之介并不急于离开。因为下山也没什么特别的事，在这里虽有些无聊，但一天一天也安稳地过着。

大雪封山的日子，疾风之介卧床休养。有一位姓塙的中年男子偶尔会过来照看他的伤口，虽也不知他是否懂得医理。卧床的这一段时间，阿良为他送饭。

"疾风，饭菜放这儿啦。"她这样说着，将食桌放在拉门边，很快又走了。等疾风之介能下床后，就自己去藤十家吃饭。

冰雪消融后的山居生活，在疾风之介眼中，一切都如此新鲜可贵。他惊叹于鸟儿种类的繁多。从清晨到太阳升起，群鸟啼鸣，他至少能清楚分辨十余种声音。

鹧鸪漫啼，时至梅雨，路旁崖边开满不知名的野花。紫色的最多。二里以外有一片开满石楠花的原野，疾风之介还没有去过。

但无论如何，也不能在这里一直住下去。小村的人们最近才第一次下山，他也想着自己应该在最近独自离开。他惦记着加乃，她说要去伊吹山麓的津守家，果真到了么？他知道，自己是为探寻她的情况才要下山的。

"疾风。"突然传来阿良的声音。夏日黄昏的夕光自林间倾泻，浸润了小小的前庭。阿良很难得地立在那里。

"你不会是想趁着大家不在逃走吧？"

疾风之介和以往一样，静静听着她清澈的声音。

"你可不要做什么奇怪的事哦。"而后，阿良又仿佛漫无意义地轻笑起来。

"说不定我真逃了。"疾风之介脱口道。

"别逗了！"这回她又全是一副男孩子的口吻。也许是替藤十来传递此话吧。

疾风之介蓦然一惊,后退两三步。阿良愤然逼近,仿佛要冲到他跟前。

"你别想乱来。"她仰头望着疾风之介。

疾风一把抓住阿良的右手,手心里掉下一块石头。

她大概是准备看疾风如何回答,伺机拿那石块砸他的脸。

石块落地后,疾风意识到自己和阿良的脸凑得太近,不由尴尬。而后发现自己的左手居然搭在她肩上,愈发不知所措。

远看她也算得上有姐姐的风范,而靠近一看,原来比同龄姑娘稚气得多。

皓雪般洁净的肌肤,身后一头浓密的乌丝。

"怎么啦?"阿良这样问时,疾风之介忽而对眼前的这个人产生残忍的欲望,直想将之肆意蹂躏。

他突然双手放到阿良肩上,大把攥住她的肩头,指尖不断用力。

阿良大惊,抬起头。当她意识到自己身处何境,本能地要挣脱。但突然,又打消了这个念头,双手紧紧抱住疾风之介的脖颈。

疾风之介感觉到这个温软柔弱的身子在他怀中微微战栗。

"啊,有人来了!"她突然挣开他的手臂,推开他,跑出去两三间远。而后头也不回朝后门走去。

动作是难以想象的敏捷。

阿良的背影从后门处消失时,从藤十家那边回来的小村男子们一路吵吵嚷嚷,从小屋旁的路上过去了。阿良一直没有回来。

是夜戌时(夜八点),男人们穿着各式各样的衣裳,在藤十家门前集合,行动极为静悄,一个一个下山了。不知担何使命的阿良与另两位中年妇人收拾了简单的行装,跟在男人们后面。

他们出发后,山中变得十分冷清。留下的除了藤十和疾风之介,就只有妇孺了。

疾风之介去藤十家洗了澡,回到自己住处。

走进卧室,正要伸手去点灯盏,黑暗中传来低低的一声"疾风"。是阿良。

"你回来了?"疾风问。

"明天天亮前赶到坚田就好。"

黑暗中,短暂的沉默后,疾风之介突然朝着那仿佛有无数色彩漩涡的暗处扑去。与白天一样,阿良双手抱着他的头,她纤细的身体在那里震颤着。少顷,她屏息道:"我的生命,给你了。"温热的气息拂过疾风的脸。这确实是阿良说出的话,在疾风听来,却头一回不像是出自她之口。

回音

（一）

疾风之介醒来时，身旁已没有阿良的身影。天窗还没有亮，啄木鸟叩响树木，声音轻快。这声音一停，又一片死寂。离天亮似乎还有一阵。

他猛然从床上坐起来，点亮灯，环视四周，又朝内间喊道："阿良！"并无回音。

她什么时候离开的？这个时候，她是不是正在比良山连绵起伏的峰峦起伏奔跑？是不是正向一个又一个山谷急急奔去？疾风之介眼前一想起她的样子，就悄悄涌起一股无法挽回的悔恨。

他记得，阿良在他怀中宛转承欢时，未发一言。黑暗中他抱紧的身体，那个平时气性言辞像男孩儿一样的阿良，怎么也想不到，居然这样纯真、纤细，完全像另一个人。如果说还有一点像阿良的话，那就只是那搂紧他的双手，行动间的敏捷了。

直到天窗透出拂晓的天光，疾风之介再没有合过眼。当晨光从闭合得不甚严密的防雨窗空隙如箭矢般照进来、流泻一室时，他发现枕边有一个小小的白纸包。于是又从床上坐起来。

白纸叠成小小的长方形。举起来看，里面似乎包着什么硬物。疾风之介很小心地打开这重重包裹，仿佛藏着什么贵重物品。里面是一把粗糙的木梳。

看到这木梳时，疾风之介想起阿良在他耳边轻轻说过的那句，"我的生命，给你了"。他感到一根无形的绳索凭空飞来，束缚了自己。

梳子！这的确是可怜的信物。然而细想一下，却是疾风之介有些难以承受的信物。她也许将之视为自己的生命，无比郑重地放在疾风之介的佩刀旁。这行为虽是爱情的幼稚表现，但也恰是一个女孩儿生命火焰的跃动。想到这些，疾风之介的心中涌起缠绵。

他知道自己做了一桩坏事。对加乃的感情，确实可以算作恋情。而对阿良却完全不同。那是郁积的情欲在一个貌美野性的女子跟前无法控制的恣肆奔涌。但没想到，阿良正好是这样的稚气纯真。这令他痛苦。

对于加乃，他还能守住理智。怎么会完全没有把握地和阿良有了这样特殊的关系。疾风实在觉得自己可恨，蠢到了极点。

这是战乱频发朝不保夕的时代。自己一人尚不知明日如何，又添上个女人，到底该怎么办？为了活下去，他曾决心毫无牵绊。可却毫无把握地与阿良结下如此牵扯不断的情丝，疾风之介对这样的自己极为恼恨。

愚蠢的人啊！他自言自语道。

天亮后，他起床，走到土间。无意中看到门边的一捆柴薪，随时都可以用来烧地炉。那定是阿良临走时为了他省力而准备的。

他又一次感觉到那女子抛出的绳索，紧紧缚住他。

走出后门，在小溪边立定。陡峭的杂木山坡就在眼前。其后有一座更高更陡的山，被朝雾笼罩，完全看不见。

今日浓雾深密，并没有听到平常无数啁啾的鸟鸣。早起将手浸在小溪清凉的流水中，是疾风最喜欢的比良山生活。而今天却怎么也没有兴致。他第一次感觉到比良山雄伟壮阔的自然突然变得逼仄压抑。

他想着最近就该离开了吧。如果想下山，就要趁着小村里大家都不在的这十来天工夫。

"你早啊。"村里一位似要进山做活的女人跟他打招呼，朝着后门口的小路上走去。

"你精神很好啊。"疾风也回应道。

"男人们都出去啦。不过夜里出发,也走不了多远。"她自言自语着,不待疾风回答,已经走远。

阿良比他们至少晚走了四小时。她那白皙的双足,踏过朝雾中的草地,跨过山石,渡过山溪,攀越岩石,一刻不停地追赶前面的队伍。方才那女人的话,又让疾风的眼前浮起阿良的身影。他的双手现在还留有阿良温柔的触感。她的肌肤在这朝露中是否会感觉寒冷?想到这里,疾风之介才第一次意识到,自己对阿良有了深切的爱意。

(二)

村里的人们下山后第五天,黄昏时下起激烈的暴雨。

藤十与疾风之介二人各据一桌,吃完晚饭。阿良不在家,请了村里一位妇人照顾藤十的饮食。她想冒着暴雨回家,但半路就浑身淋得湿透,只好折回来。闪电雪亮,不知什么时候就有落雷。吓得她一步也不敢朝前。

村里人说这座山里的雷很出名。疾风之介也从未见过这么暴烈的雷雨。倾盆大雨似要将山冲垮,滚滚雷声忽远忽近。偶尔,蓝色的闪电过后,伴随天地间震耳欲聋的雷声,还有大树被劈开的可怖声响。

"好厉害的雷啊。"藤十望着屋外道。突然又说,"我还在这样的大雨里和人交过手呢。"

"在哪里?"疾风问。看藤十勇武的面貌与偶尔流露的行止,疾风知道他并不是生来就是野武士。

"二十年前。"

"二十年前的话,那时候我刚出生三四年吧。"

疾风之介脑海里浮现出幼时听说的弘治①、永禄②年间的几场战争。

"虽然是很小的一仗,但实在可恶。是攻打美浓的明智城。围城的五十多天里,也有过像今天这样的雷雨。"

他说着,疾风之介忽然向藤十投去锐利的目光,惊叹了一声:"啊,那么,你就是?"

"不错,我就是斋藤义龙③门下家臣岩田茂太夫的家臣。"说着他轻轻笑着,声音粗哑。

屋内没有点灯,疾风在黑暗里沉默坐着。不久又问:"这么说,你现在……"

"正是武士的落魄下场啊。"藤十答道。

---

① 日本年号,弘治为公元1555—1558年。
② 日本年号,永禄为1558—1570年。
③ 斋藤义龙(1527—1561),战国武士,斋藤道三之子,美浓大名。

"那场战争，斋藤义龙杀死养父秀龙，又攻打明智家，父子亲族，骨肉相残，实在令人厌恶，给我印象极深。听说斋藤义龙十多年前已经被织田信长消灭，真是罪有应得，尽做些伤天害理的事。"

"可是，你后来呢？"

"你问我怎么不再当武士么？也不是什么当不当，本来就身份低微。明智城一战过后一年多，我突然不想打仗了。"

也许是村里的人都下山了，有些冷清寂寞，藤十有了怀旧之心。一向寡言的他竟说了这么多。

他说，二十年前，自己和几位亲朋一起来到这比良山。当时有三四个人和他年龄相仿。如今他们都过世了。现在仅次于藤十的长者仙太，入山时不过二十出头。但他是唯一了解当时情况的人。其他要么是孩子，要么是后来才入山的。

藤十虽说突然厌倦了战争，然而既然隐居到比良山深处，必也有不得已的理由，但藤十闭口不谈。对于厌倦武士生活的人而言，现在的生活未免有些荒唐。

但疾风之介也不想打听这些，因为没什么了解的兴趣。要想调查这世上每个人所做的事，就会觉得现在的时代过于粗暴。

对疾风来说，藤十的话给他最大的冲击，是藤十曾是斋藤义龙的家臣，攻打过明智城。

疾风之介即便是经历了小谷城一战，也未对织田军有那么强烈的憎恨。如果说在这世上还有他恨着的人的话，那就是斋藤义龙及其一族。

那一场战争，不仅使在美浓一隅屹立二百五十年的小城化为劫灰，更令他痛切的是父亲与伯父们的死难。他们为那城而生，又为那城而死。怀着对斋藤义龙的憎恨而战，怀着这样的憎恨而赴死。

疾风之介幼时每每从母亲那里听到这些，多少次热血逆流，对那时包围明智城的敌军恨之入骨。那仇恨至今也未消减。

当闪电惊破屋内的黑暗，藤十不由"啊"地叫了一声，坐地后仰。因为相隔两间的疾风之介突然起身，满面杀气地面对他。完全没想到疾风之介会这样。

"疾风！"藤十不由自主叫道，也站起来。

疾风没有回答。

藤十屏息。二人之间的黑暗充满恐怖的杀气，纹丝不动。

闪电又一次照亮屋子，站着摆出阵势、丝毫不敢懈怠的藤十却看清了门框边疾风的背影，他面朝外坐着。藤十颇感意外。方才周围充盈的诡异杀气顷刻消失，他静静端坐着。

室内又被黑暗笼罩。藤十有些怀疑自己的眼睛，莫非方才是青色闪电一瞬间的恶作剧？他知道自己内心仍猛烈悸动。并不是因为对疾风直接有什么畏惧，而是对满身杀气的对手摆好架势，十分兴奋。

"阿伯，您早些休息。我回去了。"疾风之介静静道。

"再等会儿吧，雨会小些。"藤十亦平静对答。

疾风之介也估计雨会转小，走出藤十家。暴雨冲刷后的道路，石子全部露了出来，很难走。

他刚一走出屋子，猛然一惊。幸好没有杀掉藤十。他的确是因为想杀掉藤十才站起身。那一瞬，他感觉到对藤十这个野武士不共戴天的仇恨。

但那时，他耳边却清晰响起阿良的声音，她唤着，"爹爹"。这固然是幻听，但当耳畔响起阿良珠玉般清澈声音的瞬间，他突然清醒过来，坐在地上。

疾风之介回到自己的住所，像方才在藤十家一样，又在黑暗里坐下。

不知何时雨已停歇，迟到的月亮升起来了。月光里，防雨窗敞开着。屋子门前狭窄的空地，树木浮现在薄淡的光线里。树丛枝梢的雨滴落向地面。

疾风之介到底还是躺了下来。方才意想不到的激情令他充满疲倦。

三

十余天后，下山的一行人回到村里，时已过午。

他们的任务是从坚田某处破败的寺庙里取出暗藏的武器与铠甲，转交给本愿寺指定的、淀川流域的某个小村庄的人们。为避人眼目，必须夜间行动，并不是简单的事。

最困难的是从坚田到石山的行程。这一带尽是织田军耳目。他们驶两条小船，横穿湖面。从石山登岸，再沿淀川步行。

将武器之类交付到对方手中，已是下山后第六日的清晨。山中寺庙开满几树女儿节点心般鲜红可爱的紫薇。完成任务后，他们立刻原路返回。归途中的第二天，他们被几名武士叫住。也许是织田信长的人，也许是一伙野武士。单看他们的衣装并不清楚。为防不测，他们立刻四下散去，没有一人朝同一个方向逃去。翌日夜里到第三天清晨，他们又一个一个集中到坚田某处联络的寺院。所幸没有缺少一人。

阿良回到山中，看到人们全都聚在家门前迎接，却没有看到疾风之介。她很不高兴。

一看到父亲，她立刻问："疾风呢？"没有任何羞怯，恰如孩子回到家中最先就问母亲在哪里，完全没有拘束。

"疾风啊……"藤十缓缓道。短暂的沉默后，"他下山去了。"

"啊？"阿良脸立刻一白，连父亲也觉察出来。

"他怎么这么蠢？"

"也没什么，要逃就逃走了。"

"逃走？！"

"说他逃走，是因为真的像逃走嘛。昨天晚上他来我这儿了，说要下山。今天一早果然下山了。"

"爹爹，你是知道的？"

"虽然知道，但也没让人去追。我总觉得他不在山里倒是好些。"

藤十想起三天前在闪电光芒里看到的疾风之介的满脸杀气。他至今仍认为疾风之介是个可怕的男人，不知道会做出什么事来。

"我不知道是为什么，但总觉得他还是不在山上的好。"

"爹爹。"阿良凝望着父亲的脸，"疾风是从东边山谷下去，还是中间的？"

"从中之谷下去的。不过追不上啦，如果那个人有良心的话，是不会忘记我们的救命之恩的。这样的话，我们也没有做错什么嘛。"

阿良似乎没有听进父亲的话，茫然呆立。突然，她转身离开，走进屋子的内间。

藤十与男人们在廊下坐着，喝着女人们送来的冷酒。

阿良走出内间，又向旁边疾风之介的住处走去。门户敞开，屋里屋外、庭院中，都不见他的身影。阿良绕过后门，虽知无望，仍拉开卧室的门。当然，这里也不会有疾风之介的影子。阿良固执地环视四周，直至今晨，疾风之介仍在此呼吸坐卧。曾经住在这里的人并没有离开多久，但室内已如久无人住，寂静得可怕。地炉的火已熄灭，余烬似已有湿气。在阿良眼中，土屋天窗上结的蛛网、木板门的裂缝、地炉周围席子上的污迹，都与疾风之介在时完全不同。

当阿良亲眼证实疾风之介确已不在家中，顿觉浑身无力，跌在门边，呆呆坐着。

"畜生，跑了！"阿良喃喃自语，伸手向怀中，触到了一把短剑。

阿良将之取出，褪下剑鞘，凝视着短短的剑锋，然而她自己也不知道为什么要拔剑，只知道自己非如此不可。她并非是想把剑刺向那弃她而去的男人，也不想刺向被他遗弃的自己的心。这些是阿良想不到的。

阿良将短剑轻轻收回鞘中，突然像换了个人似的站起来，就这样穿过疾风之介住处旁边的竹林小道，往墓园奔去，途中，又沿着小山坡去往中之谷。

她微微躬身，步履均匀横穿山坡，尔后沿着重叠起伏的小山脊奔跑。她想起十天前自己也在这条路上走过。不过那时是夜里，现在是白天。而且那时候，她心里充满从来没有过的温暖，许多美好闪烁的东西像泉水一般喷涌不息。而如今，她心里却只有黑暗虚空，深不见底的洞窟。短剑在她怀中发出连绵的响动。

跑出很远，阿良的脚步仍然平稳均匀。她攀上山丘，跃下山坡，翻越山脊，拨开丛林，偶尔连续跳下几道山崖。终于，在她眼前出现一汪碧波清湛的池水，映着早起山中被浮云遮蔽的日影，池面涟漪荡漾。她沿池跑了半圈，又来到树林中一条小道，终于停下了奔跑许久的双足。

"疾风！"阿良双手拢在口边，大声喊道。

"疾风！疾风！"她向四面喊着。虽然是夏天，黄昏的山中也凉气沁人。阿良那清亮动人的声音响彻山林，声音回荡，互相重叠，越过山谷，越过山脊。

阿良又开始奔跑，不久站定，手拢在嘴边，大喊着："疾风！"

不知何时起风了。仿佛要掀翻山坡似的，从山脚呼啸而来。浓密的长发在阿良身后飞舞，她在中之谷中漫无目的地到处奔跑，一遍又一遍喊着："疾风！疾风！"

不知过去多久，阿良来到了红土崖下。明月不知悬在何处，寸草不生的崖面清楚映入眼帘。

砂土从断崖上悄无声息地落下，阿良终于坐了下来，心头涌起莫可名状的情绪，不知是愤怒还是悲哀。

"畜生！"阿良骂道，又不死心似的，手拢在嘴边："疾风！"

她的声音消失在遥远的山谷，不知何处传来猫头鹰的叫声。

龙卷风

（一）

湖面雾霭弥漫。薄纱般的雾气中，从最西边飞快驶来一艘小船，紧接着又跟来三五艘同样的小船。如果不仔细看，并不能看清。一群小船正向近处悄然驶来。

若将视线移往薄雾笼罩的东面，那里也有几只小船在湖面移动，那些小船自雾气中连续不断飞驶而来。

湖面雾气缓缓散去，晨光乍破，而岸边仍笼罩在夜色里。弥平次就在那断崖的一角，一动不动地伫立着。

他所在的岬角向一望无际的芦苇丛中延伸。悬崖峭壁凌驾于湖水之上，弥平次一动不动站在那里，仿佛已完全成为岩石的一部分。

一艘，两艘，弥平次数着拂晓湖面上移动的小船，当他确认共有三十八艘之后，才将视线从眼前的湖面转向天空。薄纱般的云朵缓缓流动。他猛然转身，朝山脚走去，步速缓慢。在小谷城时，还能从他的动作中感觉到精悍的气质。而时隔一年的现在，却只能从他身上感觉到萎靡不振。

但是靠近他的人没有不为他的动作感到恐怖的。在他如岩石般缓慢移动的身躯上，有一张毫无表情的虬须鬼面的脸孔，还有一张绝不轻易出声的嘴。

他面无表情。满脸疤痕，两道竖直的刀疤被阳光灼晒成黑紫色，使人完全无法窥透他的内心活动。是喜是怒，无法猜测。

总之，从外表看来，完全无法推测弥平次的喜怒哀乐。他已是离人很遥远的生物。

弥平次回到长着两三棵松树的山脚，走向礁石遍布的湖岸。

岸边有十余人围着篝火。一直吵嚷不休的人们突然鸦雀无声，有两三人让出了坐席。

"老大，那些家伙回来啦。"一位正远眺湖面的人说道。弥平次并不理他，拿下巴指了指篝火。他这小小的动作是什么意思呢，大家有些困惑。当他们反应过来是要往篝火里添柴时，两位年轻人立刻从身旁堆积的旧船板里取出两三块丢入火中。

不久，率先抵达的小船驶进礁石之间，围在火边的人们跑进没膝的湖水，将船拉上岸。船刚停，里面两个装束怪异的男人像蝗虫一样跳出来。一人光身穿着及膝棉袄，腰上挂着一把刀。另一人穿着相似，兜裆布挂着一把短刀，背后还有一把长刀。

"冷死了！嗷，冷死了！"两人跑到火堆前，向弥平次低首致意。尔后，不知是向弥平次报告，还是自言自语道："我们只顾砍了坚田的二十几个人，没捞着什么就回来了！"

弥平次没有回答，只是凝视着朽烂船板燃起的红色火焰。

这时，小船们陆续回来了，每艘船上都跳下两三位相同装束的男人，不约而同从水里飞奔上岸，点起一堆堆篝火。

弥平次离开篝火，打量着这四五十个男人，最终向一堆篝火走去，朝一个全身赤裸的男人道："源。"

男子回头："是老大啊。"他保持着方才的姿势，又道："这回可真吃亏。"刺青的皮肤上泛起一片鸡皮疙瘩。

"坚田那群家伙浩浩荡荡，来势汹汹。以为是群什么不得了的人呢，谁知是和尚。"

"和尚？！"弥平次很意外，低声道。

"大概十来个和尚吧，就是把他们倒过来也挤不出什么油水。扒掉袈裟也没什么用。就一个一个泡在水里，赶回坚田那边去了。"

"坚田的那群人呢？"

"我们毁了他们两艘船，然后都散了。"

弥平次默立不语，过了会儿道："没捞到什么也没办法，大家都散了吧。"

"是！"

弥平次穿过这群胡作非为的男人中间，离开这个他们经常使用的码头，头也不回地朝着湖边矮坡上一条细细的小路走去。

弥平次的身影消失后不久，数十人又回到各自的小船，向湖面四方散去，回到各处村落。

那群小船散去后，还有五艘小船并十二人，以及几堆篝火留在岸边。

他们吵吵嚷嚷着将五只船藏在山脚，而后挨个儿沿着方才弥平次走过的山坡小路走着。岸边只剩下三人。他们对着火烤了很久，又一起躺在火堆边，很快鼾声大作，睡着了。

这三人都抱着刀。

（二）

主公浅井一家灭亡后，自己居然能活到现在，弥平次一直觉得像梦一样，真不敢相信。

小谷城陷落已一年——弥平次怀着什么时候死去都无所谓的心情活着。他从未想过要苟活于世。哪怕有一点卑躬屈膝的心情活着，也要自刎而死。

小谷城外，他偶然获得自由以来，没想到居然活到今日。连死都不畏惧，这世上已没有什么可怕的了。他并不是为了保全性命而当海盗的头目，也不是想当海盗头目。只不过当他意识到时，已不知不觉成为头目。

弥平次为浅井家勤勤恳恳卖命，却从未有过什么出息。而在琵琶湖畔，竟然这么快出人头地。

从小谷城外逃脱后的第三日，他搭一艘小船，漫无目的游荡在湖上。之后被三个男人偷袭，但他却把他们降伏为部下。不久被五个人袭击，这五个人也成了他的手下。道义、人情、恩爱，这一切都没有。琵琶湖上的世界，一切只靠实力。

弥平次毫不顾惜生命。所以他比谁都胆大，比谁都强悍。且他并不想杀死对手，如果对方求他饶过一命，他也放他们一条生路。因此一年来他已有六十余名手下。

琵琶湖的统治权属坚田的村民所有。这些坚田人是依据古来的习俗一直统辖琵琶湖的坚田村人。哪怕是在湖上乘一条小船，也要经过坚田人的许可。如果给他们钱，当然可以行船。如果没有，那么旅人们突然受到几艘小船的攻击，那也是常有的事。

弥平次在与这些自古以来琵琶湖上的统治者对抗以来，意外发现这是最适合自己的生存之道。这也是上天赐给他唯一的一条路。除此之外，没有什么能引起他的兴趣。

每每听说有坚田的船路过，弥平次就不动声色道："好！进攻！"

"对方来了好些人！"有时手下犹豫不决，但无论何时，从弥平次口中出来的只有相同的一句："好！进攻！"

"坚田那帮人好像在给武士带路，他们的人是咱们的两三倍呢。"有时，手下也因他的鲁莽而踌躇。而他永远都还是那句："好！进攻！"

而后，每艘载有两三个粗野之辈的小船，像扑向蜜糖的蚂蚁一般，从四面八方密密麻麻涌向猎物。

不管是武士还是城里商人，大多数情况下，都被脱得精光，捆在船头送回坚田。

弥平次的六十余名部下，都来自琵琶湖东、湖北，分散在各村落，不是务农就是打鱼为生。有时一旦有了大活儿，就联络聚齐。

弥平次住在临近琵琶湖北的丘陵山谷间一座小村内。村里有五户人家，代代都以捕鱼为生。不过，是以捕鱼为本业，还是以抢掠为本业，自古以来就难以判断。

然而，自从弥平次来到这里之后，这个村子就明显成为一群湖上盗匪的根据地。自弥平次出现后，他们的副业也赫然变为本业。

村里的妇孺全已转移到其他村子。这五户人家住的都是男人。想念妻儿的话，他们也可以选择住过去。在这些事情上很自由。但是，他们之间却严令禁止将女人孩子带到村里。

那是因为弥平次对女人孩子极度恐惧。换言之，是因女人孩子们对弥平次极度害怕。大概所有妇孺只要看一眼弥平次的脸，就吓得不敢抬眼。他们的姿态与表情令弥平次十分厌恶。每每怒火中烧，心中无比淹煎。

弥平次在女人和孩子跟前，总觉得自己忍不住要发怒。虽然没说过一句，也没摆过什么脸色，可他在这些弱者跟前，老是觉得不知道自己会做出什么事来。

不论冬夏，弥平次总是不离开地炉。右手搁着凭几，盘腿坐着。他常常呆坐，但在手下看来，总显得很可怕。似乎他在压抑着什么情绪，不知何时会突然爆发。

有时弥平次突然起身如厕，他们都会不自觉后退。因为他们在警惕弥平次闪电般的进攻。事实上，这也是为什么平时他们害怕看到他的脸。

没有人知道弥平次酒量如何。他那张可怖的脸，根本看不出是不是醉了。不管是喝了，还是没喝，都一样沉默。手靠着凭几，双目闭合。完全不知他是睡着了，还是在沉思。

他们对他的了解，仅限于他的胆识与能力。他们知道，即使是他们几十人联手，也绝不可能胜过弥平次。

三

那是七月末的一天夜里，雄琴村的男人们给弥平次送来消息，说有数十艘小船要从坚田去往二里外的海岛上。这样大规模的渡海行动，至今尚未有过。

虽然不知道这到底是怎么回事，但可以肯定那是织田军的武士在进行转移。

果然，随后的情报说，有五十余人的武士并两百余人劳力将在未来两三天内从坚田渡往海岛。似乎要在哪里大兴土木，因为那些人数恰与运送石料、木材所需的相符。

那之后第二天夜里，琵琶湖上进行了一场约半个时辰的袭击战。

弥平次脚踏船舷，听着寂静湖面上右侧响起的叫喊声。很快，那叫喊声传遍湖上。弥平次的船似乎置身混战正中。

时而传来远远近近有人落水的动静。有几只不辨来路的船与弥平次的小舟擦身而过。

有两次，弥平次的船倾得很厉害。第一次，弥平次抓住一只攥紧船舷的手厉声叱问："谁？"

"求求你，救我上去吧。"听出来是个武士的声音。弥平次将对方从船边推下去，那人的头淹没在水里。

又一次，听到有人发出凄惨的叫声："救命！"他两手死死抓着船身，是一个叫阿辰的熟人。

弥平次把那湿滑的裸体拉上船。阿辰一面瑟瑟发抖，一面喷嚏连天。弥平次骂道："畜生！连太刀也不带！"

别说砍刀，他身上连一条兜裆布都没有了。

螺号响起，湖上骚乱迅速平静。当他们在事先约定的真野村头聚合时，天已亮了。有六艘船、五个年轻人不见了。但同时，拿获了对方的八艘船。其中有一艘船内有四名手无寸铁的武士和两名商人模样的中年男子。个个面无人色，浑身颤抖。

得到了足够八百人用的工钱，这几个人就没用了。

阿源将这六个男人在岸边剥光，又把他们扔到来时的船上，道："一路顺风。"说着，将船从芦苇丛中推出去。

当裸体武士们以古怪的姿势摇橹远去后，这些掠夺者的船只也警惕着追兵，在湖上全部散去。

弥平次的船与另外两只沿着湖岸苇丛忽隐忽现一路前

行。除了摇橹的三人,余人都倒头在船边大睡补眠。醒来时已是傍晚。

这一夜,弥平次在地炉旁饮酒。早晨,在真野集合时,走失的六只船中,有一只回来了,三人都受了伤。

据说他们只捡回条命,一无所获。但弥平次发觉这三人报告时的表情总有些不镇定,很是奇怪。

这三人刚离开不久,弥平次就起身出门,来到湖岸边。连日阴霾,终于难得放晴。澄澈秋空,皎月初升。

离海角前端一町左右的地方,从芦苇丛中驶出两艘船。

弥平次默默走近,对方似也发现了他,停止推船。一人朝岸上走来。三人中最年长的是一个叫阿仙的人。

"被发现了啊。"阿仙挠头笑道。

弥平次默默盯着阿仙,又问:"是女人?"

"嗯……真不好意思。"

"放了她!"

"是……"阿仙磨蹭忸怩道,"可是人家不肯走。"

"不走?"

"是个奇怪的女人。"说着,阿仙厉声命船上两人把那女人带过来。

据阿仙说,他昨夜在混战中被抛入湖心,在水里挣扎到早晨。见天亮了,发现身边有一艘船,就爬了上去,这才脱险。刚上船没多久,又看到水里另外两个快淹死的人,于是把他们也一起救回来了。

"谁想到,半路上遇到了这个女人的船。我们都精疲力尽,一点儿力气都没有。可是对方却说要去琵琶湖东,想搭我们的船。"

"说谎!"

"没、没有。老大,可没说谎!这些句句都是真话。"

"怎么不拒绝她?"

"那个……恐怕没有人会拒绝呢。是个美人。嗯……您请看看吧。瞧,请看。"

确如阿仙所说,果然是一位无法令年轻人拒绝的美人。

她不是出身武家的女子,也不是商家小姐。穿着难辨身份的衣裳,十分年轻。迎面沐浴着月光,缓缓走近,美丽夺目,令弥平次恍惚。

走到相距六尺处,她开口道:"您有什么事么?"声音清澈,容貌娇美。弥平次不由咽了声口水,死死盯着对方。在他看来,这年轻女子与别的女人完全不同。她毫无怯意,也没有垂下眼帘,只是凝视着弥平次。

"我可没什么事儿。不过虽然不知道有什么事,但站在这个地方,不冷么?"弥平次几乎心神不宁道。在他听来,自己的声音很软弱,完全不能给对方任何威慑力。

"你有什么事?"

"你和这群家伙一起走,没什么好事儿吧?"弥平次道。女子笑起来。这笑声在弥平次听来,如此悦耳清澈,不似世间所有。莫非她是狐狸么?

"无论如何,你们只要把我送到湖东,我就不会有什么意见了。有非常非常着急的事呢。"

"什么事?"

"什么事?"她反问道,声音低了下去,"我要找一个人。"

"谁?"

"你问我是谁,你又不认识。"

"那可不一定。"

女孩儿又笑起来。弥平次一时神魂颠倒。而她的笑声渐渐停住时,他又觉得其间总有一种寂寞。此时他仍然想,也许她就是狐狸吧。

"疾风。"的确,弥平次听到她这样说。

"疾风?"

"是的,疾风之介。"

"他姓什么?"

"嗯……"

"是不是佐佐疾风之介?"

"佐佐?也许是吧。佐佐疾风之介。"她失魂落魄般,缓缓念着爱人的名字。而后问,"您,认识疾风?"那双漆黑的眸子紧紧望着弥平次。

"我不认识。"弥平次突然转身就走。

已经很久没有听到佐佐疾风之介的名字。现在他亲耳听见,又亲口说出,突然在心中有一种奇异的变化。不可触碰却又触碰的世界,他心中的痛楚仿佛电光闪烁。

"喂,姑娘,上船吧!再被老大看到可不好。我们送你走。"阿仙看到弥平次转身的背影,对女子道。

"你们真烦。"她说着,突然从弥平次背后小跑着追过去,大声道,"喂,把人家叫来自己怎么又跑了?"

弥平次沉默背立,摇了摇头。除了他自己,没有人知道这个动作的意思。当然,这年轻的女子——阿良,也无法理解这远离人群的男子所做的动作是何意义。

弥平次仿佛要逃避什么。但自己也不知道要逃避什么。

不要靠近,不要靠近!

他这样想着,加快了脚步。

四

弥平次停下脚步,身后响起女子的足音。

他想，这样可不行。又疾走了一阵，再停下。身后四五间远处，仍然有她的脚步。

他觉得自己被很麻烦的东西缠上了。被一个纠缠不休的人穷追不舍，真不知道怎么摆脱。

他突然站住，转身，等待阿良走近。而后蓦然大吼道："回去！"

"你叫人家过来的，怎么能回去呢？"阿良的声音仍然如此动人。弥平次对这样的声音毫无招架之功。

"都说让你回去，你就得回去。"他怒吼道，仿佛这是唯一的武器。

"说什么呢。"阿良的声音道是很从容，"佐佐疾风之介到底怎么样了，你快告诉我吧。"

弥平次仿佛在与月光下的菩萨对话，有些微醉意。也许是心情的缘故，那月光也略显苍白，在上坡的小路上斜斜投下十分细长的影子。

"我只是说过去认识这个人，其余一概不知。"弥平次道。

"过去，是在哪里认识他？说啊，哪里？"阿良非常认真地追问。

弥平次被逼到不得不将与疾风之介认识的地方是小谷城说出来的窘境，顿时急怒。

他本已经在那里死了。现在活着的自己，是一个完全不同的镜弥平次。以小谷城陷落为界限，有一个完全不同的自己诞生了。如今，弥平次当然忌讳说出小谷城的名字，就连与小谷城有关的一切都不愿提及。

"唉，别啰嗦，去死吧！"弥平次终于暴怒，咆哮着。然而对方却不为所动。

"再说什么过分的话，我可不饶你哦。"以阿良的脾气，对于这个认识疾风之介、像怪物一样的人，如果不能从这里获知关于他所知晓的疾风之介的一切，她是绝不会离开的。即便是很久之前的事，只要与疾风之介有关，哪怕一点点，她也想知道。

"哎，你说呀。"阿良逼近两三步，弥平次也退后两三步。

"我不知道。"弥平次已彻底厌烦，声音低落，几乎是告饶的口吻。不知为何，面对这个逼近跟前的年轻美丽的女子，他束手无措。

"别蒙我！"阿良嚷道。与此同时，月光中一只洁白美丽的手，以很柔弱的姿态闪来，却是劈向弥平次左颊。弥平次的右手立刻攥住了阿良的右手腕。

弥平次意识到自己粗壮的手中握着的这柔软的手，忽觉战栗。慌忙松开手，好似灼烫般火辣。又好像要急于甩落似的,胡乱丢开手。突然,弥平次狂奔起来。

这次还好,没有再追来。弥平次爬上山坡,回头望去,看见半山腰正往这边张望的阿良的小小的身影。弥平次松了口气。

但很快,那小小的身影忽而一闪,又朝这边奔来。弥平次也继续跑。沿着竹林边的小路飞奔,穿过梯田间的小道,又走上一段山坡。当他一口气冲到自家门口,却被阿良一把抓住了。

弥平次有点没想到姑娘家能跑这么快,完全像一阵风。

他扫了阿良一眼,大口喘气,径自走向自家土屋内。阿良也跟着他进去,来到铺地板的房间。

弥平次在地炉边坐下,从吊钩上取下铁壶,倒了一杯茶,一饮而尽,又问她:"喝么?"

阿良默默点头,接过弥平次倒满的茶杯,双手捧着,轻轻吹了吹滚烫的茶水,喝了下去。弥平次发觉她稚气的动作,重又审视她。有些意外地发现她还只是个小姑娘。

"你啊,是个美人。不过还是孩子呢。"弥平次终于恢复了打量她的从容。同时,方才不知怎么有的戒心也消失了。

村里的年轻男子端着锅进来,一下呆若木鸡。

"十八郎啊,过来吧。"弥平次道。

"是。"年轻人将锅放在地炉旁,退了出去。

"十八郎！"弥平次又叫，"喂，十八郎！"弥平次低沉的声音响彻四周。而年轻人却似乎被这一切惊到，装作没听到似的，突然转身走了出去。

阿良见此，替弥平次道："十八郎！"

年轻人只好应声，又转身回来。

"你再叫两三个人来，把杂物间给我收拾一下。"这回是弥平次开口。而后顿了顿，又说是给自己女儿准备住处。

年轻人心不在焉地答应，再度从土屋内退出，到门外才长长松了口气。

他想起方才喊他的年轻女子的美貌，第一次知道原来世上真有这样无可企及的美丽。就像他当初知道世上也有像弥平次这样可怖的人。

不多时，年轻人和一个叫阿松的四十多岁的瘸腿男人抱着竹席过来了。

"阿松么。"弥平次问。

"是。"阿松在土屋门口微微躬身。当初妻子从山崖落下，摔裂了腿骨，他却能平静地揪着她的后颈，任其嚎哭，一路拽过来，实在有些无情。而当他走近地炉，突然看到阿良时，不由变色。在世上最丑陋的人旁边，有着世上最美的人。

极端与极端的对比，令阿松那原本不够长的腿颤抖不已。

"阿松，你先打点水来。"阿良吩咐道。

阿松吞下口水，不由自主应声低头。而后走出土屋，汲水去了。

五

阿良暂时在弥平次住处的杂物间住了下来。她打算至少在这里度过冬天，等到春天再说。比起漫无目的四处乱转，不如就在弥平次身边，说不定能听到些关于疾风之介的消息。在比良山里，完全没有与疾风之介重逢的希望。但若住在琵琶湖畔，或许还有一线可能。

而且弥平次也对散居于湖北湖东的部下下令："要是听说有个叫佐佐疾风之介的人在这儿转悠，给我抓来。"

曾在小谷城生活的疾风之介再度出现在这一带，确实有相当的可能。一旦出现，就一定会落入弥平次铺开的大网中。

但是，除却这些地理条件，令阿良留在这里的最大理由，却是因为在她看来，不知道为什么，弥平次是值得信任的人。

她从弥平次那张无比凶暴的脸上，体会到其他男人所没有的奇妙的信赖感。他寡言少语不可接近的性格，也与父亲藤十相似，这是她喜欢的。

弥平次也对这突然降临到自家杂物间生活的美丽年轻的女子产生了莫可名状的感情。

"见到疾风后，你有什么打算？"弥平次也曾问过阿良。

她被这么一问，蓦然一怔。有什么打算，她从未想过。

"也许，我会杀了他。"略作思索后，阿良这样回答。事实上，她也是这样被认为的。

"杀死？用刀么。"

"是啊，我也没办法。"

"哼……"虽然弥平次完全无法理解年轻女子的曲折心理，却感到她的语气有一种奇特的自然、纯真。

尽管不知道阿良与疾风之介究竟是何关系，却也可以想象阿良对疾风之介有一种强烈的执着。所以当这种执着以"杀了他"这样的言辞表现出来时，弥平次居然很满足。

"你呀，真不得了！"弥平次道。

要是好不容易帮她找到了，两个人却缠绵厮混，那可受不了。不过既然说"杀死他"，弥平次也乐于助她一臂之力。

总之，对这位年轻女子阿良的恋慕之情，已深深打动弥平次的心。也许是她的爽快恰与弥平次的趣味相合吧。

弥平次在夜半一睁开眼,就留意起隔着土屋的杂物间内睡着阿良。从枕上抬头,侧耳细听,确认土屋那边没有任何异常,才重又安心躺回去。

弥平次留意阿良的动静,有两层自己都没有觉察到的心情。其一,他担心阿良心意骤变,转身就走。他对她真有一种对女儿的心情。

如果自己有女儿的话,那么一定和她一样吧。虽然没有孩子,不知父亲的心境,但却想,也许这样的感情就是父亲对女儿的心情吧。除了阿良老是直呼"弥平次""弥平次",二人的生活已具备父女关系的一切条件。

其二,他还要提防村里人,担心有年轻人潜入阿良屋中。哪怕是有小鸟或是老鼠的动静,他也会立刻醒来,从枕上抬头,注意杂物间的情况。

但他有些思虑过度。因为其一,仅因为阿良身边有弥平次,他们连对她开一句过分的玩笑都不敢。要真有人敢开一句玩笑,下一刻肯定身首异处。

即使没有弥平次,也不会有哪个男人有胆量去侵犯这个美貌非常、粗暴非常、难以捉摸的女子。在他们看来,阿良并不是普通的女子。她的笑容也令他们感到几分恐惧。她的美有某处令人毛骨悚然。似乎用手一碰,就会令手腐烂。

因此被阿良直呼姓名,他们居然也都不生气。次数一多，这样的称呼反而更觉自然。

"你们一有疾风的消息，就赶快告诉我，明白了吗?"他们听阿良吩咐过好几次。每次都答："遵命!"而且总觉得这个叫疾风之介的武士似乎是阿良的仇家。他们自然无法想象阿良正迷恋着某人。那么如此热切搜寻来的男人，一旦出现在她跟前，必然立刻被杀死，扔到湖里去。除此之外，实在想不出有别的可能。

这一年，比良山的初雪比往年来得都早，在十月中旬就降落。这一日，阿良想起比良山中的父亲，忽然有了女儿的思念。但这只是一瞬，很快又消失了。

这世上，除了疾风之外，阿良不会去想念任何人。早晨一睁开眼，必能回忆起被疾风抱在怀中，像被榨木压紧般不能动弹的陶醉的瞬间。那样用力，又那样温存。他在她浑身各处留下的痕迹尚未消逝。当晨初晓光流淌入窗内时，阿良总是神思驰荡，思念起疾风之介。

每到黄昏，又想起疾风之介的足音。她清晰听见那登登的足音，周围寂静无声，只有疾风踏着落叶的特别声响，远远近近包围着阿良。每到夜里，对这个将自己抛弃的男人的感情，又常常变得充满怨憎。

"畜生。"她这样骂着，又想象起与疾风之介相逢的瞬间。就像好几次跟弥平次说的那样，当真亲手把他杀死吧。

想到用短剑穿透他魁伟的胸膛，然后双手抱起瘫软无力的他，她总是轻轻"啊"地叫出声，恍惚中体会到某种不可言说的满足感。因为到那时，疾风之介已经哪里都不能去，永远都躺在自己怀中。

疾风之介到那时一切都将听从自己。但如果杀死他，他将停止呼吸，也再不能开口说话。一想到这里，即将入睡的阿良又悲从中来。

阿良总是朝右睡着，双手蜷在胸前。仿佛是被疾风之介抱在怀中。就这样安静地睡着，连呼吸也听不见。

只有土屋那边传来弥平次震耳欲聋的鼾声惊扰她的清梦，阿良才翻个身继续睡下。

㊅

天正三年（1575）春。

与往年一样，春日和煦的阳光曾一度驱散湖面黯淡的冬色，泛起粼粼波光。很快冬天又卷土重来，是最后的猛烈寒潮。

从比良山吹来的刺骨寒风从早到晚刮了两三天。

湖岸的树丛被西风刮得向东倒伏，枝干飒飒有声。湖面波涛汹涌，岸边芦苇丛中拍起白沫，水浪激荡。

"你们老说冷啊冷的，若和比良山的冷比起来，也算不得什么。"阿良坐在地炉边，拨弄着冒烟的木柴。

弥平次不知到一里外的村里做什么事，阿良留下来和村里的女人们闲谈。

原本村里严禁女人踏足，自从阿良来后，女眷们也渐渐返回，热闹起来了。弥平次也因为自家住下了阿良，不能对其他人家的女人孩子回来说什么。结果村里又回到弥平次到来前的样子。

风刮了整天。早春的黄昏笼罩了整个村庄。

阿松从后门一瘸一拐过来了。

"今天抓到个人，说是在信浓的诹访和疾风之介见过。"他用生来就有的粗哑嗓门道。语罢又出门。

阿良猛然站起来："当真？快把那人给我带来！"

"见不见都无所谓，那人已经淹死了。"

"淹死？是被你淹死的吧！"

"他不老实嘛。"

"混账！"阿良一下子扑向土屋内立着的阿松，细细的手腕掐住他的脖子，"你就听他说了这些？"

"为什么不把他带到这里来？说！把你知道的都说出来！"

阿松从未见过阿良这么动真格。简直不能形容这是可怕还是美丽。

"你让我把知道的都说出来,可我也只知道这些啊。"据阿松说,他们在湖上遇到一只船,上头有一个武士,一个船夫。他们三人一起下手,把那武士抓到这边船上。待要把他剥光前,阿松又确认了一遍,问他知不知道疾风之介这个人。不想对方答:"在信浓的诹访,遇到过这个男人。"正说着,瞧准机会就朝阿松他们砍去。他们就拿船板砸倒他,抢了他的长刀短刀,把他扔到湖里去了。

"你们做了多蠢的一件事!"阿良放开了阿松。

阿松一个踉跄,摇摇晃晃走出土屋。

当晚,弥平次回家时,没有看到阿良的影子。以为她是去附近人家玩了,但一进杂物间,就发觉有些异样。屋子已被收拾得十分整齐。

尽管如此,弥平次仍然没有想到阿良已经逃走了。直到深夜,仍不见她的影子。这才开始意识到,她已经走了。

他这样想着,在地炉边呆坐片刻。起身敲响最近的十八郎的家门,命村里的男人全体集合。

半个时辰后,他们从深夜的村庄出发,沿着湖岸散开。弥平次想到阿良的脚步之速,心里很绝望。

直到次日清晨,村里的男人们还没有回来。弥平次又命村里的女人到湖东湖北一带向他的部下传达指令，命他们务将阿良抓回。

这一天，连续三日的寒潮终于收敛。虽然寒风如故，而飞快掠过的云层中，偶尔已有春日的阳光泻下。

弥平次每每走出家门，多少次立在山丘一隅，远眺无边的湖面。

昨夜出去的村人还没有回来，也没有哪个村子送消息来。就这样白昼到来，又至黄昏。

弥平次多少次走到山坡高处，坐在地上，抱着胳膊，死死盯着湖面与沿着湖岸的街道。

他知道，今后没有阿良，生活将变得很难挨。

阿良大概不会再回到他身边了吧。一想到这里，难以忍耐的寂寥令他肝肠寸断。这与目睹小谷城沦陷是完全不同的寂寞。

他像野兽般咆哮着。很想抡起长枪乱舞一通，逢人就刺。现在，只有战场上的厮杀才是解救他的唯一出路。

这血腥的激情平复后，他再度陷入嫉妒的空虚，茫然望着薄暮笼罩的湖面。

这时，湖水中央只有一处泛起波涛。仿佛是打在岩石上激起的惊涛，卷起千堆雪。定睛一看，那湖上的动荡，以惊人的速度逐渐向东北方向而去。

那是龙卷风。

这春季激烈的龙卷风,足将小船抛向天空。在弥平次眼中,春日茫茫的薄暮,有一种莫可言喻的悲哀。

他盘腿跌坐在地,再一次咆哮起来。

甲首

（一）

立花十郎太做了一个梦。在梦里，他双手死死抱着桑木桩，有一股可怕的力量把他往后拽。不知道有多少只手，揪着他的脖颈，抱着他的腰，抓着他的脚，拼命把他往后拖。

抱着桑树的手松开了一根手指，又松开了第二根。啊，不行了。他绝望地抬起眼，看到加乃美丽的容颜，极冷淡地望着自己。加乃！他刚要叫出声，却已精疲力竭，最后一根手指也松开了桑树。

这时他醒来了。这才意识到，其实是有人把他从身后拖起来。

"喂，要上阵了！"

"起来，起来！"

耳边有人这样叫着。上阵？上什么阵？他迷迷糊糊又琢磨了一下这句话。忽而又有人大吼："上阵了！"十郎太一下子跳起来,嚷着"闪开",推开周围两三个人,冲出六尺远,到草丛中迅速将甲胄的绳纽系紧。

夜气微明,抬头看月亮是否在天上,然而没有,只见云层疾速移动。

天刚黑未久,约在戌时(晚八点至九点)。白天急行军后已精疲力尽,睡下了又都被叫醒。

这是在弹正山山麓,西面背山,视野并不开阔。南北方向丘陵起伏。这些起伏的山谷中,散落着我方星星点点的阵营。夜里望去,却只是一片寂静的草坡。

黄昏时候有过一阵大雨,虽然很快就停了,但草地很潮湿。在草地中昏昏沉沉躺着的十郎太盔甲已被打湿。

只有他所属的松平伊忠的阵营人声嘈杂。草丛中到处都有沉默移动的人影。十郎太意识到部队将去夜袭,顿时浑身热血沸腾。

据说在昨日,东面一里处有武田军一万五千人刚刚布完阵。这就是明日设乐原大战的突袭准备吧。

夜色里,距十郎太他们集结的地方约一町处,有一条长长的队伍,不知是德川家还是织田家的,正往南方移动。

十郎太趁队伍集合后还停止着,便离队在路边坐下。像许多次大战前一样,他又开始独自思索。功名心像鬼火般在心头跃动燃烧。他稍稍仰头向夜空,眼里什么也看不见。

甲首！甲首！

他一面压抑着内心的兴奋，一面又被时不时灼烫全身的欲望纠缠不休。无论如何，他都要夺得一位或两位武将的头颅。他想一口气把握住幸运。只要立下战功，再不能徒劳浪费机会。如果能在这里斩获武田的大将，功名利禄也可手到擒来吧。伊忠会把这等战功上禀德川家康。这样的话，加乃还不是……

突然，想起之前梦中加乃那张冰冷的若无其事的脸。十郎太顿时从梦想中醒来，站起身。而后，恢复了冷静，告诫自己：无论如何都要夺得一两个有价值的首级。而且一定不能死，否则连本带利都赔光了。

大约又过了一个时辰，部队原地未动。在这段时间内，上面传达了今夜行动的目的：攻占山岳地带的中山、久间山、鸢巢、君伏户等地驻扎的武田军堡垒。

十郎太被安排在明日大会战之外的迂回队伍里，如此命运，令他一时颇感挫败。但一听说今夜这支迂回部队是由从织田、德川两军中选拔出的三千精锐组成，这一行动的成败，直接决定明日主力决战的命运，他心情稍霁。最后，不知从谁那里听说迂回部队的统帅是酒井忠次①，十郎太一扫颓靡，精神完全恢复了。

---
①酒井忠次（1527—1596），战国时代武将，被称为德川家康第一功臣。

迂回部队于亥时（夜十点至十一点）出发。途经设乐、岩广两处村落后，很快渡过丰川，又过盐泽村。之后沿着船着山麓的峡谷迂回前进，来到吉川村。到这里，上面下令卸下甲胄，背在背上。因为之后要开始走艰险的山路。

入山后，树木繁茂，视线被遮蔽。山道乱石滚动，仿佛走不到尽头。

十郎太紧跟在笕左右兵卫身后。笕脚下一滑，突然撞到了十郎太。笕似乎是自言自语道："讨厌的鸟在叫呢。"这在十郎太听来不知怎么很不顺耳："什么讨厌的鸟？"

"没听见么？你这家伙。"笕左右兵卫说着，脚下又一滑，遂道，"喂，你听，又叫了！"

十郎太略停了脚步，但根本没听到什么鸟鸣。

甲首！甲首！

十郎太时而抓住树枝，时而攀爬岩石，几乎没有一丝疲倦，在极陡的山坡上爬着。

小谷城覆灭后，十郎太还没有参加过战斗，无所作为地度过了两年光阴。终于，机会就在眼前。暗夜中，旁人无法看清十郎太比平时更充血、无比热切的眼睛，正瞪着前面黑暗的空间。

走着走着已没有路。在茂密灌木覆盖的陡坡上走了一阵，眼前出现一片一棵树也没有的岩壁。从上面抛下几根绳索，十郎太攀住它们爬上去。到崖上一看，上面有几人将绳索捆在树干上，牢牢抓着。十郎太替换下他们，抓住绳索。下面再上来的人又将十郎太换下。

经过两处难走的地界，后面就是比较平缓的山脊。

到达可以俯瞰鸢巢与中山的两处堡垒的地点时，已至寅时（清晨四点至五点）。薄明的晨曦已在树林间流淌，而朝雾笼罩，只能看清五间内的范围。

浓雾缓缓流动。

大雾尚未消散，突然，远远地从右翼传来震天的喊声。

十郎太的部队也迅速出动。武士们冲下山坡，杀入雾海。刚刚冲出迷雾，鸢巢的堡垒居然正在眼前，他们不由一惊。

杀声四起，十郎太前后都是走动的武士。他们从山坡上胡乱杀将下来。

十郎太也不顾一切冲下陡坡，半路被树根绊倒，翻了个筋斗摔倒在地。他高举大刀，朝身旁滚了几滚。

在灌木丛边停下后，十郎太忽然跳起身，从眼前约略二间的山崖跳下去，睁大血红的眼睛，高举战刀，冲进已在堡垒内部展开的混战之中。

(二)

小谷城陷落后的第三个月,立花十郎太投奔到三河的深沟城主松平伊忠①门下,迄今已有一年半。十郎太做梦也没料到,自己会把命运寄托给三河的这座乡村小城。逃出小谷城后,他本想在织田军内投靠一位稍有名气的武将,不料织田军对浅井的残党审查格外严格。别说投奔,不小心置身险境也是有的。

逃脱小谷城后半月,加乃因过度劳累而病倒。十郎太将她安置在醒井附近的农家,只身前往三河,决定了效力的地方。这一切连他自己也觉得有些不可思议,大概是因为自己确实有才能吧。

十郎太将疾风之介托付的活物装进轿子,不容商量就运到深沟,在一户名叫林惣次的老磨刀师家附近住下来。林惣次年已七十,是一位刀剑研磨师。不仅在深沟附近很有名,连冈崎的武士们也都深知他古怪的脾气与高超的技艺。

这位年老的磨刀师仅因幼时受过浅井家的恩惠,就决定助这两位不知底细的小谷城逃亡者一臂之力。能在短时间内

---

①松平伊忠(1537—1575),战国时代武将,三河出身的德川氏家臣。

找到这样一位老人,也足见十郎太的才能。

加乃在林惣次的照料下,身体仍未见好转。生来白皙的容颜愈添几分苍白。消瘦面庞下的一双水汪汪的眼睛显得更大。

十郎太借住在距磨刀师几町远的寺庙里。他对世间一切都积极求取,唯独对加乃却很有耐心。

"别着急!立花十郎太。"他常常这样对自己说。首先要让加乃恢复健康,而后令她慢慢倾心于己。这样总该等上三四年。三四年后,加乃忘记疾风之介,自然会把感情转移到自己身上。

只有当加乃坚持认为疾风之介依然活着的时候,十郎太才会对她露出凶狠的表情:"这世上再也没有疾风这个人了。到哪里都找不到他了。他已经在小谷城周围哪一处泥土里,变成可怜的骸骨了。"他这样恶意说道。

"怎么会……"加乃美丽柔弱的脸顿时痛苦得扭曲起来。

"他已经死了。我十郎太敢拿头和你打赌。"虽然这样说,他却和加乃一样,总觉得疾风之介仍然活着。说不定突然出现在他们跟前。每当这样的念头袭来,他就用加乃听不见的声音对自己道:"笨蛋,怎么能活着!"他似乎是想让自己肯定,又似乎是在祈祷。

加乃对十郎太怀着憎恶又感谢的情绪。回想起来,离开小谷城后的两年内，可以说没有哪一天不受十郎太的照顾。如果没有他，也不会活到今天。

可是，从另一方面来看，正是因为十郎太，自己才如此命运乖舛。尽管自己病倒，行动不便，是失去与疾风之介相会之机的最大原因，但如果一起出城的不是十郎太，也许自己今天的命运会大不相同吧。

十郎太没有对加乃动过一根手指头。虽然，在厚颜无耻方面，他有自信不落人后。但只要在加乃面前，就仿佛变了个人。他自己也觉得很可气。不过只有一次，他向加乃表明了心迹。那是这次参战临行前两三天的事情。

武田胜赖的大军包围长筱城的传言令城下的人们露出紧张的表情。紧接着，大街小巷又开始议论，说为营救长筱城，德川和织田两家的联合军队即将进发。

事实上，松平伊忠的部队向深沟城下进军，不在明天就在后天，不过是时间问题而已。一听说要打仗，十郎太立刻去见加乃。他坐在门边，一脸兴奋，令加乃很诧异。

"打仗有这么开心么？"加乃略带几分讽刺，对那陶醉在战争狂热中的年轻野心家道，"为您祈祷平安。"

"为我？"十郎太一脸狐疑。

"是的。"

"我没事的。就算别人都死光了，我也不会死。"

加乃不由一笑。十郎太说得这么一本正经，实在好笑。只有这时，加乃才会对十郎太有一丝好感。果然是十郎太的作风。不过，当他不在这种狂热中时，那单纯的表情，瞪大的眼睛，却丝毫不能博得加乃的好感。十郎太突然下了决心似的："不过，我想跟你商量一件事。"说着瞥了她一眼。

"请问是什么？"

"今后一年，若仍没有疾风之介的消息，就请认为他已经在小谷之战中死去了吧！"

语罢，他一反常态地难为情起来。加乃闻言，脸色微微苍白，低头良久。终于，静静答道："好的。"十郎太没想到加乃态度如此顺从，先是一惊，而后咽了下口水，竟有微醺之感。他一时疲惫不堪。出生以来二十多年，从未体会过的复杂心情涌上来。

他站起身，喃喃自语："还有一年，还有一年——到底是什么意思？"蹒跚着离开门边。

（三）

天正三年五月二十一日清晨，武田军的一万五千精锐与织田、德川家的三万五千联合军，在设乐原拉开决战的帷幕。

远处长筱方向响起杀声，鸢巢山的山坡上升起几处不同寻常的烟雾，仿佛以此为号，两军开始战斗。

从弹正山德川家康的本营里，首先看到原野南方疾驰而来的武田军右翼数百骑兵。纯白的靠旗笔直竖起，在晨风中飘扬。人与马仿佛没有重量，十分轻快，在平缓的丘陵山谷中隐现。当被丘陵阴影遮蔽的人马再度出现时，他们的身形已比前一次增大许多。

从极乐寺山织田信长的本营来看，首先看到大部队像虫蚁般从左侧丘陵移来。很快，朝其他丘陵望去，也能看到同样移动着的密集部队。

织田、德川的联合军布阵完毕，按兵不动。为避开武田军最擅长的骑马长枪之锋芒，他们采取了全线筑栅，对靠近的武田军用火枪齐射猛攻的新战术。

大约清晨五点，不知什么原因，突然有武田军的一名骑兵，身后小旗鬼火般闪过，腋下夹着长枪，威风凛凛地出现在距德川军阵地不远的丘陵一角，从容地由北向南飞驰而去。这一轻率举动足可招来火枪或弓箭的射击，但这位骑马武士从北到南，一声枪响也没有。

而后，当他登上有一棵松树在山顶的丘陵、掉转马头时，战争拉开大幕。方才他驰过的寂静原野，转瞬完全不同。枪声杀声震天动地,人马纵横,一片混乱。

设乐原这场大战,从拂晓一直打到未时(下午两点至三点)。直到当日傍晚近六点时,立花十郎太才获知结果。

十郎太所属的松平伊忠部队攻下鸢巢的敌营后,一路追赶败军,来到山脚的乘本村。在此与几处敌营逃来的残兵败将大干一场,又穷追猛打,越过岩代渡口,一路向北。一路不断发生小规模战斗。到达有海的村落时,已是夏日黄昏。

伊忠身边追随着三十多名武士。他们来到村口的神社境内,这些深沟城的主仆们才在竟日转战之后稍作休息。

"敌军正全面溃败!"前去侦察设乐战况的年轻武士回来报告。据说一万余名武田军将士在栅前纷纷倒在枪火之下,被打得十分狼狈。

"我们获胜了!"满座武士无不喜气洋溢,唯独十郎太并不那么高兴。因为他心心念念的武将首级,一个都没有到手。他认为攻占鸢巢的功勋并没有什么大不了,至今不还是和这群废物为伍么。

大约过了一个时辰,大家正在吃有海村中妇女们送来的饭团。突然有十来名武士冲进神社境内。一看就知道是从设乐原逃出来的武士。

"你们是武田军的人?"笕左右兵卫叫着站起来,对方也在这时发现了他们,停下脚步。

"过来!"有一人叫起来。

下一刻,两方武士不容分说杀将开来。

十郎太拔刀在手,背靠前殿的廊柱。因为自己这方人多势众,心情也有几分轻松。很快,敌人被逼到神社境内的右面。十郎太并没有参与这场小战斗,而是一手提刀,一手抓着饭团,远远望着。

这时,十郎太突然看到一名武士缓缓走过神社门前的道路。他仿佛与眼前的混战完全无关,悠然走着。十郎太一看,眼睛顿时亮了。

他抛开神社内的修罗场,飞快奔到路上,在那武士身后吼道:"站住!"那人不回答,也不回头。然而一眼就看得出来,这是武田军中有一定地位的败将。

"站住!"十郎太又喊了一声,喉咙里咕咚咕咚响着。

那人这才缓缓回过身,看起来十分疲倦。

十郎太发现他挎着长刀,头发蓬乱,右脚的护腿已被扯碎。年纪在五十上下。

十郎太摆好架势,步步逼近。

"小子!"对方话未落音,就将作拐杖的长刀用力砍来。虽然看得出十分疲惫,刀风仍十分锐利。

甲首!

十郎太喉咙又响了一声。他根本没有想过自己会被对手杀死，满脑子只想着砍倒对方。他突然大声怪吼，瞄准对手砍去。肩头一阵剧痛。刹那，只见对方忽然高举双手，仰面向后倒下。

甲首！

十郎太几乎无法呼吸，俯视着不知怎么倒下的对手。

正在此时，他听到身后凄厉的惨叫。回头一看，一群武士正从神社内跑出，冲向北边的田野。仿佛是从地狱绘卷中跑出的幽鬼，满身是血。手舞着大刀，又吼又叫，朝北去了。

这些武士跑出去一群，很快又一群，再一群。

十郎太匍匐在地，偷眼望去，这支残兵部队大概有数百人。

等他们走远，确定神社里不再有人出来之后，十郎太才强忍右肩的剧痛，从地上直起身。

这时，不祥的预感涌上心头。他站起来，看了眼被自己砍倒的武士，走进神社。那里遍地尸体。

松平伊忠倒在前殿之侧，笕左右兵卫被人从头顶一劈两半。主仆三十多人全部死去。显然，他们是被刚刚走向北面田野的残暴的败军所杀。

十郎太呆立片刻。

甲首！他呻吟般自语道，又立了会儿。茫然踉跄着走出去。

甲首！

他不住低吟。虽然弄到了武将的首级，但却没有邀功之处。而且，只有自己一人幸存，连回到深沟的城下也不为武士之道所容。

结果要追随主公，自尽么！

想到这里，他忍不住脱口道："笨蛋！我才不这么做呢。我必须活下去。"他突然对所有的一切都极度愤恨起来，走了出去。

神社背后的森林里，不祥的鸟儿啼鸣不休。也许正和鸢巢山中笕左右兵卫听到、而十郎太没有听到的一样。

不知何时，四围已一片暮色。肩上的伤口又一阵阵痛起来。

夏草

(一)

那么，今后究竟该怎么办？还是回到原点吧。

立花十郎太忍着肩上的创痛，疲惫不堪，时不时还想着抬起头，就这样走在路上。

所幸肩伤不算严重。但后背与前胸都流淌着伤口喷出的血，上半身很冷，非常不舒服。他想，必须在哪里休息一下，收拾一下伤口。先不说伤口，腹中也十分饥饿。再三回想起之前在神社里只要了一口的饭团。早知道当时应该全吃下去的。

如果返回去，那里说不定还滚落着几只饭团。但同饭团一起，还有三十几具尸骸。想到这里，十郎太就再不打算回去了。说什么奇怪的鸟叫，笕左右兵卫那家伙已经被人把头劈开了。劈得那么干脆漂亮，恐怕他自己也求之不得吧。倒霉的家伙！三十几个人就这么死了。或俯伏，或仰面，或横七竖八。他们一定是被那几百名武田恶鬼偷袭的。

多亏了去追武将的首级,我才得救。多谢这枚首级。肩上的伤就忍耐一下吧。不过,那位武将也十分强悍,确实是武艺高强之人。当时并没有看出他有什么破绽,不过是拼命砍过去罢了。也许是我的刀法全无规律,对方才遭此厄运吧。

然而,好不容易有所斩获,但从主公到杂役都无一幸免。这是怎么回事!我实在太不幸了!如果就这样回深沟去,别人一定会问,为什么不和主公一起战死。并不会提什么斩获的首级。但活下来也是没办法的事。我没有临阵脱逃,也没有躲起来,而是拿性命去拼来了这么一枚首级。

但是,辩解是行不通的。为什么没有追随主公,居然厚颜无耻一个人回来了!

哼!我才不会去死!自尽?想都不用想!人一旦死去,就不会活过来。我绝不会去死。

其他且不论,肚子饿了,就该吃饭。然后把伤口处理一下。然后——以后再说吧。总之,以后再不能投靠这种眨眼就死了,靠不住的人了!

要吃饭!饿死了!

立花十郎太漫无目的走着。他思绪万千,一件件自脑海中浮现,信步朝前。

突然，他不知和什么正面猛然一撞，摇摇晃晃一脚踏进沟内。

四面浸满暮色，一片黑暗。

撞上的那个东西明显是个人，柔软有弹性。

十郎太一言不发，盯紧眼前漆黑的空间。屏住呼吸，原地不动。对方和他一样，也一动不动，原地对峙。

少顷，十郎太握紧刀柄，摆开架势，喝道："来者何人，报上名来！"

短暂间歇后，出乎意料，在很远的右边传来不疾不徐的声音："那么，你先报上名来！"对方已退到十郎太身后。十郎太沉默着，他担心对方趁通报姓名之际突然攻击，又向对方怒道："报上名来！"

这时，对方居然十分坦率，掷地有声："我么？马场美浓守麾下之臣，佐佐疾风之介！"

十郎太大惊，简直不能相信自己的耳朵，不由咽了口唾沫，向后退了两三步，叫道："再报一次！"

"马场美浓守麾下之臣，佐佐疾风之介！"对方仍与方才一样冷静。

不知为何，十郎太极想转身逃离此地，好容易才忍住。疾风之介的名字振聋发聩，令他浑身发麻。

是逃走，还是砍过去，还是自报家门？

十郎太仓皇失措。很快又好像条件反射似的选择了其一。

他在黑暗中朝着声音的方向逼近两三步，猛然抽刀横扫而去。但扑了空。

心中暗道不好，忙又收刀往下砍。这一次还是扑空。

"来吧！"对方似乎也刹那拔刀相向，自半间之外的黑暗中发出咄咄逼人的怒吼。

十郎太呼吸急促，摆着挥刀的架势。这次再不能糊里糊涂乱砍。

他保持着姿势，向后退出两三步。又退出两三步。当估计与对方已拉开一定距离时，再连续后退五六步，突然转身，朝黑暗中狂奔。

跑出多远了！直到确认对方没有在后面追来，他才停下来，长长松了口气。这讨厌的家伙居然出现了。他到底还是活在世上。不过佐佐疾风之介投身武田门下，实在很意外。十郎太暗自庆幸没有报出自己的名字。

他又跑起来。

一边跑一边想，这个人必须杀死。但是既然没有杀死，那就绝对不能出现在他跟前。

他慎之又慎，拼命跑着。直到实在跑不动时才停下。方才忘记的肩伤又一跳一跳剧痛起来，比方才更强烈。

二

十郎太茫然走着。距碰到疾风之介，已过去了一刻（约三十分钟）辰光。是往北走，还是往南走，十郎太完全无法辨认。新战场的黑暗四望无边。肩头依然很痛，疲倦与饥饿重重袭来。脚下坑坑洼洼，十分难走。不知不觉已走出了道路，来到原野上。

有时，他停下脚步。一停下，周围就涌起夏虫的鸣唱。喧嚣纤弱的声音。十郎太想，这些昆虫怎么会有这样令人漫无着落的声音？如此侧耳静听虫鸣，也许是他生来头一回。

他又迈开脚步。穿过草丛后，是石子路。走过石子路，又是草丛。地面高高低低，有几条小沟。每逢小沟，他的脚就陷下去。

他再度走进草丛，这回是很高的杂草。他在没膝的繁密草丛中前行，发出沙沙的声响。突然，他踩到了什么东西，大吃一惊。是一个人。他又用脚轻轻碰了碰那个东西，确实是人，但没有一点儿反应。

十郎太蹲下来，用手摸了摸。是被夜露濡湿的前胸。那人仰卧着，双手无力地摊在草丛中。摸摸右手，握着一把枪，抓得非常紧。十郎太从那握得很紧的姿势里感觉到深深的执念，不由突然起身，离开那里。

然而还没有走出五六步，他又踩到了同样的东西。不用蹲身就知道那也是尸体。

为了避开此处，他转向右侧。而走了五六间远，第三次踩到尸体。他心道不妙。似乎是闯入遍地横尸的所在。

反正他要走到天亮，那么还是想走在并没有满地尸体的地方。然而，他也不辨方向，不知如何走才能脱离此境。默立片刻，他决心朝正前方走去。或许就能走出这混乱的死地，就看运气吧。

十郎太走着，仍不断踏过尸体。每走五六步，必有一具卧着。不过他也不在意，就当是踩着石头一样踏过去。

就这样走出五六町远，连踩带踢踏过几十具尸体，他又遭遇新情况。突然，右脚不知被什么东西抓住了。

"松开！"十郎太不由惊叫，他想跳开，但对方死死抱住他的右脚。

"松开！松开！"他拼命甩着右脚。这时，脚下传来虚弱的声音："你是织田那边的人吗？"

"我是三河的！"十郎太答道，"松开，松开！"不住地踹着脚叫起来。

但对方根本不松手。

"既是三河的，有一事相求。"脚下的声音已气若游丝。

"什么事，快说！"

"请将鄙人送到天神山的营地。"

十郎太不作声，任那人抱着自己的右腿。知道对方显然是个活人，心情也平复不少。

"你是织田军的？"

"正是。因疏忽而受伤，变成这样。再这样下去就要没命了。你能带我去天神山么？"他十分痛苦的样子。

"原来如此。"十郎太道。他正在考虑是否接受这个垂死之人的要求。

"如果答应我的请求，实在感激不尽。"听他谈吐十分大方，不像普通兵卒，也不像垂死之人。

"嗯。"十郎太长长呼出一口气，又道，"也不是不能帮你。不过……"

"恳求你，请务必帮我。"

"我肩膀受了重伤，自己都走得很困难。"

"您这样辛苦，给您添麻烦了。可是还是要拜托您，不然我就死在这里了。"

"嗯。"十郎太应道，右腿依然被对方抱着。过了会儿，他坐下来，"看起来你伤得很严重啊。"他语气极为冷淡，仿佛是在说喝杯茶一般。在草丛中坐下，他才发现这位武士正痛苦急促地喘息着。

"我也不是不帮你。"十郎太道,"不过,我也有一事相求。"

"什么事?"

"也不是什么大事,只求你在织田门下无论那一家中,为我安排一官半职。"

"一官半职?"对方有些意外似的,沉默片刻道,"这不算什么。完全可以为你达成心愿。"

"很好。"十郎太道,一下子站起来。意识到那人还抱着自己的腿,又道,"你把我的腿松开。"

"你答应我了?感激不尽。"对方终于松开双手。

十郎太抱起他,为免碰到右肩的伤口,将那人的手搭在自己左肩上,半背着走起来。那武士身体十分沉重。

十郎太走着,那武士再没说过话。

"坚持住!"十郎太偶尔会叫一声。

"不要紧么?"

"不要紧。"听到对方的回答,十郎太就安心了。如果这人死了,自己可就赔了夫人又折兵。十郎太并不清楚天神山的方位,只是朝前走去。走着走着他时而踉跄起来。右肩的伤口因背上增加的武士体重而益发疼痛。

他仍蹒跚前行。

"不要紧么?"他有时会确认一下武士的死活,继续朝着命运的新起点走去。

三

佐佐疾风之介突然从沉睡中醒来。深深的夏草覆盖了他横卧的身体。浑身疲惫不堪,手脚僵硬如木棍。

疾风!

恍惚中听到有人在喊他。两声,三声,远远地有人在喊他的名字。不知是梦幻还是现实。但那清澈的声音在耳际仍留有冰冷的余韵。到底还是梦吧。

杂草拂过脸面。夜雾沁凉,很舒服。浑身遍布轻伤,幸好没有一处严重的。他只是被强烈的疲倦包裹了。

当然是很疲倦的。从包围长筱城的五月八日开始,到今天的设乐原之战,已连续作战十余日。结果还是战败。

他仰望夜空。夜幕阴云密布,漆黑如浓墨。只有北面天空有一处乌云裂开的罅隙,洒下点点星辉。

疾风之介躺在地上,心中仿佛有一汪水潭。从中不断涌出冰冷的念头。那清澈的呼唤,"疾风",也随着这冰冷的思绪浸透全身,浸透五脏六腑的每一个角落。也许正因为此,才会听到这样的声音吧。

疾风之介似乎早已料到这场战争会失败。战争过后，疾风心头总会出现这汪水潭。喷涌出悲哀之情的水潭。只有结束了殊死搏斗的战场才有的断续的风，从他横躺的身体上拂过，令人虚空。无论什么时候都是这样。小谷城落难时也是这样。之前在六角氏门下，经历江南之战时也是如此。

悲哀的命运总是纠缠不去。今天我的命运，也许早在半年前投奔马场信春时已注定。既然如此，之后的战争、失败与结局，又为何无法忍受呢。

疾风之介回想起自己从战争中逃出的场景。就像摆脱邪魔般，突然就逃出来了。

那日未时，武田胜赖眼看败局已定，调转马头意欲只身北逃。疾风之介所属的马场信春分队，自然担任了掩护胜赖撤退的任务。胜赖由几支骑马武士护卫，奔驰在离掩护部队数町远的前方。其后是信春的部队与乘胜追来的德川军边战边退。渐渐与胜赖拉开距离，朝北方而去。

当他们从猿桥附近向西迂回，来到出泽的丘陵进行最后一搏时，担任掩护的信春部队仅剩三十余人。骑兵尽数被杀，剩下的都是步兵。此时，信春也已战死。疾风之介一直将生死置之度外，竭力奋战。黑色的风暴将他包围。

他从山坡上跑下，清楚看到数町远之前的村头扬起一阵白沙。那白沙的前方有几骑武士,像越过堤坝般依次纵马而过。在疾风之介眼里,这场景仿佛来自另一个世界。显然是一群仅以身免的武田胜赖的逃兵。这一幕静得出奇,令人毛骨悚然。

一万五千名武士几乎全军覆没,难道这场大战就这样落幕么?多么残忍凄凉的景象啊。

疾风之介就是从这时开始逃亡的。这一瞬,关于为何而战、为何身死,他突然觉得自己所做的一切非常没有意义。他冲下山坡,渡过几乎干涸的小河,被河床的石块绊倒,真想就此不再起来。躺在地上,追兵多少次从他身边纷沓而过,却都没有引起他们的注意。

夜幕降临后,他起来继续往前走。大约走出一里远,才来到现在躺着的繁密草丛。途中只有一回,在黑暗里遇到一名武士,报上姓名,又遭遇袭击。此外没有碰到任何人。饥饿与疲劳令他一头倒在草丛里,不知不觉陷入睡眠。

但当被人呼唤着名字睁开眼时,他内心深处的水潭涌起十分无趣的念头:战争么,也许就是这样的吧。

疾风之介再度陷入昏睡,之后又昏昏沉沉醒来。"疾风!"这次比前一次听得更真切,有人在呼唤他。仍是远远的两三声。

然而侧耳细听,又什么都听不见。仔细想来,在这刚刚结束战争的夜晚，是不会有谁呼唤他吧。他又闭上眼睛。与之前一样，心中那汪清潭波纹荡漾。身体已累得一动不动，落寞之感笼罩了他。

他第三次睡过去，又醒来。这次似乎睡得久一些，却又是被那声"疾风"唤醒。这一次，呼唤非常遥远，且很微弱。但仍能清晰分辨，叫的正是"疾风"。

他蓦然起身，从夏草丛中站起来。迟迟升起的月亮不知从何处洒下薄明的光亮，将一望无垠的草原映照得一片朦胧。

"疾风！"这一次，呼喊声清楚在耳边响起，他已经醒来了。那声音十分邈远，令人怀疑是否是幻觉。但这一次绝不是幻觉，也不是幻听。而是在他清醒时听到的。那声音来自无边原野的远方，乘着掠过夏草叶尖的晚风，次第减弱，送到疾风之介耳畔。

他猛然一惊。那不是阿良的声音么。除了她不会有别人。疾风之介蓦然伫立。即使自己现在答应，恐怕阿良也听不到了。在遥远的地方，必然有她。只要再听到一声呼唤，疾风之介就会答应。

可是，再也没有听到阿良的声音。

篝火

（一）

"看到那里的火光么？就到天神山了。"问了好几个巡逻的武士，十郎太才得到这样的答案。果然在遥远的前方有三堆篝火，可怖的红光照亮漆黑的暗夜。

十郎太想再坚持一会儿，但他已精疲力尽——当然是累坏了。因为他依次绕着茶磨山、御堂山附近织田军的阵地，已走了将近一个时辰。他一步一步挪动着，脚步踉跄。

"快到了，坚持住。"他对背上的武士说，毋宁说是给自己听。当他发现武士什么回应也没有，觉得有些不对劲："不要紧么？"他将手伸到背后，轻轻捅了捅他的侧腹。

听见那人发出微弱的呻吟，可见他还没有断气。

"拜托，你要挺住！"

这是真的在恳求他。他如果死在这里，那么一切真是白费。自己的新差事也别想了。在他兑现许诺之前，一定得让他活着。

终于到了第一堆篝火处,十郎太对背上的武士道:"已经到天神山啦。下面该去哪里?你快说啊!"

但对方只是虚弱地呻吟着,说不出一句话来。

十郎太知道是没法儿问出他所属部队之名,遂绝此念,蹒跚着向篝火旁的一群武士中间走去。当他刚要把背上的武士放下来,就有人叫道:"谁?那是谁?"

"不知道是谁,受了重伤,我把他送过来。"

"我来瞧瞧。"一名兵卒凑近端详,"不认识呢。"又道:"别把这累赘带过来,送那边去吧。"语气极是冷淡。

环视四周,兵卒们经了白日一战,皆疲累不堪,像战死一般枕藉于地。其中只有十来人围在篝火旁饮酒,个个满眼血丝。一问,原来是河尻秀隆[①]的部队。

十郎太蹒跚离开,朝着一町远的另一堆篝火走去。路过的草丛里,鼾声雷动。

终于走到第二堆篝火处,那里只有一名武士,将战刀插在地上,满面凶恶。身体半裸,拿着酒勺痛饮。他周围有几十名武士倒伏睡着,篝火照亮他们的面容。说是人的模样,不如说更接近野兽。

"有事打听……"

[①] 河尻秀隆(1527—1582),战国时代武将,织田氏家臣。

"什么?"

"你认识这位么?"

"不认得。"那人看都没看就道。

"他不是这里的家臣么?"

"不晓得。"

"我看他像是个有地位的。"

"地位?！有地位又怎样?"那人嘴上虽这样说,但还是站起身,摇摇晃晃走近十郎太。满口酒气,凑近十郎太背着的武士。而后怒目而视,一脸扭曲的凶相。

怒吼道:"我们水野元信门下可没有这种老东西!别扫我酒兴!"

十郎太无可奈何,只好继续朝前走。来到第三堆篝火旁,已然精疲力尽,瘫软在地。

"谁!"黑暗中传来一声大吼,顿时出现三名武士。

"我们不是坏人。"十郎太道,"我带来一个受重伤的人,是不是你们部队的人?"

那三人聚到十郎太背后观察那名武士。不一会儿,有一人道:"好像是丹羽大人门下的人呢。"

"好像是见过。"

"丹羽?"

"丹羽长秀①大人呀。"

"那个部队在哪里?"

"不在这里,在茶磨山。"

"可是他自己却明明说在天神山——"

"也许是有一部分人转移到这儿了吧。"

"你们不知道在哪里?"

"不知道。"

十郎太顿时泄气。

然而事已至此,只有强逼背上的武士说出所属部队的去向。他侧身将背上的武士放下,平躺在地上。那武士像圆木似的滚了滚,毫无抵抗力。十郎太略觉得不对劲,一旁站着围观的三名武士中有一位道:"什么呀,是个死人嘛!"

十郎太被这话一惊,伸手去摸地上的武士。果然毫无反应。

"怎么死了!"十郎太不由大叫,心头急怒,怒不可遏。

他双手用力摇晃着这具如今已一文不值、沉重不堪的尸体,直到确认对方已经死绝,才满心沮丧,摇摇晃晃站起身。

"喂,你要丢下就走么?"有一人叫住他。

---

①丹羽长秀(1535—1585),战国时代、安土桃山时代武将,"织田四天王"之一。

"我不会丢下不管的。"

"那就把他弄走!"

十郎太彻底厌倦:"我先在这里休息到明天早上吧。"话刚落音,就崩溃般瘫坐于地,仰面躺倒。沉重的疲劳与倦意如千斤巨石压向他。不管发生什么事,他也不想挪动了。

而后那三名武士不知在高声谈论着什么,十郎太已听不见了。由他们去吧。右肩的伤已麻痹得完全失去知觉。他终于从将近一昼夜的徒劳无功与长途跋涉中解放出来,右肩朝上躺着,静静闭上了因整日争夺功名而闪闪发光的一双大眼睛。而后他沾满尘垢的黧黑脸面上,肌肉跳动了两三下。很快就发出极响亮的鼾声,仿佛要将周围的一切都吸进去似的。

天亮之前,他被人摇醒过两次。第一次微微睁开眼,短促地吼了一声:"甲首!"又睡着了。第二次,一面打着鼾,一面道:"给我个一官半职!一官半职!"说着又像死去似的睡着了。

(二)

天刚拂晓,不知何处飞来大群乌鸦,粗声聒噪,一圈一圈在新战场上空盘旋。这么多乌鸦委实不多见，而却没有一只飞到低处，只是在高空徘徊乱舞。

从那时开始，夏日清晨的凉风送来织田、德川各处阵地的腐尸臭气。实在是难以形容的恶臭。

那一天一早的阳光就强烈得仿佛能穿透皮肤。不难想象日头最烈时的酷暑。

在这烈日灼人的近午时分，丹羽长秀的一支部队排成四列纵队，从天神山的阵营下来，去往设乐原新战场南部某处收尸。

武士们满不情愿拖拖拉拉地走在昨日刚刚浴血奋战过的地方，他们摊上的实在不是什么好活儿。

遍地横尸，大部分都死于枪火。尸体倒还完整，十个里头大概只有一个被砍了头。当然，也无法分辨敌我。

武士们在这满地尸体的草地上坐下，任由头顶阳光直射，一动不动。不一会儿，附近村落召来的乡人到了，这才懒洋洋起来，吩咐他们去干那些没劲的活儿。

立花十郎太也在这群武士中间。不过他一个人却在卖力做着。因为他现在把这当成自己命运的新起点。虽然眼下只是普通兵卒，但却是织田麾下得力部将丹羽长秀的家臣了。只要有战争，就会有往上爬的机会。大树底下好乘凉，必须要把这二十来年的徒劳无功一气弥补回来。

虽然干着这些活儿，不过，现在能找到活儿，也可谓幸运。

十郎太一面监督挖掘直径足足五间的大坑，一面这样想着。

事实上，十郎太能有眼下的职务，不得不说很幸运。他昨夜千辛万苦背来尸体，最终不是白费功夫。早晨，他将之扛到丹羽长秀的某部阵营，抓住机会，加上他一贯擅长的厚颜无耻，居然成了那部队中的一员。幸运的是，那武士的兄长也有些身份，为十郎太的愿望也多加筹谋。

多亏了那个武士的首级，不但使他免于一死，还令他实现多年夙愿，在战争第二日就置身织田军中。可以说立花十郎太在设乐原一战中交了好运，应该满足。

"别管什么头朝北还是头朝南，快点儿往里扔吧。"十郎太想尽快结束这项讨厌的工作。反正已经死了，还管什么头朝南头朝北。

到黄昏，十郎太已命人挖了七个大坑，埋葬了几百具尸体。填土之后，叫乡人用脚踩实。并砍了树木，立了块很大的方柱墓牌。

书写碑铭并不是上头的命令，而是十郎太自己的主意。他从小对书法就颇有自信。在七块墓牌上，他写下扭曲粗笨的几个大字。除了大之外，实在没有其他可取之处：

设乐南部高地战死者之墓

他挥毫之时,那些兵卒黑压压围拢过来。大多数人并不知道他写的是什么,满脸讶异。但他们似乎意识到这位新来的兵士是比他们略高一级的人物。

"把这个竖到最远的坑上!"十郎太对同伴们傲慢地吩咐。之后的工作中,他甚至直接用下巴指点。

一整天的劳作将近尾声,十郎太独自离开人群,坐在草丛中。夕阳已沉落,薄薄的暮色宛如轻纱,由北至南,覆盖了广阔的新战场。

"武田军马场大人的部队在这一带打过仗么?"忽然,十郎太身后传来女人的声音,他一惊,回过头。

"不知道呢。"他说着,不由一怔。这位年轻女子长发虽然散乱,却有着惊人的美貌。她一手提着和服下摆,立在那里。

她听了十郎太的话,就要默默地离开。

"等等!"十郎太不禁叫道,"为什么要打听这个?"

"我要找一个人。"她回过头,平静地回答。而这时十郎太发现女子精神似乎有些反常。她呆呆站在夏草丛中,失魂落魄的模样,一动不动面朝西南方向,任凭晚风吹拂。

"要找人?!武田军的?"

"只听说他在马场大人的军中。"

"马场?!"十郎太道,"找也没用了。马场也好,谁也好,武田那边的人都死光了。"

"实在抱歉,他还活着。"她抛下短短一句,却这样斩钉截铁,令十郎太一惊。这声音真清澈啊。

"什么,你知道他活着啊!"

"正因为不知道才要找他啊!"她道。十郎太有些被戏弄的感觉,真是讨厌的女人。不过这么简短的回答也令他为难。这时她又道:"他怎么能死!"仍是动听的声音。但粗鲁地顶撞了十郎太后,又欲离开。

十郎太不由暗自吃惊。女人为什么会说出相同的话来?因为他从加乃口中听过许多次相似感觉的话。

"喂,你!"十郎太从背后叫住她。她也不回头,摇摇晃晃走出四五间远,双手拢在嘴边,一字一顿呼唤道:"疾——风——!"只有最后一个音节被拉长,远远地回荡在旷野上。那声音有一种别样的透彻肺腑的痛苦,飘荡在设乐原广袤的草原上。

疾风!疾风是谁?十郎太想着,在哪里听过这个名字?刹那间,他站起身:"疾风?!"顿时脸色骤变。不由朝那女子追了五六步,从背后叫道:"疾风——是佐佐疾风之介么?"

"你认识,疾风?"女子蓦然回首,美丽的眼睛热切地盯着十郎太。

"认识——也可以说是认识。"十郎太突然觉得有必要整理一下思绪,不由含糊敷衍。

"那你是在哪里认识的?"

十郎太没有理会这个问题,而是反问:"你到底是佐佐疾风之介的什么人?"

"生命。"女子与其说是回答十郎太,不如说是自言自语,缓缓吐出这惘然的短短两字。

"生命?"十郎太并没有理解她的意思:"生命是什么意思?"

"疾风之介若还活着,那我也活着。如果他死了,我也会死。"说罢,她笑起来。而这笑声在十郎太听来十分凄凉。

虽然不知她到底是谁,但他隐隐感觉这女子与疾风之介的关系非同寻常。总之,现在十郎太意识到意外的、不寻常的事情正在身旁发生。他试着理清思绪,这个女子的出现对自己而言究竟是否有利?但一时还是想不透。

疾风之介仍然活着的消息绝对不能对别人多言。不过,也许最好还是对这女子挑明。这种想法在十郎太心里占据了上风。

而这想法临到头又打消了。

"我过去与佐佐疾风之介有交情,所以认识。"

女子一脸不满，将视线从十郎太身上调开，露出轻蔑的态度，继续朝前走。

十郎太还想跟她说些什么。但正在此时，集合的螺号响了。

"你叫什么名字？"十郎太只来得及问这句。

"我么？叫阿良。"她出人意料的坦率，将名字说了出来。而后散步一样摇摇晃晃离开。

十郎太刚来时排在队伍的最后。回去时已在最前头。亏他写了碑铭，十郎太自行抬高了在部队的地位。队伍刚走了会儿，就听到远处传来阿良的两声呼唤："疾——风——！"十郎太一面听着，一面想，生命，生命究竟是什么？他似懂非懂地反复思索着这个词。

难道那女子被那个莫名其妙装模作样、夹缠不清的疾风之介迷住了？与那人相比，我不是强很多么！无论如何，我绝对不能死去。十郎太在设乐原的夏草丛中，迈开了比平时更大的步子。

三

昨天到今天，城外盛传长筱城附近要打仗的消息。

深沟城下人们的脸上到底浮现出一抹不安的阴影，许多人都无心做事。

一度出兵设乐原的松平伊忠之子——又八郎家忠，不久又带领半数兵马返回深沟城。这也令城外的人们愈发不安。虽然不知事态详情，但据说将有一场前所未有的大战。为防万一，已将兵力分为参战与守城两部分。也有传言说，万一设乐原我方失败，不出两三日，武田军就会连这座城一起吞下去。这令城中的人们倍感威胁。

就在这样的不安遍布全城时，加乃决定从深沟城逃出去。虽然这样对长期以来照顾她的十郎太颇为抱歉，可是，如果不趁十郎太出阵之机逃走，恐怕不可能从这里逃脱了。

当十郎太提出如果今后一年内不见到疾风之介，就当疾风之介死了的要求后，加乃坦白地答应了句"好的"。但现在，她已经后悔了。

正因为加乃深知十郎太对自己的用心，所以那时才无法违逆他。然而一想到如果真的遇不到疾风之介，就必须接受十郎太的心，加乃就十分绝望。避居三河一隅，恐怕无论过去多少年，都不会与疾风之介相遇吧。与他相见的机会必须自己去争取。

加乃心里想去的地方是江北的坂本。那里现在虽然是织田信长部将明智光秀的领地，但自从听了那件事以来，她就对坂本这个地方有一种特殊的感情。疾风之介曾对加乃说过，自己整个家族都在明智城陷落时殉身。加乃怎么也不能忘记疾风之介说这些时的眼神。

加乃无法忘记疾风之介的眼神，像女人一样清澈，着迷一般炽热，充满疯狂。她最早迷上他，就是那时的疾风之介，那时疾风之介的眼神。

加乃确信，疾风之介什么时候一定会投奔到正为复兴明智家而奋斗的明智光秀门下。他即使不出现在我的面前，也一定会出现在明智光秀所居的坂本城。那里比在其他地方有更多的机会与他相遇。

加乃与老磨刀师林惣次商量此事。趁十郎太出征之时，决心离开此地。恰好林惣次有一位远亲也在坂本做磨刀师，门路颇广，可以提供照应。

"你放心去吧。立花十郎太那边我会好好解释的。"林惣次道，"那个人还缺少历练，再给他吃点苦头吧。"

看来老师傅对十郎太也没什么好感。

加乃请老师傅代办盘缠、安排随从。十郎太离开后的第五日清晨，她从深沟城外启程了。当她即将离开熟悉的城市，街道那边扬起漫天烟尘，三骑武士疾驰而来。

马上的武士都全副武装，伏在马背，不停扬鞭。加乃猜测，他们是第一批前来汇报设乐原战况的武士。她回过头，久久凝望着他们的背影，猛然生出不祥之感。不过加乃一面告诉自己，不要再去想关于十郎太的事了，一面踏上旅程。

漩涡（一）

（一）

天正三年，从春天到夏天，镜弥平次突然变得沉默寡言。阿良离开后，眼见着他越来越狂暴。没有剧烈的运动，心也不会安静下来。

他几乎不眠不休在湖上巡回，而且很多时候走得都很远。

他的行程大体是固定的。带领二三十只小船，黄昏时从琵琶湖北岸出发，夜间斜渡湖面，翌日来到安云川河口附近。在这一带的芦苇丛中度过白天，日落后至下一日清晨再去往冲岛①附近的湖面寻找猎物。

当发现坚田人护送的船队后，他就立在船头，扬了扬下颌，风将一头乱发吹向脑后，义子阿松总是望着弥平次的脸。当他一看到弥平次扬起下颌，就对四面叶片般漂浮着的

---
①位于滋贺县，近江八幡市所属琵琶湖水的最大岛屿。

小舟发出袭击信号:"冲啊!"

弥平次抬下巴的时候,大约可以断定是坚田的船只大规模出动的时候。因为坚田发船时间的关系,湖上的斗争往往发生在清晨。大部分情况下,双方都要损失二成的船只,有些人落水,运气好的被救上来,运气坏的一命呜呼。

袭击并不会延续很久。趁对方援兵未到,把握涨潮的时机,迅速撤退。撤退比发动袭击更要速度。小船四下散去,转眼间隐没于波涛。

而后,他们大多要在离今津一里外的湖岸再度集合,在那里查明死者,并为他们超度。这些都是他们的习惯。有一回在这里,大崎的牛五郎忍不住道:"我觉得……咱们又死了三五人,可是缴获的东西却完全……"话说了一半,他突然闭嘴。一柄带鞘的短刀砰然砸到他盘腿坐着的沙地前。他朝弥平次嘿嘿笑着,浑身哆嗦起来。

牛五郎的抱怨并非没有道理。事实上虽然每天都有人牺牲,但却几无所得。因为弥平次不去袭击有货物的船只,却只找武士或坚田人的麻烦。袭击的目标似乎偏离了海盗原本的范畴。

"我不多嘴了。"牛五郎说道,但已经迟了。弥平次沉默着,用手抚了抚自己的头,对牛五郎一抬下巴,示意他把头剃了。

总算保住一命。牛五郎哭笑不得,但还是把头剃光。代替寺庙的小和尚八郎,姿态古怪地跪在砂地上替死去的同伴诵经超度。

夏天的时候,比良山群峰中的打见山与蓬莱山终日都涌出白云。放眼望去,云层汹涌,保持着这样的姿态,也不移动。但七月将尽,不知何时就变成一道宁静流淌的秋云。

弥平次讨厌秋天。没有比秋天更令他苦恼的。心中像有无数小创口,一经秋天的寒气,火辣辣的痛楚就无法忍受。这也许是孤独吧。

弥平次一想起去年秋天小谷城的事,就忍不住狂吼,发泄情绪。这种情况每隔三天就来一次。今年,又多了阿良一件心事。

一想到阿良,他就不分时间场合地咆哮起来。那吼声有时会转为低沉的呻吟,有时像真正的猛兽咆哮,张口大叫。他的下属每每听到,都有一种无法描述的恐惧。他像一滴血也没有的怪物,仿佛在向什么东西宣战。

刚到八月后不久的一天半夜,叩门声惊醒了弥平次。好像是用整个身体撞击,那么大的动静。弥平次大声问:"谁!"说着走下土屋,"谁!"他又问道。

"是我呀。"

弥平次浑身一激灵,还能有谁,是阿良的声音。

他打开屋门，与刹那流泻进来的月光一起，阿良摇摇晃晃走进来。这一瞬，弥平次甚至怀疑走进来的只有阿良的魂魄。她失魂落魄，像是拖着一条影子，脚下踉跄。

"你这笨蛋啊！"弥平次怒道。不知为何，对阿良的爱怜之意突然化为满含悲哀的怒火爆发了。

"弥平次！"阿良叫了一声。她那弥平次一日也不曾忘记的美丽面容，朝弥平次望了一眼。突然整个身子都倒向弥平次宽厚的胸怀。

弥平次不知所措，不知该打她，还是推开她，还是抱住她。等他回过神时，他双手已将她抱在怀里，嘴里不停地"哦……哦……"着，不知是什么意思，但无疑是一种安慰。

这时弥平次发现自己怀中阿良纤细的身体突然折断似的瘫软下去。

抚了抚额头，烫得厉害。

"你这笨蛋！到哪儿瞎逛，把身体弄成这样！"弥平次急坏了，把阿良抱进屋，放到自己床上。他一心要把火烧旺，朝炉内扔柴薪。不一会儿，火苗熊熊燃烧，几乎要烧到屋顶。

火焰的光亮里，阿良已憔悴得脱了形。虚弱地半开着口，胸口剧烈起伏。

看到这样的阿良，弥平次想，是什么人把她弄成这样？决不能让他活下去。就是旅途中没有照顾好她的人也该统统杀掉。

"居然把身体弄成这样，跑到哪里去了！"弥平次站起来，提着水桶，踏着初秋清冷的洁白月光，到山坡下的河边汲水去了。

提水回来，他将布片浸湿，覆在阿良额上。她不住呻吟着。弥平次自懂事以来，还是第一次如此不安。

"你等着，等到天亮，我就有办法了！"他小声自语。他想把坂本一带有名的医生叫来。如果不来，就把他们扒光了抓来。这时，他注意到阿良的呻吟中在念着什么，便将长满须髯的脸凑近。他听到的是断续微弱的呼唤："疾风……"弥平次心里陡然一沉。再仔细听，阿良痛苦的喘息里，念叨的正是"疾风"。

"疾风?!"弥平次坐直身体，呆呆地看了她一会儿。想到自己还没有为她找到疾风，实在无颜面对她，心里很抱歉。

他顿觉面上无光，非常沮丧。

"你再等一等，这一次，我一定认真去找。"

阿良仿佛没有听到弥平次的话，仍在呻吟中不时虚弱地呼唤着疾风。

仿佛是被这呼唤驱赶,弥平次离开了阿良枕畔。

"疾风!"她的声音固执地追到炉边。

"知道了,不要再说了,不要再说了!"弥平次被触到痛处,不想再听。他盘腿坐地,两手相抱,强迫自己听后窗下竹叶的摩挲声。

直到清晨的晓光从天窗洒下,弥平次也没有打一个盹。他决心无论如何,都要为这个可爱的女子,片刻也不能大意的女子,找到疾风之介。

（二）

次日,阿良退了烧。好像在外流浪的那段时间完全没睡过似的,一旦睡着就怎么也不醒。除了一日三餐,她睡得死沉。

直到第七天,她才离开床。

阿良一起床,弥平次又不安起来。总觉得她什么时候又要出走。事情发生过一次,就还会有第二次。

"疾风之介我会帮你找的。"弥平次觉得还是不说这个好些。这时阿良总说:"谁要你找。"她话语带刺,与其说是针对弥平次,不如说是对自己的命运。

"不，我会给你找到。你等我一年。"

"要一年！"

"太久了么？那么，半年如何？"

"我现在就想见他。"

"别说这些不可能的。要是半年也嫌长，那就等三个月。三个月怎么样？"弥平次一谈此事，就要与阿良讨价还价。虽然他对找到生死不明的疾风毫无自信，但无论如何总要先打消阿良逃走的念头。一想到她离开后半年的生活，弥平次实在不能再忍受。

一个多月后，阿良提出要去比良山看望父亲。弥平次没有反对，就派五名随从，带了许多土产礼物，把阿良送到比良山中的村落。和逃去其他地方不同，阿良在比良山有明确的居所。弥平次只能忍耐此事。

"去比良也好，回这里也好，随你自由。"弥平次努力表现得很大方。可自从她离开后，他又变得很沉默。

阿良一走，好像周围的环境也突然变得苦涩粗糙，令人烦躁。而且，他一度遗忘的战斗的热血——曾是他生命唯一的意义，又在体内澎湃起来。

不过，阿良比约定的半月之期早几天从比良山回来了。那片土地已不再会出现疾风之介，因而对阿良完全丧失了意义。

九月中旬一过，一种茶褐色的水鸟成群从各处飞来，飘在湖面。这种鸟一出现，湖北一带就开始冷了。这是阿良从比良山回来后十多天的事。

那日一早就天色阴沉，好像马上要下雨。早晨还刮着北风，中午就变成西风。树木剧烈摇摆，发出可怖的声响，一整天都包围着弥平次的屋子。

黄昏时开始砸落硕大的雨点。雨刚开始落下就被风吹得到处都是。

"看来要有一场暴风雨啦！"

弥平次为给房子加固支撑，正在土屋里准备雨具。这时，叫阿源的年轻人飞奔过来："被、被一刀劈死了！"他跑得上气不接下气，额上不断落下水滴，不知是汗水还是雨水。

"谁被劈死了？"弥平次缓缓问道。

"老八、阿坊、六角，都被杀了。"

"一共三人？"

"还有五郎、阿鸢。"

"五个人？"

"还有权太、左卫门，还有……"虽然不知出了什么事，但牺牲者的名字不断从阿源嘴里冒出来。

"对手到底是谁？"弥平次呆若木鸡，板着脸问。

"不太清楚。是个很厉害的武士，大家都是被他斜劈一刀砍死的。"

"嗯。"连左卫门都能砍死，可见是相当的高手。左卫门是越后还是哪里的浪人，最近因为他的高超武艺才收编入伙。能把他劈死的人，必然身手非凡。

据阿源称，他年轻的同伙不知是寻衅斗殴还是偷东西，在大崎的水边和那武士打起来。不一会儿就有三人被杀了。起因大概就是如此。

事发后不久，年轻武士一时消失。但黄昏时又在村头发现他。于是二十多人追上去，把他逼到湖边山崖。结果他把追来的人砍得落花流水。胆小的人只有远远包围着他。

"尽做些丢人的事！"弥平次冷冷道，但手下被一个个杀成这样，也不能袖手不顾。

"好吧，我去。"弥平次道，朝窗外看了一眼。

暮色四合，外面已经看不清。狂风暴雨，一片黑暗。只有可怖的呼啸，不知是风声还是雨声，在狭窄的庭园内汇成漩涡，扭曲乱滚。若走到湖畔山边，天色必已全黑。是拿枪，还是提刀过去，弥平次略作踌躇。下一瞬便大声喝道："阿良，拿枪来！"

阿良取来长枪，默默交给弥平次。

"我去了！"弥平次道。

"天黑，山坡路滑，弥平次。"他跨出土屋的门槛，才听到阿良的话。

他想，我要去拼杀，她同我说天黑，山坡路滑。这些话多可爱啊。

但刚往风雨中走出一步，他就被狂风刮到六尺之外的竹林中。手里拿着枪，好容易才站稳。真是好大风。

"阿源，跟上来！"弥平次大叫一声，重新竖起枪，再度冲向风雨漩涡的中心，但又被大风推回。

黑暗中，弥平次的枪被风刮起，像歌舞伎在台上四下踱步似的走了两三回，最后还是把枪紧紧夹在腋下，躬身在风的罅隙中一步步缓慢前行。走出自家前庭，狂风从身后袭来，他在狭窄山路上跑得飞快。

弥平次出去不过半刻，继阿源后，村里一位叫幸吉的年轻人第二次跑来报告。

"老爷呢？"

"刚刚出去了！"

幸吉的伤口被雨水浇透，刚冲进家时，脸色惨白。不一会儿湿透的额头上涌出鲜血。

"那人太厉害了！大家都被砍死了！"

"弥平次去了就不要紧啦。"

"唉，不知道会怎样。反正对手不是寻常之辈。"

听幸吉这么说，阿良不安起来。

"会有危险么？"

"这个……"

阿良沉思片刻："可恶！好吧，我也过去。"语罢跑进自己房间，取出短剑，紧握在右手，收入怀中。到里屋去了一趟，又飞快跑回土屋。

"罢了，太危险了。你可不能去，我也不去啦。"

"说什么呢。我不会受伤的。只要用这短剑刺进对手的胸口就好了。跟我走吧！"阿良走出土屋，两袖交叠在身前。略微侧身，游走在大风中，步速飞快。这走法比弥平次高明许多。

三

弥平次将长枪尖端压低，步步逼近对手。

高处风力本应最剧，但周围树木繁茂，风声虽然凄厉，身体行动却还自由。

暴雨倾盆，不断砸落在地。弥平次满头满脸、握枪的指尖都不住淌着雨水。

他刚跑到这里时候，曾不顾一切进攻了两三次。但发现对方确非等闲之辈后,开始静待对手出击,自己再不贸然出手。

他已忘记了风声和雨水。相隔两间远的距离,全神贯注,只听见这夺命武士的呼吸。

偶尔,弥平次从腹底运气,发出嗷呜的吼声,并随之稍稍变换位置。

"来吧!"对方打破面前的黑暗,大喊一声。

一听到这声音,弥平次突然意识到,对手的音调、发声的魅力,都并非初次所闻。

他一面忍耐着挺枪上前的强烈欲望,一面回忆究竟是什么时候,自己也有过完全相同的状态。到底是什么时候?一面思索,一面步步紧逼。

就在此时,对方突然纵身后退,在黑暗中叫:"不是弥平次么?"

"镜弥平次,不是么?"又大声喝问。

弥平次大惊,几乎要张口大叫"疾风",却狠狠咽了下去。是疾风吗,是佐佐疾风之介吗!

他突然觉得自己的嘴快张大得裂开了,马上就要叫出"疾风",却又大吼一声,以全身气力刺出长枪,又将枪收回,几与地面齐平地躬身等待对手的回击。

"难道不是弥平次,不是镜弥平次么!"对方还在大叫。

那声音虽在风中吹散大半，却还是送进伏在地上的弥平次耳中。

弥平次听到这声音，却发狂似的起身猛扑。

两个身体冲撞在一起，又立刻分开。飞身出去时，有冰凉的东西划过弥平次肩头。

回过神来，弥平次又追向对方。他已化身魔鬼。是杀死对方，还是被对方杀死。他在松树下绕了两三圈，不知为何反被对方追逐。

这一次，从背后过来的第二刀又砍中弥平次的同一处肩头。他已是受伤的猛兽，费力摆正架势。泥水冲刷过的地面露出石头，仿佛河床。踩在其中的双足不知何时已光裸。他握着枪，又一步步追近对手。

对手一定也受了伤。在松树下刺出的一枪的手感，依然很清晰。不知是右脚还是左脚，总之是下半身的下部，正是清晰的刺中的感觉。

弥平次决心要杀掉疾风之介。明白对手是疾风之介的瞬间，一种从未想象过的感情攫住了他。正是那个从自己身边夺走阿良——那个可爱的女子——的男人，决不能留他活在世上。

忽然，一阵狂风袭来，似要将高地的树木一棵不剩地刮断。湖上波涛飞沫越过几丈高的绝壁，和雨水一起打落在崖边。

　　正在此时，有一瞬，风声忽止，周围似乎形成真空般的风谷。弥平次又趁此从地上跃起，想要决一胜负。紧接着，他的身体像一道细长的武器，朝着绝壁尽头松树桩底部的对手飞身而去，宛如一道寒光。

漩涡（二）

一

猛力戳下去，才发现刺中的是松树树干。

弥平次立刻拔出枪，但拔不动。他只好一脚踩住树干，用尽浑身力气，抓住枪柄往外拔。

狂风暴雨，碎石还是砂砾扑打在脸上。越过断崖的滔天水浪袭中他的全身。踩着松树的脚一滑，站不稳，前后摇晃了两三步。弥平次的身体以长枪为中心，翻了个跟斗。

跌倒的瞬间，感觉有一抹冰凉，从眉间笔直淌到脸上。

危险！弥平次暗道。他以为第二刀还会砍来，本能地蜷起身子。突然又一阵波涛拍上断崖，重重落回去。

弥平次被波浪打出去滚了两三间远，跳了起来。手里紧握着枪。但枪太轻了。这才觉察它已当中折断。于是弃枪拔刀。

他全身已化作死斗的一团烈焰。对方是疾风之介还是谁，他全不放在心上。只知道面前是必须砍倒的、武艺比自己略高一筹的劲敌。

弥平次举刀，又不顾一切地逼近。三次靠近对方，三次被他砍回。他想，这次是最后一次进攻。或者像许多手下一样被咔嚓斜劈，或者把对方的天灵盖一劈两半。二者必居其一。

想到这是最后关头，弥平次突然冷静下来。那恢复冷静的头脑，正等待最后一搏的机会。崖边肆虐盘旋的风雨声，波涛掀起的浊浪，都离他远去。在他想来，自己仿佛被旷野中的月光照亮，正暴露在对方眼中。

六尺远的黑暗里，有什么明显的异样。刀尖的寒光，是唯一划破暗夜的白线。那森然的寒光似乎随时都要朝他劈来。

当寒光突然朝下一闪，想是对手已将刀尖指向地面。间发不容之际，弥平次的身体像闪电一样飞起。

双方剑柄护手着实相击，铿然有声。暗夜里两道白光纵横游走。已是殊死搏斗。

"呜噢！"

"来吧！"

大风断续，割断他们的声音。

"看刀！"随着肺腑发出的怒吼，弥平次搏上性命，向对手杀去。他高高抡起刀，朝前踏出一步，奋力砍下。而这一刀落空了。对方好像啊了一声，向背后闪去。弥平次一惊，真是奇妙的时刻。他摇摇晃晃跟跄了几步，脚趾紧紧抠住地面，才稳住身体。

他好像被狐狸迷惑似的，莫名其妙地站在那里，举刀挥刀，复大面横扫，再蹲身用力朝地面挥砍。没有！地上也没有！而且万万没想到这里已是断崖的尽头。

他大惊，急忙后退五六步，跌坐在水坑里。方才完全没有注意到的风雨，如今一齐向他袭来。狂风怒吼，树木低咽，倾盆大雨泼天而来。

"弥平次！"有谁在叫他。

"弥平次！弥平次！"又是几声。他想答应，但发不出声音，只是呜呜呻吟。风雨漩涡中，他摔倒在地，张着口，饮下风雨。

"弥平次！"过了很久，声音终于靠近。非常清晰，是阿良的声音。

他呻吟着。阿良的手从地上慢慢摸索过来，触到了他的身体："怎么了，弥平次！"

"嗯……"

"你受伤了么？"

"嗯……"

随后，弥平次感觉阿良的手在他身体从上到下，又从下到上地抚着。

"手脚都还在。"

"嗯。"

"哪里受伤了？"

"嗯……"

"你清醒些呀，对手到底怎么样了？"

"掉、掉下去了。"这时，弥平次终于从喉咙里挤出声音。

"掉、掉下去！从、从那里掉下去！"弥平次叫起来。说不清是恐惧，还是可怖，还是安慰，一种莫可言喻的激情令他浑身颤抖。

"掉下去了？！"

"掉下去了！别过去，是悬崖，危险！"

"悬崖？！从悬崖上掉下去？"阿良说罢，沉默片刻。又突然起身，离开弥平次，伸手探索地面，朝那边爬去。

"别、别过去！危险！"弥平次大叫，阿良不理会，继续朝前爬。

果然，手摸触到岩角，地面突然消失，正是悬崖绝壁。从下卷起的波浪扑打在阿良脸上。

她朝崖下看了看，远远地听见惊涛裂岸。又爬回地面，抓住弥平次的衣领，摇晃着："弥平次！刚刚那个人是不是也喊过你弥平次、镜弥平次？"

弥平次大惊："我，我没听见！"不知是鲜血，还是汗水，还是雨滴，都咽了下去。

紧接着又是一阵可怕的风雨。有什么东西突然吹来，猛地挂在弥平次头上。用手抓住看，原来是折断的树枝。

"我，我没听见！"弥平次紧攥着树枝，在风雨中摇晃着站起身。到后来声音含糊得连自己也听不清：我没听见，要是听见了，那还得了……他提着刀，踉跄而去。却一头撞在树干上。避开这棵，又撞上下一棵。

（二）

弥平次身上受了十来处伤。在松树下绕着走时，从背后来的一刀砍中左肩，几乎划过整个后背。这道伤口最深，其他都无大碍。

比起这些，还是拔枪仰面摔倒时，本就不忍卒睹的脸上又结结实实多了一条纵向的伤口。这令他极为不快。脸上全肿了，浑身发热，心情积郁不堪。

他在床上几乎躺了两天。

疾风之介从那悬崖上跌落，应无幸存之理。十有八九他已在岩石上摔得粉身碎骨。

可是捡回一条性命的他躺在床上，毫无胜利感可言，实在受不了。就因为那时自己砍空了一刀，踉跄了五六步。如果闪避身后的疾风之介并没有跌落悬崖，一定能从容不迫将自己劈中吧。

弥平次一想到疾风之介从悬崖上摔下去，就忍不住嗷呜惨叫。并不是因为自己死里逃生而感到安慰，却是觉得自己做了一件可恶的遗憾的事。

那时，即使自己背部被砍伤，也不会就这样被他白白砍一通。自己会挥刀大幅横扫，把疾风之介下半身狠狠砍中。

谁能活命，就看那时的运气。如果可能，还想跟那个年轻人决一胜负。可惜他已经掉下悬崖，实在遗憾。

暴风雨中接近半刻的殊死搏斗，一帧帧在眼前，令躺在床上的弥平次不得安眠。他烧得昏昏沉沉，这些场景却一丝不差地在脑海中再现。

他口中仍不时喊着杀声。想到一枪刺中疾风之介大腿时的兴奋，不由睁大了眼睛。同时，也想起自己背上那一刀，又辗转难眠。

这样过去了两天两夜，弥平次起床了。好不容易摆脱了厮杀的兴奋，不再有一幕幕再现的情景令他烦恼。但取而代之的却是重见阿良的酸辛。

"真的没听见么？没事没事，也许是听岔了。只是我那时候真的听到有人在弥平次、镜弥平次地喊你。"

其实她自己也不清楚那到底是幻觉还是现实。在那样的狂风暴雨中听到那样的喊声，确实奇怪。然而也许是因为风向把声音送到耳边，也不是不可能。

阿良自己也觉得自己过于执拗，反复回忆着那坠崖武士搏斗时的呼喊声。如果是镜弥平次认识、武艺又很高强的武士的话，那除了疾风还会有谁呢？但是阿良也没法儿把怀疑说出口。

每当问起这事，弥平次都有些不自然，态度也很固执："我，我没听见！"他强调根本没听见阿良提到的那个武士的话。

而阿良不在周围时，他总是在后门或土屋内嘟哝："哪能听见？听见了还得了！"

他不断重复给自己听，也许什么时候自己真的以为没听见过。

暴风雨过后第三天，为死在疾风之介刀下的人们举行葬礼，一共六人。还有七人受伤，当时以为是死了。

亡者各自埋葬在他们出生的村落。超度的法事在湖边崖上举行。所谓法事，也因出了这样的事而极为简单。

寺里的八郎和牛五郎在很大的松树根下搭起的佛坛前诵经。

诵经完毕,三十来位壮汉围坐饮酒。坐在正中的弥平次脸上肿了很长的血印,沉默不语,很难得只拿了小酒杯饮酒。

三天前的暴风雨已无迹无踪,湖上很平静。微风吹皱湖面的涟漪。初冬的阳光懒洋洋映着涟漪。

方才不知去哪里的阿良又回到座中。

"山崖下打上一只遇难船,哪位过去瞧瞧?"她站在那里,环视在座诸人。

"或许会捞出来两三个人呢。"听到这里,弥平次脸色变得难看。

年轻人们正喝得尽兴,都不大愿意起来。

"都是些死人,也捞不到什么好处。"

"死都死了,放到明天也不会跑。"

他们七嘴八舌议论着,谁都不起身。

"说什么呢。我想看看那个从崖上掉下去的武士呢。"阿良道。

"想看那个恶鬼?原来如此,说不定已经捞上来了呢。"说着有一人站起来。

"你想去哪!"弥平次大喝一声,"晃什么晃,坐下来喝酒!"语气非常严厉,那巴巴站起来的年轻人应了一声"是",又坐下去。

阿良默默朝很没好脸色的弥平次那里看了会儿,又道:"加东次,你跟我过来一下嘛。"

"我么?"衣衫披在头顶,正大碗喝酒的加东次抬起头,"也不是不能去……"他悄悄瞥了眼弥平次,仍披着衣衫,懒洋洋站起来。

"加东次!"弥平次怒道,"你要去哪?"

"去哪儿……那个……"

"就你腿快。"

"是……"

"瞧你什么样子!"加东次觉察出弥平次强作忍耐的平静口吻下暗含的怒气,慌忙又坐回去。

他刚坐下,弥平次站起来,似是无意道:"我去看看。"语罢缓步离开。松林间穿行的弥平次的身影,在午后冷清的日光里,显得有些落寞。

阿良随后也追过去:"我也要去!"

"我一个人去。"弥平次也不看她。

"我想去。"阿良重复道。弥平次冷冷道:"我一个人去。"此刻的弥平次异常顽固。

"我自己也想去啊。今天弥平次这是怎么了?"

"不，我一个人去。"

"你说什么呢，好吧，随你去。"阿良气鼓鼓，转身回去了。

她回去后，弥平次终于松了口气。他非常担心断崖下打捞起的溺死者中就有疾风之介的尸体。

弥平次从山崖走下礁石散布的湖岸，从这块石头跳到那块石头，来到打捞尸体和沉船的高地边。

岩石间有两具尸体，一半泡在水里。从着装一眼就能看出，两人都是渔民。

知道里头没有疾风之介，弥平次心情立刻轻松起来。

他回到高地的酒宴，道："那里躺着两个死人，谁过去给埋了吧。"又对阿良道，"那些不吉利的东西，你还是不看的好。"语气已与之前完全不同，变得非常温和平静。

三

佐佐疾风之介端坐在床上，屋中光线黯淡。说是黯淡，可既不是夜里，也不是黄昏，而是刚刚过了正午。大白天却紧闭着防雨窗，木格与窗户缝隙间漏进的光线是屋中仅有的明亮。显然，是寺庙的一间屋子。

"因为某种缘故，我们不希望您知道这是什么地方。防雨窗也不能打开，可以么？"这是昨天早晨，过来送饭的中年武士对刚刚能起床的疾风之介说的话。

"我明白了。"疾风之介答道。之后，疾风之介谨守约定，不出门，也不从窗缝向外窥视。其实不用看也知道，这里距琵琶湖不远。这是被送到这里的途中迷迷糊糊的记忆。虽然方向并不清楚，但他判断这里很可能是望得见湖面的半山腰的某处古寺。

无论在哪里都无所谓。对于完全没预料到的、任由命运送至的地点，疾风之介并没有太大兴趣。就像风将树叶吹到某处，自己也是随风而来的吧。

原本他也没有明确去某地的目标，就从设乐原到近江来了。说是自己走来，不如说是被什么驱使而来。究竟是什么呢。希望？不是。野心？多蠢！那么，是梦吧。可是，梦又是多么可恨的词语啊。生逢乱世，还有什么梦！人们不都纷纷死去么。男女老少，父母子女，都在杀人，又都被杀死。难道不是都死去了么。

什么都是虚空，什么都是无奈。虽然虚空，却也不想死去。因为自己已经重生。一直想活着，想活下去，才会重生。与六角氏大战时，小谷城陷时，长筱之战时，以及与那个可恨的、湖边山崖上的、令人诅咒的、纠缠不休的长枪决斗时，他都一次次要活下去。

啊啊，连从崖上倒栽着摔下时也想活下去！疾风之介一想起那时的种种，全身仍战栗不已。

躲过对手锋利的刀尖，飞身后闪时却踩空了。朝着无底的深渊坠落，坠落，坠向无底的黑暗。那一刻多么漫长。为什么那时回想起那么多人的样子。父亲，母亲，阿良，弥平次，十郎太……最后是加乃。刚要伸手去抱加乃白皙的脸庞——那一刻自己向后转了一圈，却又被可怕的力量拽往地狱去了。

浑身痛楚，行动不便。我被冲到岩石与岩石之间。坎坷不平的石头硌着肩、背、腰。我鼓励自己，不能松开加乃。可是只有我一人。被救上船时，才意识到自己只有一人。船上有三个浑身湿透的武士。那时，清晨白色的光芒令我目眩。

即使被夹在岩石之间，任由波浪冲击，我仍然想着要活下去。无论如何都不能死去。

不管什么情况，我到底都不会死。我想有不同寻常的死法！没有那样的死之前，我无论如何都不会死。不过，那是怎样的死法？那是我，佐佐疾风之介，笑着满足地死去。在没有这样的死之前，我绝不想死！真有那样的死法么？也许有吧。我想是有的。燃烧、翻卷我的生命，向死而生的死！

"你伤势如何？"这时，纸门被拉开，一直送饭的那个中年武士走进来。

"就被石头撞伤，并无大碍。"

"脚呢？"

"大腿上的伤大概四五天后才会痛，现在也没什么感觉。"疾风这样答道。武士说："有时候，我很想把你带走。有什么异议么？"

这声音与平时有些异样，疾风之介发现他一双小眼睛里也闪出严厉的光。

"但凭你，反正我这条性命也是你救回来的！"疾风之介迅速回应。而后意识到完全未知的崭新命运正朝自己而来。虽然不知是什么，但去总比不去好。

"看起来您也是反对织田氏的？"疾风仅凭直觉，试探着自己新命运的真面目。

"的确如此。"那武士答道。

"那，这么说来……"疾风之介似乎猜到了什么，浮起一丝微笑。刚要开口，对方阻止了他："不不，我那里只是丹波山中的无名小城。恐怕你不知道吧。城里也就两百人。不，加上你就两百零一人啦。"

说到这里，武士终于大笑起来。那笑声十分爽朗。

舟祭（一）

一

丹波属于明智光秀，是长筱合战半年以前，即天正三年正月的事。

明智光秀受织田信长赏赐丹波一国，紧接着，着手平定新封地。率领五千军队，于二月进驻丹波。

在明智的威压之下，龟山城率先开城，而后各地据守小城的土豪也纷纷投降。只有从前长期统治此地的波多野一族坚守几处小城，虽然他们并不欢迎光秀的到来，但至少表面看来，明智军并未耗损太多兵力，就获得在丹波一带发号施令的地位。随即以龟山城为据点，以明智光春、光忠为中心，以及任用新近加入明智阵营的土豪，得以颁布新国政。

但是，时势并不允许明智军长留此地。织田信长将要发起新战争，明眼人都知道明智军很快就得将主力调离新领地。

丹波各地的土豪们等待这一时机的到来，内心欲望蓬勃，希望驱走新领主的势力，恢复各自曾经的权势。其中实力最强的是波多野秀治与波多野宗长兄弟二人。

佐佐疾风之介被琵琶湖上的丹波武士搭救后，正是秋色深浓的丹波群山被暴风雨来临前的死寂笼罩之时。如果明智光秀的军力有所移动，丹波各处必会与从前一样分割成小股势力，无数小规模战争也将四处纷起。

佐佐疾风之介迎来的新命运，便是被与波多野同属一派的人带到丹波山中的小城誉田城中。上天赐给疾风之介的新主公正是誉田城主——誉田为家。

疾风之介开赴新任地之前，为了养好暴风雨之夜在湖边高地所受的枪伤，从秋到春的几个月，不得不暂居在琵琶湖北的大崎与今津之间的山中荒寺。

救他的三名武士中的两名没多久就消失了，只留下最年长的三好兵部陪着他。他为打探明智光秀的动向，装扮作浪人，潜伏在明智活动的湖边一带。

三好兵部性情稳重，没有沾染这个时代武士惯有的暴躁脾气，风度朴实，温厚朴讷，确实是丹波深山里恪守礼仪戒律的乡村武士。

有一回，他们喝酒谈天。疾风之介问："你们觉得凭两三百个人，能造织田家的反？"

"誉田人数的确有限。但丹波其他地方还有不少有骨气的武士，散居各处，据守城池。一旦时机来临，大家都会同仇敌忾，共同抵御织田军吧。"三好兵部似乎确信他们能与织田大军打一场漂亮的仗。疾风之介眼前浮现出设乐原之战中，武田军万余名勇猛的武士，在栅栏前全部被枪火击倒的凄怆的一瞬，顿觉三好兵部的梦想太过滑稽。

织田军队经过近代组织训练，其威力绝非丹波的乡村武士可以想象。他们的想法不但可笑，也很可悲。

"你们打不过的，连一时都抵挡不了。"疾风之介道。

"也许吧。可是在丹波战死正是我的夙愿。我的父亲、母亲、祖父、祖母，都已化作丹波的泥土。"三好兵部说这些时，没有一丝兴奋，脸上是温和的微笑。他没有任何野心。既不是想出人头地，成为一方将领，也不梦想成为一国一城的主君。只是想用生命去守护父辈祖辈的土地，不受异国人的统治。事实上，三好兵部是会带着笑容以性命相拼的。

"可我和丹波没有任何关系。"疾风之介出语刁难，盯住三好兵部的眼睛。

"我们现在正希望多一人是一人，想请你助一臂之力。不过，如果不愿意，也不必勉强。"

"那你打算怎么办？"

"既然你已知道秘密,那就只好取你性命了。"这时三好兵部脸上的温和才消失不见。

取我性命?!他相信三好兵部真的会这么做。就算砍过来也不见得有多厉害。不过是乡下剑法而已。怕是连擦伤他也做不到。

然而疾风之介嘴上虽这样说,却不知为何对丹波山中的这座小城心动起来。那两位先离开的武士虽然年轻许多,却也和三好兵部一样无知,一样淳朴木讷。他们的眼神是疾风之介以前见过的武士们都没有的眼神。他们的眼神都有着毫无野心的清澈光芒。疾风之介心想,自己的父亲、祖父与家人们为明智城共同赴死时,大概也是这样的眼神吧。

说到明智,就会想到丹波是辅佐主公复兴的明智光秀的领地。如果去那里,当然要和明智军交战。虽然都叫明智,可疾风之介已与之没有什么联系了。虽然光秀、光春等两三人身上依然流着明智家的血,可他们的部队已完全由别国人组成。现在的明智军,是由那些与从前的明智城毫无关系的武士组成。

和这样的明智军交战,并不会有什么心痛。也许是因为丹波乡下武士的热血反与自己更接近。

"我虽然不打算送死,但也能杀那么十几二十个敌人。反正打仗就是我的活儿嘛。"每当喝得差不多,疾风之介都会这么说。既然那两百个武士都能以生命作战,那么我也加入为之一战吧。也许会发现什么可以充实自己内心的东西。只有这样的时候,疾风之介的眼睛才会闪烁着晶莹温柔的光泽,令加乃或阿良难以忘怀。

"我的伤已经全好了。随时都能出发。"疾风之介在那颓败的寺庙里待得很无聊,遂催促三好兵部。

"你别急。就算你不催,这一阵也要带你过去。因为织田出兵大阪也就是时间问题了。"

春天以来,织田信长即将起兵征讨大阪本愿寺的传言,就连这荒僻之地也传遍了。三好兵部扮作浪人模样,偶尔乘舟去往坚田或坂本一带,刺探明智光秀的军队离开丹波的具体时日。

(二)

加乃在坂本的磨刀师林一藤太家落脚。林一藤太与在深沟对加乃多有照顾的老师傅林惣次是远房亲戚,已年近七十。他在当地收了几名徒弟,门户颇兴。

一藤太早年丧妻,家中除了女佣外没有别的女人。因此加乃的到来很受这家人欢迎。也许是水土改变,琵琶湖西的气候与加乃的身体更相合，所以身体比在深沟时好了许多。不但能操持家务，也能招呼出入店里的武士了。不过要是有一点劳累过度，第二天还是会发低烧，身体不适。来到这里后，加乃时常听说关于小谷城那些熟人的消息。原以为与小谷城共同死难的人们仍然活着，有的舍下大小佩刀去做生意，有的投奔新主公。与之相反，原本以为不会怎么样的人反而与城一道殉身，凄凉地死去了。伯父山根六左卫门在城中本丸内壮烈赴死，避难伊吹山的伯母与两个孩子自刎而死。这也是来到这里后才听说的。

时代随着一场又一场战争发生巨变。渺小的个人命运在战争强力的车轮下被碾碎、抛弃，完全如虫蚁般无常。

加乃来到坂本后，收到十郎太的两通书信。他似乎对擅自出走的加乃完全没有放在眼里，写了满篇关于自己的事。

他笔迹拙劣潦草，语气也是惯有的："……地位已渐趋稳固……"

"待到春来，即领随从登门拜谒……"那语气仿佛已做了大官，这一行字写得很小，歪歪斜斜缀在后头。

加乃很快忘记十郎太说的这些。春天来了。湖畔樱花已谢，生出绿叶。几年来形同废止的日吉神社的祭礼，今年又要正经办起来了。不料就在坂本市街热热闹闹准备时，立花十郎太突然造访了加乃。果如信中所言，他真带了三名随从。大约是心情之故,他的言谈举止比一年前稳重不少。

加乃将十郎太请进一间屋子。

"虽然稍稍早了些,不过我还是来啦。"他道。

加乃一开始还没有理解十郎太此话何意。他继续道:"疾风之介大概已经死了吧,希望你不要再想着他了。"加乃听到这里才微微变色:"还没有到一年的期限。"

"所以我刚说,稍稍早了些嘛。早了一个月。"

"还有两个月。"

"两个月也行,我可不信这段时间疾风会出现。"

"那也说不定。"

"别犯傻啦,那家伙已经死了。"十郎太说这话时,自己也觉得有些无力。只要那家伙确实还活着,说不定真会出现。这种吊人胃口的感觉实在讨厌。如果真出现,就必须把他杀掉。

十郎太为驱散自己的恐惧,改变话题继续聊下去:"下次过来时,随从也会多几个呢。只要有仗打,一切都好说!"

他强调,什么都好说。十郎太认为,主君丹羽长秀不去打仗,而被任命为安土城①建设的官员,实在太不值当。

"可是安土城也是非常了不起的呀。这里的人每天都这

---

① 琵琶湖东岸安土山(今滋贺县近江八幡市安土町)之城池。织田信长建造。

么说呢。"加乃道。

十郎太便切齿道:"搬石头到哪能挣出千石来？筑城之类的活儿最无聊了!"又絮絮叨叨说，最近也许会去征讨纪伊的真宗门徒，即使不幸落选，离征伐中国①地区毛利家也不远了。那可是一场大战，自己绝不会错过的。说到后来，仿佛是要画上休止符似的，一双大眼睛从加乃脸上离开，望着远处:"交战! 交战!"仿佛是在凝望着战场。

他还是老样子，加乃倒不觉得厌恶。如果疾风之介当真已不在世上，也许自己真会选择这位年轻武士。这种拼命往上爬的男人固然单纯了些，却也有某种魅力。

但是，只要疾风之介尚不明生死，自己就绝不会接受这个男人。即使一生无法相会，只要疾风之介仍在世上某处活着，对自己而言，立花十郎太又算得了什么呢。

"如果两个月以后疾风还不出现的话……"最后，十郎太又重复道。

"一定会见到他的。"加乃冷冷道。

"你可真傻。"

"不知为什么，就是有这样的感觉。"

"这感觉真够讨厌。"的确，对十郎太来说，这种感觉太

---

①即日本的中国地方，指本州岛西部，今有鸟取、岛根、冈山、广岛、山口五县。

讨厌了。他满脸不悦，又想着如果那时把他杀掉就好了。说完刚才一番话后，他结束了约略半个时辰的访问，带着三名随从赶赴明天夜里的执勤，雇船回佐和山。加乃送他到码头。

三

一个月后，十郎太又来了。要他忍耐两个月不见加乃，可实在做不到。而且觉得不等两个月直接过来也不打紧。日吉神社祭礼前一天，听不当班的同僚说要乘船去坂本，十郎太再也忍不住了。

他与几名同僚在祭礼当日清晨来到坂本，即与他们告别，立刻到林一藤太家造访加乃。

加乃一反常态，穿着簇新的衣裳出来。十郎太一怔，有些不好意思："本来还有一个月……不过我想来看祭礼……"

祭礼与十郎太联系在一起，总有些不自然，多少不太协调。

"来看祭礼……"加乃说着，不由觉得好笑。原来除了打仗，这世上还有十郎太关心的东西。

"可真是难得啊。"加乃无心讽刺，讽刺的话却已出口。

十郎太不予回应，只是盯着加乃。似乎只有看够了她，才完成此番相会的目的，随时都可以回佐和山去了。实话讲，他对喧嚣祭礼中拥挤的人群、莫名的神舆毫无兴趣，连半刻都不想待。

"傍晚，神舆会在七本柳的岸边乘船去唐崎呢。"

"这样啊。"

"好几年都没有过这样的舟祭了呢。"

"那一定很了不得吧。"十郎太心不在焉地回答着。与加乃相会的时间，本希望尽量拉长。可居然自己不想把这愉快的时间延长下去了。

"那么……"他开口道，要结束这番对话。而且也不得不这样说，因为两个人已经无话可说。

十郎太与加乃相会，三言两语之后，就惊诧地发现，已到了别离之时，心头涌起绝望。然而加乃却道："黄昏时，我要坐船去唐崎逛一逛，你也一起去么？"

十郎太咽了下口水。一起去到底是什么意思？他有些受宠若惊。在设乐原战火中砍下敌人首级时，也没有这样强烈的幸福感。

"申时，神舆会在渡口聚集。我想那时去。"

"那么，我到时再来陪你。"说罢，十郎太逃也似的与加乃告辞。可是到黄昏的这段时间该怎么消磨？街市里到处都沉浸在他很难理解的祭礼的兴奋中。他离开闹市，沿着湖岸朝坚田方向踽踽而行。昨夜在船上喝醉了，几乎没睡一会儿，很想找个地方好好睡一觉。

十郎太在离坂本城区约十町远的湖畔芦苇丛中发现一艘空船，他走上船，仰头躺在万里晴空下。初夏的阳光有些热，十郎太也不在乎，闭上眼睛。他想着只要在这里睡上一会儿，就快要和加乃一起乘舟。加乃的脸也渐渐浮现在眼前，他就在这幸福中很快沉入梦想。

他醒来时，日已西斜。睡饱过后，映入眼帘的正是静静栖息在不远处湖面上的水鸟。他觉得腹中饥饿，打了两个大哈欠，站起身时，突然想到和加乃的约定。那约定与现实如此遥远。

他起身在岸边洗了把脸，担心迟到，朝坂本城中走去。半路中奔跑起来，上气不接下气地歇了阵，又继续跑。

他庆幸自己跑了一段，加乃与林家的两位女仆和一位少年——林一藤太的外甥，刚从家里出来，正在等着他。

他们乘一艘能载十人的小船，同行的还有染坊的一家三口。船从坂本城外的岸边驶出，湖面上已有几十艘同去看祭典的小船，朝唐崎而去。

加乃打开带来的食盒，十郎太毫无顾忌大吃起来。回想起来，从早晨到现在还没有吃过什么。

七本柳岸边聚集的人多如蚁群。湖畔黑压压的人群与神乐的谣曲与太鼓声混在一起，自水面飘来，送入十郎太耳畔。日吉神社下七个神社的神舆遵循古礼，各自被送上船。

十郎太看见加乃美丽的侧脸，朝着湖岸顾盼。

"大宫的神舆已经上船啦，后面的小船上大概是神马。"加乃静静道。一会儿又说，"这回是八王子的神舆。那周围立着四棵竹子，上头都系着界绳①呢。"

十郎太望着加乃的侧脸，点点头。他脸色消沉，比任何时候都显忧郁。他从出生到现在，从未置身过这样异样、平和、幸福又寂静的氛围。在这里眺望湖岸舟祭的扰攘，也仿佛与人间毫无干系，成为风中摇曳的自然景色的一部分，听来竟有些寂寞。

十郎太对于加乃描述的神舆、神马、界绳、七家神社的神舆船、多少艘供奉船，并没有仔细辨别，也没有心情细看。这不可思议的一切，只要闹哄哄地进行着就足够了。

他乘的船来到唐崎附近的一株松树下时，周围已聚满同样来游玩的船只，等待即将抵达的神舆船。

初夏的夕阳已落山，晚风徐来，船在浅浅的波浪中荡漾不止。

---

①一般写作"注连绳"，指为阻止恶神入内而在神前或在举行神道仪式场所周围圈起的绳，表示神域的界限。

他登船以来,几乎没有跟加乃说过一句完整的话。在这样的场合下,他不知道该跟她说什么。说些什么好呢,完全想不出来。

渐渐,暮色将湖水染成黑色时,水面上远远驶来几十艘神舆船,船上人头攒动。

正当十郎太想着接下来会有什么场面时,他突然大惊,目光死死盯在一处。

一艘船拨开湖面遍布的船只,离十郎太的船隔着五六艘远的地方缓缓而来。十郎太凝视着船中央立着的男子的侧脸,无法言喻的不快令浑身颤抖。

十郎太的视线已无法从那人身上离开。不安的心情笼罩着他,他担心如果自己视线一转,加乃就会朝那里望去。

很快,十郎太失去血色的额上淌下大滴汗水,砸在他膝上紧握着的右拳上。

舟祭（二）

（一）

有生以来，十郎太从没有经历过这样痛苦漫长的煎熬。

他盯着那船上立着的人的背影。因为除此之外，他无法有任何行动。这个世界上，最害怕出现的人——佐佐疾风之介那个家伙，居然出现了。

居然在此时此地，这个可恶的人出现了，而且还那样笔直地站着！

首先要冷静。十郎太告诫自己。冷静之后怎么办？他满心焦躁。怎么办？到底怎么办？他反复问着自己。可是想不出什么好方法。

总之，趁加乃尚未发现，离那家伙远点儿吧！

混乱的脑海中终于蹦出了一个想法。一想到这里，又陷入绝望。前后左右都是拥挤的船只，完全没有离开的可能。

无数小船上的人群中发出一阵热烈欢呼,没有人理会十郎太的痛苦。神舆船正向观光的小船们靠近,眼见就要到唐崎岸边的一棵松树下。

就在这时,十郎太与疾风之介所乘的船之间的几艘船里,有一艘突然从水面笔直滑了出去。周围的船也在荡起的余波中移动了位置。这令人意想不到的状况必对十郎太不利,因为疾风之介的船已经朝这边过来了。如果可能的话,他真想带加乃一起逃走。十郎太浑身一阵恶寒,额上又沁出汗珠。

此刻,周围所有的船都动起来。船与船磕碰着船舷,仿佛破冰荡漾,缓缓移动。

疾风之介的船又朝这里近了些。十郎太明确意识到,自己现在太不走运了。船家简直太笨了!他在心里诅咒前头的船夫。

最后,绝望的事态终于到来。十郎太眼看疾风之介的船穿过船只,毫无遮挡地笔直过来。十郎太不由躬身,如果可能,真想拔腿就跑。

就在这时,两艘船的船舷碰到了一起。端坐船头的疾风之介的身影从十郎太眼前过去,停在十郎太与加乃的中间。

十郎太大惊失色,下意识探出身,双手去推疾风之介的船舷。他想用力把这可怕的东西推得远一点。就在这时,他清楚听到加乃"啊"了一声。他已不顾一切，无暇去看疾风之介或是加乃，两手扶着疾风之介的船，脚用力蹬自己的船舷，使出了满身的气力。两艘船剧烈摇晃着分开了。

十郎太的身体架在两艘船之间，两手两脚和水面保持了一阵平行。不过很快，一声奇怪的钝响，水花飞溅，他落到湖里去了。

他手死死攥着疾风之介所在的船。

十郎太感觉有人揪住自己的衣领，把他拽了上去。他浑身湿透，爬上疾风之介的船。他大幅抖着身体，水珠四溅，喊道："哈，是疾风啊！"而后回头去望刚刚拼命推开的那艘船。

船在游动。不论哪只船都不由自主移动着，汇成一股巨大的流动的集团。两艘船之间早已插进来几艘其他船，加乃那艘已经走远了。

"疾风大人！"橹声人语中，加乃细细的声音又一次穿来。十郎太听到这呼喊，才想起自己事情还没做完。

"喂，疾风！我有话对你说！"他突然冲向疾风之介，又被立刻推搡开。

"笨蛋，冷静些！"疾风之介劈头盖脸怒道。

"我、我很冷静！你，你听我说！"十郎太又揪住疾风之介。

"你浑身都是水，离远些！"

疾风之介一双有力的手提住十郎太滴水的衣襟。十郎太又向加乃的船望了一眼。已经分不清是哪一艘了。此刻，所有船都发出快速的摇橹声，在水面全速航行，都朝神舆船飞驶而去。十郎太似乎暂时度过了危机。

"加乃也在啊。"疾风之介道。十郎太终于恢复镇定，抬头道："在！你看见了！"

十郎太感觉疾风之介虽然声音平静得可怕，眼睛却一动不动盯紧自己，顿时涌起强烈的不安："等、等等！"他本能后退了几步，急道，"有话对你说，我说了你就明白了！"

"你不说我也知道！"疾风之介视线一动不动。

"知道什么？"

"什么都……"这时，疾风之介的眼神终于从十郎太脸上移开。这一瞬间，十郎太意识到疾风之介似乎完全误解了形势。这对自己是否有利，仓促间还无法判断。

"喂，船家，找个地方靠岸吧！"疾风之介说道，十郎太任凭其意。

"大人，这会儿可难从这些船当中挤出去啊。"船家手里一刻也不停地摇着橹。手里稍歇一时，后面的船转眼就撞上来。

水面不知何时已转黯淡。唐崎岸边燃起几堆星星点点的篝火，照彻黄昏的暮气。观景人群的喧嚣，神舆船上的呼声，时有间歇，忽高忽低，山呼海啸般从已经变暗的水上传来。

顺其自然吧！

十郎太抱定主意多赖会儿，挤干袖子与衣摆。舟祭的喧嚷中，那些无比辉煌盛大的乐曲，在他听来却异常悲哀与虚空。

（二）

约略半刻之后，疾风之介与十郎太搭的船总算从观光船只中挤了出来，来到唐崎村头，停在湖岸异常寂静的芦苇丛中。

船刚靠岸，十郎太就跳进水里，吧嗒吧嗒踩着水上岸。反正全身已淋成落汤鸡，对现在的他而言，再湿点儿也不要紧。

待船家把船停靠稳妥，疾风之介才跳上岸。

十郎太上岸后大步朝湖岸边的道路走去，在那里等待疾风之介。到路上是为了万一有事，可便于逃脱。

"好久不见啊，十郎太。"疾风之介来到十郎太跟前。

"好久不见,很想见到你呢。"十郎太道。

"骗人。"听疾风之介这么说,十郎太知道说错话了。

"加乃也在吧!"疾风之介道。

"在。"这次十郎太谨慎答道。

"两个人来看舟祭?"

"是的。"

"很幸福嘛。"

"确实如此。"十郎太尽力避开闲聊,像被告回答问询一样小心作答。

说到这里,疾风之介不再说什么,十郎太也沉默闭口。十郎太对三四尺外站着的人的一举一动都全神贯注。疾风之介移动一步,他也跟着动一步。

水边掠过飞鸟,而后归于沉寂。疾风之介抬首看了眼天空,打破漫长的沉默:"月亮升起来了吧。"

"升起来了。"十郎太没有看天就说道。而后又是长久的沉默。

"听得见祭典的热闹呢。"疾风之介又打破寂静。

"听见了。"十郎太道。心想,确实听见了呢。至此,二人又缄默不语。沉默逐渐压抑得可怕。

十郎太紧张得浑身疲惫不堪。疾风之介哪怕挪动了分毫,他都会神经质地向后跳去。他头晕目眩,已无法忍耐这样的紧张，终于开口喊了声"疾风"，警惕且平静地问："你在想什么？"

"是杀你，还是不杀你。"疾风之介的回答令十郎太猛然一惊。

"杀我?!"十郎太不由后退一步，毕竟还是要杀我啊。

"不，还是不杀你。我不杀你了，十郎太，我们就此别过吧。"疾风之介终于以温和的、放下戒备的口吻道。

"就此别过！挺依依不舍嘛。"十郎太道，心里恨不得立刻跑开。

"骗人！"疾风之介的这句话令十郎太意识到自己又说了废话。他告诫自己必须慎之又慎，不可说出什么刺激对方的言辞。

"是我把加乃托付给你的吧。"疾风道。

"是的。"十郎太答。

"是我提出来的吧。"

"是的。"

"好好对待加乃吧。"

"我知道。"

"就到这里吧？"

"就到这里。"

"滚！"只有最后这个字，疾风之介怒吼起来。

"我走！"话未落音，十郎太已转身狂奔。他没命跑着，湿透的衣裾缠住脚，很难奔跑。得救啦，得救啦！他奔跑着，心里只有这个念头。半途中，当意识到已经脱离险境、放慢速度时，十郎太才对今晚此事的全貌有了正确的判断：已经转祸为福了。

虽已气喘吁吁，他还是把这句话说了出来。然后，不停念叨着这句，狂奔不已。直到距离喧嚣的舟祭仅两三町处，才停下脚步站定。他想，虽然疾风之介那边意外顺利地解决，但接下来还得去解决加乃那边的问题。

一想到今晚的行动必惹得加乃怒极，他心中立刻布满愁云。本以为再有一个月就可让加乃断了对疾风之介的念想，没想到他竟突然出现，一切都化为泡影。

唉，徐徐图之！只要我能发迹，加乃也会回心转意。发迹！发迹！为什么震天动地的大战还不到来！凡有大战，我十郎太定能平步青云！

十郎太一眼也不看舟祭，径自穿过唐崎村中，向坂本走去。舟祭的喧嚷渐渐远去，方才忘记的湿衣的寒冷突然与夜寒一道袭来，沁入肌骨。

他不停打了几个喷嚏。

三

七艘神舆船离开唐崎村落的水面，复往比叡路口的若宫汀驶去，其时已过夜里八点。

按往常惯例，神舆船离开唐崎应在天黑以前。而今天从七棵柳出发时已比预定时刻晚了许多。随行船上的神乐与神舆船上的太鼓声，在黑暗湖面留下最后一点多彩的热闹，迅速陷入一片死寂。虽如此，一棵松附近几堆篝火仍继续燃烧了许久。

过了夜里九点，最后一丛篝火也燃尽。只有火堆周围垂地的长条老松枝显出比白日略微鲜绿的颜色。余烬时时零星坠落于黯淡的湖面。

佐佐疾风之介伫立于篝火旁两间远的小灯笼旁。如此幽暗的湖面。疾风面朝着一刻前尚且辉煌喧闹、而现在已昏暗一片的湖面。

漆黑的湖上传来加乃的呼喊"疾风大人！"如此绝望的声音，女人乞求宽恕的喊声原来如此痛苦悲哀。宽恕也罢，不宽恕也罢，又能如何！两人也没有过约定。不是连一根手指都没有碰过么！

加乃的声音听来这般痛苦，也许是我耳朵的缘故。也许加乃不过是在喊我的名字罢了。也许这悲伤与痛苦，只是我耳朵自作多情罢了！把加乃托付给十郎太的是我。现在他们俩在一起，又能怨恨谁！本以为加乃一人生存于乱世的某处，这想法真是太天真。

疾风想，幸亏没有杀死他。差点就把十郎太砍死了。说到底，只要加乃能幸福活下去不就够了么！也许她和十郎太在一起比和我在一起更幸福呢。此外，还能有什么问题呢？这样不是很好么，所以……

篝火完全熄灭时，疾风之介走了出去。唐崎明神神社境内，已无一个人影。他穿过鸟居，走下四五级石阶，脚步略有踉跄。走下台阶，他想蹲下来歇会儿，心情太压抑。

但他没有停歇，继续朝前走去。他走上大路，右拐，走进半町外的一家小小的旅店。

"我同伴回来了吗？"疾风之介在土间内朝有些耳背的店家道。

"早就回来啦。您这么晚去哪里了？"

他没有回答，只道："拿酒来。"说罢向里面走去，打开尽头一间屋子的纸门，里头的三好兵部已铺好被褥，坐在上头道："这么晚，看舟祭了？"

"雇了条船去看的。"

"哎呀，真有派头。"三好兵部朴讷的脸上浮起温和的笑意："我这边多亏你，事情已经办完了。"

"最近明智军可能有一部分残余从丹波撤回，织田军不久也要出兵播磨了。"

"出兵播磨的话，就是去赤松啦？"

"是啊。明智军不可能不参加。要那样的话，丹波又跟炸了的蜂窝似的。"

"到那时，丹波波多野的力量也强大啦。"

"愚蠢，井底之蛙！织田信长能和丹波的乡下武士相提并论么？你们都会死的，撑不了一会儿就都被干掉啦。"疾风之介笑起来。这笑声在三好兵部听来与平时有些不同，似乎被置身事外的残酷执拗地缠住了。

"你反对去丹波么？"虽然语气仍然沉稳，而三好兵部的声音有些颤抖，已微含怒意。

"什么！"疾风之介犀利的眼神扫了眼他，很快又调开视线，难得大笑起来。

这笑声在兵部听来十分刺耳。这时，旅店侍女送酒过来。疾风之介将酒壶的酒全部倾入酒碗，三两口饮尽，又拍手叫侍女，命她再拿两三壶来。

三好兵部默默凝视着他，道："你今晚怎么了？"

疾风之介将侍女新送来的酒倒入碗中，喝了半碗道：

"我替你去丹波。别担心,我佐佐疾风之介说一不二!"

"我想去。虽然是败战。"他又道,这回语调极为冷静。

酒意突然涌遍全身,疾风耳边又传来加乃的声音。他双手掩住耳朵,对三好兵部说:"喂,陪我喝酒吧!"

"我不喝酒。"

"什么?!"疾风霍然起身,又跌坐在地,很虚空地笑起来。兵部发现这已是今晚第二次听到他这么奇怪的笑声。

疾风之介喝了四五壶酒,陷入沉默。一直盯着他的兵部突然开口道:"你,有何痛苦之事?"

"没有。"

"不用隐瞒。你和平时大不相同。"

"胡说。"

"不多问你。不过,你这么痛苦,我就陪你喝酒吧。"兵部从被筒里起来,坐到疾风跟前,晃了晃酒壶,都已空了,便命侍女拿酒来。

"喝个够吧!虽然不知道你在想什么。"兵部的话暖融融地渗入疾风之介心中的偌大伤口。

"拔刀挥舞吧!我年轻时,每逢心里痛苦,就舞刀排遣。"兵部话未落音,疾风之介就叫一声"好",突然向后飞身一跃,拔出长刀。

那拔刀法极为漂亮,兵部吃了一惊。疾风静静高举长刀,一声大吼,拼力砍下去。这次劈斩的是十郎太,第二次是加乃。

疾风之介的狂暴渐渐化为深重的悲哀。

萤火虫

（一）

天正五年（1577）丁丑之夏，异常之夏。

伏暑时，琵琶湖北岸村落有河童的传说。

据说黄昏时，如果男人从湖边路过，就会有雌河童出现，突然从背后抱住他，端详他的脸，然后扑通钻入水中不见踪影。老人们说，只调戏男人而不调戏女人，恐怕是雌河童罢。

弥平次所在的村子据说也有两个年轻人被河童盯过脸。一人夜里去钓鱼，刚下船，朝芦苇丛生的水里踏出一步时，突然被河童抱住，不待喊出声，已被河童由下到上看了一遍。另一人没被河童抱住，但夜里在船头垂下钓丝时，发觉有一个黑色的东西抓住船边，拿灯火一照，是一个人脸怪物，下巴搁在船边，正盯着他。

不知谁说，一定是被雄河童抛弃的雌河童的作为。

阿良每每听到河童的传言,总会对弥平次说:"我也想看看河童的样子呢。"

"胡说。"弥平次对河童毫无兴趣。

"没什么大不了的,不就是看看人的脸么!"这么一个不咬人、不知为何好像很胆小的怪物,竟引起这般风波,弥平次觉得很好笑。

有一晚,弥平次与阿良很晚才吃饭。村里的妇人们在弥平次家门前的山坡上聚在一起,乱作一团,说有少年说被河童看了脸。

弥平次与阿良走出门,看到村中第三位受害者,十六岁的少年,面无血色坐在地上,嘴唇因异常兴奋而颤抖。

"在哪儿?"弥平次问。

"就在那长坡下头。"

"停船的附近?"

少年沉默点头。双手在半裸的身上乱抚,仿佛哪里怎么了。弥平次不知想到什么,喊了声阿良,让她过来。离开那里,缓缓走下坡道,朝湖岸走去。

"去哪儿呀?"

"也许河童还在,要是在的话就让你看一下!"弥平次道,"不要作声,一说话它就不出来了!"

夜色幽暗。阿良听话地不出声,跟在弥平次身后。

黑夜的湖面一片寂静。走到停船处，弥平次使个眼色，让阿良上船。自己蹚水推船，又跳上去。除了哗啦哗啦的橹声，再无什么响动。弥平次在离岸二三町远处泊了舟。二人在舟中默然相对，大约过去了小半个时辰。

过了会儿，弥平次低声道："也许出来了。"

阿良道："还不一定。"

"要是不出来你也别失望。"

"你这么说，也许会出来呢。"说罢，阿良突然示意他噤声。

弥平次左手持橹，盘腿坐在船板上，呆呆看着三尺外黑暗中阿良白皙的面庞。他想，都这么大人了，还说要看河童，实在孩子气。可阿良既说要看，就带她看吧。

他害怕阿良出走。但，他不知如何用言语表达，让她不要离开。弥平次很不擅长语言表达。除了吃饭和正事儿，他几乎从不向阿良搭话。刮风了，他就说："刮风啦。"要是下雨，他就说："下雨啦。"无风无雨的日子，他就沉默不语。心里默默想着，不要离家出走，不要离家出走呀。

这样的日子已经过去了一年多。所以只要是阿良想看，河童也好，湖怪也好，他都想让她看到。除了付诸行动，他不知道还能用什么向阿良表达爱意。

突然，阿良感觉船身左右剧烈摇晃。弥平次短促地喝了声,同时响起一声异样的怪叫。下一瞬间,飞溅的水沫洒了一脸,有什么黑色的东西从眼前黑暗中掠过,重重砸在水面上,动静很大。

"怎么了,弥平次!"阿良惊叫。方才剧烈摇晃的黑暗又恢复寂静,似比之前静得更可怕。

"怎么啦,弥平次!"她又叫道。许久,听到弥平次压低声音道:"抓住了!"

"河童?"

"好像是。"

"现在抓着呢?"

"抓住一条腿。"弥平次说着,从船边探出身子,似乎是扯着河童的腿,船向一边猛烈倾斜。听他这么说,水面不时传来什么挣扎的声响,在阿良听来异常冰冷可怖。

"怎么办!抓回去吗?"弥平次低声问。

"抓回去吧。"

"把它在水里再打一顿,就老实啦。"弥平次道。方才的声音似乎是他把河童囫囵抡了个大圈,砸在水上的动静。

阿良一时不言语,终于说:"算啦,放了吧。"

"不想看了?"弥平次问。

"不知道为什么,总觉得它的样子会像我呢。"

"为什么?"

阿良不回答，道："好可怜，放了吧！"

听到弥平次说抓住这一个一个去看男人脸的雌河童的瞬间，阿良突然觉得这不明本性的生物，仿佛是苦苦寻觅疾风之介的自己的化身。

"放掉了！"弥平次说。随即传来扑通一声，不是那么大的东西，钻到水里去了。倾斜的船身平过来，又倾过去，似乎是弥平次在洗手。

"回去了？"他问。

"回去吧？"他又问。

"回去吗？"问到第三遍，弥平次才发现阿良正强忍着难耐的激情，狠狠压抑着不出声。

此刻，自己也无法说清的怜爱之情淹没了弥平次。他将船转了大弯，摇起橹。

也许那河童被弥平次捉住并惩处过，那以后再也没有出现。因而夏末秋初时，喧嚣一时的河童传说也销声匿迹。河童的骚动刚平息，一过立秋，琵琶湖北一带的岸边又出现成群的萤火虫。

当地的老人也说，迄今都未亲见过这样大群的萤火虫。每天深夜，不知从哪里飞来这样多的细小生物，闪烁着青白的幽光，越来越多，高高低低，星星点点从水边到山脚。

阿良与弥平次一同去看过一回萤火虫。于弥平次而言，这大群的萤火虫并不见有多么美丽,不过眼前纷纷扬扬,徒惹烦乱罢了。他不时停下脚步,拂去扑在脸上的萤火虫。而后双手摇晃着行走。不久,对阿良道:"好了吧,回去吗?"

阿良右手指尖轻轻拂动,一面走,一面灵巧避开流萤。"回去也好。"她道,"感觉今年有什么不好的事发生。唉,真受不了。回去吧,弥平次。"语罢,又如平时一般弥平次不及的步速奔跑起来。萤虫清幽的浅碧微光中,阿良的身影渐渐远去。在弥平次眼中,那一直如孩童般一心奔跑的背影,令他有一种莫可名状的悲哀。他想,这便是物哀么?

"装什么蒜!"他为了排遣感情,无意中吐出这么一句,慢慢朝前走去。

(二)

不知为何,阿良说今年会有什么不好的事发生,竟然应验了。事情发生在夏末秋初。

那一夜秋月似钩,清光满地。九点刚过,弥平次突然从枕上抬起头,细听外面的动静。他虽已躺下,但尚未入睡。门外有脚步声,并不是一两个。

弥平次卧着静听片刻,突然抓起枕畔长刀,走出廊外,从大门缝隙向外窥视。坡上走过一群手提长枪或大刀的武士,约略二三十人。那一群刚走过,又一群闹哄哄聚在弥平次家门前的空地上,虽未看清,但也不止两三人。

弥平次离开防雨门,大步穿过有火炉的房间,跳进土间,大喊:"阿良,快起来!"又道,"多穿些,别冻着!"

说罢才回到自己房间收拾东西。这时,没有门闩的大门被打开,大群武士拥入土间。弥平次已来到那里,提枪以待,怒吼曰:"什么人!"

"你这不服安土威仪的蝼蚁之辈,放老实点!"最前面队长模样的武士喝道。弥平次早已料到今日。安土城已落成,移居那里的织田信长趁大战的间歇,自然要下令彻底扫平眼皮底下琵琶湖周边一带的小群叛逆。

他想,这可棘手了。除了杀出重围,移居他处,别无他法。

"休得放肆!"话未落音,弥平次趁枪被对方捋住之际,就势猛地刺入那武士的肋部。而后将他推出一间远,把其他武士都逼退到土间门口,才蓦地拔回枪。一声惨叫,那武士踉跄两三步,朝前扑倒。

"阿良,阿良!"弥平次大喊。这时阿良已来到土间。

"走后门!"

"后门已经走不了啦。"

"那你跟紧我,千万别离开!"弥平次说完,又挺枪向前。等那群武士最后一个退出土间,他也紧逼过去。洁白月光下,零散着十来人。

"来吧!"他大吼着,刺中突然砍来的一人,又踢飞了一个。他发出异样低沉的嘶吼,又击中一人。那人吓得转身便跑,一下刺中背后。弥平次完全像一头嗜血的猛兽,余下的武士没有一人敢近前。

"阿良,跟我来!"弥平次步步逼退诸武士,一见空隙,迅速飞身闪入右侧竹林。枝叶一阵乱响,穿过不甚宽阔的竹林,爬上尽头的石墙。

"阿良!"他喊道。一看,她已在石墙上。

那是一片开阔的丘陵。二人沿梯田一级级向上奔跑。中途弥平次停下脚步,眺望坡上散落的人家。

月光皎白,村庄一片宁谧,似乎什么都没有发生。

然而此刻,听到女人细细的哀啼。随后其他方向又传来一阵较长的、不明男女的悲声。

"在这等会儿。"弥平次道,"趴下等着。"说罢将枪夹在腋下,沿着田埂向村中奔去。

阿良听从弥平次的吩咐,在田野间的沟内伏下身。漫天星辰散落,被星光照见的天空仿佛破晓时一般清亮。轻纱般薄明的云缕快速穿过月亮,接连不绝。

听到远处低微的悲声，阿良叫了句"畜生"，略直起身，那声音再不可闻，于是又俯身下去。

弥平次很久都没有回来，阿良开始担心。她终于站起来，沿着田埂奔下山坡。冲到丘陵最高处茂平家屋后，才暂作休息。而四周阒寂无声。

"弥平次！"她低低叫了一声。确定没有什么回应后，微微仰头，高声喊道："弥平次！"这一次仍无回应。此时，她看到右侧山坡附近远远地过来三个人影。那人影离得太远，无法看清是谁。眼见三人停下，似乎纠缠在一起。很快倒下一个。剩下两个影子不断朝山坡上去。又同时倒下，迅速变换位置，一会儿靠近，一会儿闪开，又同时倒下。仿佛无声的人偶戏，观之悚然。

他们都已没有动静，阿良朝那方向走去。靠近一看，弥平次正仰倒在地，喘息沉重。

"你受伤了？"阿良惊叫。弥平次抬起两手，又举起双腿给她看。短暂沉默后道："没有事！"言辞断续，呼吸艰难，说不出什么来。再一看，弥平次身旁半间远，倒伏的武士似已气绝，动也不动。

"不是让你别出来么？"弥平次说着，终于站起来，"太可怜了，女人孩子都被杀得差不多。太残忍了……"他在村里转过一圈，每家每户几乎都被杀光了。

"不过也许逃出去五六个人。"

"都是谁?"

"那就不知道了。"他突然警醒道,"这里危险!还是赶快翻过山,逃吧!"

三

那之后第七天的黄昏,弥平次与阿良来到比良山中藤十居住的村庄入口。

"这臭味真奇怪啊。"二人刚刚走到离村不远的断崖边,正要走下藤十家后门的石子路,弥平次道。

"不知道是什么,真是太难闻了。"阿良也道。

走着走着,无法言说的不安向他们袭来。为什么会不安,他们也不知道。只是胸口擂鼓般急跳,好像闯入了不该来的地方。

最近处的藤十家、旁边略下几间的村屋映入眼帘。此前生活多年的充满怀念的村庄,此刻在阿良看来却完全是另一个世界。

有风过去。围拢村庄户户人家的茂密树丛,在风中婆娑摇动。而全村一片肃然,静得可怕。

"爹爹！"阿良大步冲进后门，喊了声藤十。这女儿呼唤父亲的声音，弥平次还没有听过。

没有回音。

土间大门敞开。阿良刚迈入，就惊叫一声，呆若木鸡。地上仰倒着伊兵卫，手中还握着刀。视线所及，一幅不忍卒睹的地狱凄惨图景映入眼中。

家门口的空地尸体重叠。秋季黄昏苍白的夕光冷冷洒下。

阿良朝那边走去。

面孔扭曲在旁、俯卧于地的年轻人是大藏。旁边摊成大字倒下的是伊兵卫不满十岁的儿子三郎。不分男女老幼，满地都是尸体。

阿良疯狂地捧起一张又一张死去的脸，确认他们是谁。都是熟悉的人。惨剧并未过去太久。也许是今天早晨，再早不过昨日傍晚。秋蝇已聚满尸身，腐臭弥漫，但还没有到无法辨认面容的时候。

她看过每一张脸，确认其中没有父亲，遂向旁侧山道踉跄而去。弥平次只道一句"太凄惨了"，便不再开口，沉默着跟在阿良身后。

武平家门前草丛中还有一堆聚集的尸体。说是聚集，更确切的说应该是在此集中斩杀，其中多是妇孺。阿良又一一看过去,道:"只有我爹爹不在,其余全部被杀了。"

"不在这里!?"

"是啊,只有我爹爹。"话刚落音,他们忽然对视一眼,因为同时听到了微弱纤细的哭声。确信那是人类婴儿的哭泣。

开始并不知哭声来自何方,很快意识到就在脚下。阿良已没有力气去找寻这哭声的主人。她怔怔听着不时传入耳际的弱小生命的哭泣,呆望眼前山坡被狂风摇撼的杂树林。如此情境,她已流不出一滴眼泪。

她忽然听见弥平次发出的两声哀吼,回头望向他。

弥平次把那婴儿抱在怀里,低下头,向怀中小小的、仍然有生命的婴儿闷声吼着。

大约半个月后,阿良才知道,藤十被背缚双手、搁在无鞍的马上押送到安土去了。作为净土真宗本愿寺教徒起义的同党,全村人遭遇了此番惨剧。

竹生岛（一）

一

天正四年（1576）夏，明智军主力为准备山阴之战而撤回封地丹波以来，各路土豪蜂起，炸了锅一般陷入混乱。

而这混乱不久渐次平息。在波多野秀治、宗长的势力下，逐渐趋向统一。天正五年春，波多野兄弟终于取代领主明智光秀的地位，威震丹波一国。而后波多野氏以八上城、冰山城为据点，并设四十余座城池、三十余座堡垒，一面准备明智军的反击，一面向丹波、但马、摄津地区扩张势力。此时丹波的形势，终于使领主明智光秀不能弃之不顾了。

明智光秀在领地境内兴起扫荡大军，是天正五年（1577）十月的事。五千兵马由坂本出发，越过老之坂山巅，朝丹波而去。这场扫荡延续到天正七年，前后共历三载。

天正六年（1578）春，进发丹波的一支军队第一次回坂本交替时，加乃无意中听到了关于疾风之介的消息。

那一日，研磨师林一藤太家有客来。那是一藤太平生至交的一位中年武士，刚经历了半年苦战，从丹波回来。一藤太在家中设宴，为他洗去征尘。其时加乃为招待他，也在酒席露面。

从他的谈话获知，丹波战事之艰难远超预想。虽不是大规模战役，但地方小支部队利用天险，行动神出鬼没，所到之处令明智军苦不堪言。尽管如此，明智军还是攻陷了龟山城、筱山城和宇津城，并正在围攻目下八上城、圆部城。

"如果把丹波那群人看成什么都不懂的乡下人就错了，敌方波多野有许多出色的家臣。八上城就有一个，打着叫疾风的旗号。"这位武士对一藤太道。

"疾风！"旁边的加乃闻言，不提防插了一句。

"是啊，一个叫佐佐疾风之介的武士。战场上的丰姿实在英勇。恐怕没人能赶上他一点武艺与胆色吧。虽是敌人，却还是很钦佩他的卓然风采。"

加乃听着，简直要怀疑自己的耳朵。提起佐佐疾风之介，那定是自己梦中也无法忘却的疾风了。

"是位年轻武士么？"

"三十来岁吧？也许还要年轻些。"

加乃再也坐不住。

自从日吉神社舟祭之夜邂逅以来，已过去一年半之久。

那时，因十郎太作梗，他们彼此没有一言半语便天各一方。而对疾风之介的思慕之情却愈发炽烈。

那件事之后，加乃对十郎太有强烈的憎恶。但十郎太似乎毫不在意，仍每月一次从佐和山到坂本，访问一藤太一家。哪怕只看加乃一眼，就能很满足地回去。

加乃离席，来到廊下，换了庭园内穿的木屐，走进院子。三株樱树花开满枝。而夜气仍有些寒意，仿佛冬天尚未完全离去。

加乃立在狭小庭院的樱树下，回想起小谷城的樱花。小谷城中樱花盛开时，天气还要更暖些。远远近近，到处都可闻盛大酒宴的丝竹清歌。而今夜凉如此，连樱花也不复往年的繁华照眼。琵琶湖东与湖西，气候多少有些不同。而到底是以小谷城陷落为界，时代、人间、天地万物俱已变样。

疾风之介在丹波山中波多野门下做家臣，这在加乃的确是件大事。毕竟她苦苦寻觅的男人，自小谷城破后历经五年岁月，如今终于知道下落。

正是想到疾风之介继承着明智家的血统，想他也许某天会在这城下出现，加乃才从深沟搬到坂本。然而与预想完全不同，他竟与明智军为敌，成为波多野的家臣。想想就觉得，未免太讽刺。

加乃想象着疾风之介高举写有名号的战旗作战的身姿。

但方才武士所说的卓然风采究竟是何模样，她也不能明确地想象。舟祭那日，她眼中那个抱着胳膊静静坐在船头、投来冰冷视线的严肃的人，怎么可能和那武士说的是同一个人呢？一定有个疾风之介是假的吧。

此后不到半月，坂本城的大军向丹波进发。樱花全已凋谢，绿荫满眼。城下路过的部队本来是两列行进，中途变作四列。兵士接连不断走着，仿佛无穷无尽。这些装束严整的武士不时倒映在湖面，沿着湖岸朝南方迅速移动。

城下纷传，这次大军出动，乃明智光秀亲临指挥，意在一举荡平丹波的反击。

大军一过，城下各处流言四起，人们交头接耳，说今番丹波的波多野氏恐怕一时也难撑住。丹波的乡下武士也终于要见识织田军的真正实力。各处小城寨连半月也守不住啦。

听到这些，加乃不由对疾风之介的处境忧心不已。

大军过境后约二十日，围攻波多野根据地八上城和园部城陷落的消息传到城下。以之为始，各处小城寨归入明智军之手的军报也相继到来。又过月余，不知何人传出，称八上城旧攻不下，已有一月。立时攻破很有困难，明智军在城池四周围上木栅，摆出持久战的阵形。

加乃几乎闭门不出。因为任何一种传闻都令她痛苦。然而不论哪一种，都证实疾风之介所在的八上城尚未失守，但同时也陷入了长期的攻守战。

加乃虽知疾风之所在,却完全无能为力。以她病弱之身,很难抵达丹波。纵然到了丹波,也难与身陷明智军重围的疾风之介相会,必也无法对他有任何助益。

(二)

某日清晨。比叡群山已覆满新生的嫩叶,初夏清柔长风不断吹拂琵琶湖面。

城下船场驶出的一艘小舟中,坐着加乃。她向一藤太说,要去拜谒竹生岛神社。便拜托时常出入一藤太家的一位船家,搭上了这条船。

她是真心要去竹生岛神社祈祷。她此番出来的唯一目的,就是祈求疾风的安全。如果自己现在的心情可以上达神明,神明也许会同意她的恳求。

她打算这一日沿湖岸北上,宿在今津过去不远的村落。次日,从这里去竹生岛,当夜回村。第三天就回坂本。幸运的是这村中有一户农家是林家的远亲,加乃和他们很熟,于是打算住在他们家。

船上不冷也不热。柔和的阳光宛如银粉铺满极目所见的湖水，波光闪耀，荡漾着明丽的光辉。加乃很久没有这样置身自然之中，心情渐渐开朗。她此刻身处的湖面，正是舟祭之夜佐佐疾风之介也曾泛舟的所在。

正午方过，右前方远远能望见白色礁石。这两座高耸于湖面的岩石，加乃此前只是耳闻，亲见还是第一次。

"水鸟栖息在上头呢！神明一点不差，就在这最宽阔的湖上造出那样的礁石呢！"和善的船家这样解释道。不一会儿，那白石就被波浪淹没。这时西风骤起，波浪渐高。而船家说，这浪并不高。每回到这一带，总会有一阵汹涌波涛。

"只有这样，才能证明你已接近竹生岛的神明呀。"船家道。

此时，加乃发现对面出现一艘大的摇橹船。近来湖上颇为平静，旅人遭海贼袭击的传闻久未耳闻。故而加乃和船家对那艘船全无警戒心。

船靠近后，看见船头有个男人在挥手。虽然不太清楚是什么意思，但还是感觉有些异样。不过至此还是没有什么不安。直到那船飞也似的全速驶来，逼近小船时，船家才略有怀疑。

"那船怎么回事？"当是时，对方的船已近在咫尺。

那头立着五六个半裸的男人。

大船很快与小船并列。

"上这里来!"一个男人道。加乃一见那人,就唬得颤抖起来。

"快点,上来!"那面目狰狞的男人又道。船夫惊得说不出一句话,醉酒般蹒跚着上了对方的大船。

加乃心知在这水上挣扎也无用,也乖乖登船。那些男人将加乃乘来的小船用缆绳拴好,拖在后头。加乃反倒格外冷静地望着他们。

"你们要去哪儿?"没想到是个女子的声音,加乃一惊,回过头。

"我问你打算去哪儿!"那女子又问。为何如此美丽的女子会在这里,加乃一时以为自己在梦中。男人们被阳光曝晒得赤黑的裸露肌肤,女人却白得耀眼,眼神清亮。

"去竹生岛。"

"是许愿么?"

"是的。"

"许什么愿?"

加乃沉默。

"你说话。"那女子静静道。这时,一个很凶的男人插嘴道:"好好想想再回答!要是答得不好,立马把你扔湖里!唉,真是没用!"

"别吵,闭嘴。"女子斥道。又带着几分倦懒对加乃道,

"是为男人?"

加乃仍然不语。

"喂,说话!"女人起身,冰冷的目光扫过加乃的脸。加乃虽不知她眼神的深意,却浑身滚过一阵毛骨悚然的恐怖。感觉面前的女子会把自己杀死。

"祈祷一个人在战场平安。"

"是武士么?"

"是的。"

突然,那女子语气骤变:"源!把她扔下去!搞什么呀!我好言好语问她,她这算什么!"

"大姐……"

"闭嘴!"

"头儿……"

"少废话。你们不动手,我来。"

"可是……"

"觉得可惜?有什么可惜的,她这条命?"

那女子忽而冷笑起来:"至于生命,那些无有罪愆的人,不也如蝼蚁般被杀死么?和武士有关的人,无论男女,都给我扔水里去!要想活命,自己游回去嘛!"

加乃极力稳住自己,险些忍不住叫起来。无论如何她都想摆脱险境。

"你跟武士有仇么?"加乃问。

那女子道:"休要玩花招。"说罢突然起身,一把揪住加乃的衣领,"给我出来!跳下去!"美丽的容颜刹那变得十分可怕。

"武士的夫人也好,小姐也好,我都讨厌!"

"我不是武士家出身。"

"那你刚刚说的,要给哪个武士祈祷?那是什么人?"

"什么人都不是。"

"什么都不是,你给他祈祷?"

"那自有原因。"

"事到如今说什么也没用。是你喜欢的人?随你呢,给我下去!"

话未落音,加乃已被她一双细瘦的手腕拽起来,力气大得惊人。下一刻,被狠狠推了一拳,摔出三尺多远,跌在船板上。

"救命啊!"女子洁白的面容再度逼近时,加乃拼命挣扎,"救命!"

女子的双手又把加乃拖拽起来。

"老大……"有个男人插嘴,女子并不理会:"我爹爹,还有村里的人们,不论男女老幼,都被这些人的同伙杀掉了!像蝼蚁一般!灌她水!"

加乃感到女子掐着自己脖子的手正在用力。

"疾风！疾风大人！"加乃下意识脱口大喊。

"疾风！疾风大人！"加乃第二次喊时，女子突然将脸凑近，"你再说一遍。"

"疾风！疾风大人！"

"什么?!"女子喃喃，松开了手，踉跄了两三步，脚被船板一绊，重重跌坐于地。

三

阿良——那女子正是阿良。她做梦也未想到会从自己以外的女人口中听到"疾风"二字。

"你再说一遍！"她不可置信，又道。

加乃只要眼前危机暂时远去，再无法提起疾风的名字。就连刚刚自己喊过疾风，也已记不大清。

"你喊了疾风，这个疾风，是名字?"

"他叫佐佐疾风之介。"加乃面无血色，答道。

"没有错吗?"

"是的。"

阿良吞了口口水，心想，这女人太无耻了！

"他是你什么人?"

加乃沉默。

"说不出口是吧——"阿良对眼前蹲着的这个毫无生气、气质高贵的女子感到一种前所未有的憎恶。虽然不知道她到底是疾风的什么人,但自己绝不能让她活下去。因为如果疾风有了这样的女人,肯定会把自己抛弃吧。

阿良再度站立,走近加乃,思考如何折磨她。不过这时,突然想到方才她说要去祈祷,她到底要为疾风祈祷什么呢?

"你要去许什么愿?为那个人,许什么愿?"

"嗯。"一听加乃的声音,阿良又极为厌恶:这女人一定很阴险!简直一刻也不能多留在世间。

"快说!去许什么愿?我没空和你磨蹭!"

"我不能说。"

"为什么?"

"许愿之前说出口的话就不灵验了。"

阿良恨极,这女人太恶毒,心眼太坏!必须淹死她!

但此刻念头一转,打消了这股冲动。阿良稍作冷静。无论如何,都应该从她口中打听出疾风之介的下落再说。

那些男人本来也不想把加乃沉湖。仿佛用力摇橹是他们说服阿良的唯一方法,因此各自都拼命摇着。

送加乃来的船家抱头伏在船底,偶尔眯眼小心看一看。知道船已远离岸边,不由吓得浑身颤抖,十分绝望。他想对那些男人说点讨好的话,但什么也讲不了,因为连发声都不知道了。

"那人到底在哪儿?"

"这也不能说。"

"那许愿之后说呢?"

"这……"

"已经许完愿就不要紧了吧。我等你到那时候!"

她的意思是等说出来再把你扔湖里。不过加乃似乎并未领会:"好的。"

"你真的会说吧?"

"是。"

这时一个很凶的男人拿下巴点了点浑身发抖的船家:"这家伙怎么办?"

"先带回去。"

"把这家伙?"

"不是带回家,带到竹生岛呀。"

"要去竹生岛吗?"

"是啊。"

"大姐,现在去的话,得到半夜啊。"

"叫你划船,你就少废话!"阿良自己也沉默下来,开始仔细观察眼前这个与自己不共戴天的仇敌。

渐渐,阿良想,也许这个女人真比自己美丽。这念头一旦产生,愈发觉得正是如此。她梳拢自己的长发,将之甩到身后。在湖水中濯洗双手,抚平凌乱的衣衫,重又端坐到加乃对面。

比一比手,还是自己的更白一些。阿良的心情略微平静。可是她的肩膀是多么纤小啊。这么一比,自己的肩膀实在太过宽大。如此,阿良又心烦意乱起来。

她陷入沉默,但并不无聊。因为心里堆满了要思考的事。

不知何时夜幕降临,云层快速移动的天上,初升的月光异样苍白。

竹生岛（二）

（一）

苍白月光下，阿良目不转睛盯着加乃。船行的前方，时有游鱼跃出水面。

"石斑鱼吗？"男人们轮流摇橹，阿良身旁正当休息的一人道。

"是鲫鱼。"一旁又一个休息的人答说。

"别吵！不许说话！"阿良喝道。这声音仿佛快刀闪过，男人们不再发一言。

阿良继续把视线移到自己斜对面低垂着头一动不动的加乃身上。等她把话都吐出来，要么扔湖里，要么从竹生岛悬崖上头朝下推下去！无论如何都不能让她活着。

她已经考虑了很久，如何处置自己跟前坐着的这个女人。无论哪种做法，都无法十分坦然。不祈祷完就不肯说，多么可恶的女人啊！光凭这点就足够把她碎尸万段！而且她居然还旁若无人喊过"疾风！疾风大人！"碎尸万段都无法解恨。剥光了扔水里，再拖上来，折腾她几百回，说不定心情能稍好些。

阿良的脸上，手上，衣服上都洒满清润的月光，连头发也如覆薄霜。

"这船，真的要去竹生岛么？"突然，加乃抬头问。阿良发现，月光里，加乃的容颜美得难以接近，仿佛不在人间。

"废话，说了去竹生岛当然要去竹生岛。"阿良答道。少顷，加乃又问："请问，莫非你认识疾风之介大人？"

蓦然被这么一问，阿良不由一怔："你问这个做什么？"

"不知道为什么，刚才我就这么想。我一直在想，不知为何，总觉得你是认识他的。"

——认识又如何，不认识又如何，我与疾风——想到这里，阿良又对加乃涌起一股新的憎恶。

这女人到底是疾风的什么人？自己性命垂危之际脱口而出的是疾风的名字，恐怕不是简单的关系吧。畜生！阿良气得脸都扭曲了。

"我怎么会认识那种人。你到底是他什么人？"

"什么都不是。"

"你说谎！"阿良又道，"反正，等你去竹生岛许完愿，就得把许愿的内容都告诉我。要是不说的话——"

"会如何？"

"吵死了。我刚刚一直就在想嘛，该怎么处置你，给我闭嘴！不许再说一个字！"阿良道。她想，再也不能让这女人开口了，要是话不投机，船还没到竹生岛，恐怕就忍不住把她扔湖里了。所以在到达竹生岛之前，无论如何都要忍住。

"你背过身去！不要让我看到你的脸。你睡会儿不行吗？"阿良一看到加乃的脸就忍不住发怒。当然，更重要的是，她不想看到加乃那美丽的容颜。

时有浮云蔽月，湖上黯淡一阵，不久又洒满清辉。极目处，船身四周泛起鳞浪无数，金银闪烁，光芒璀璨。

夜晚湖面浑无一丝波浪。却有阔大悠缓的荡漾。乘着这荡漾，船渐渐接近竹生岛。

天空一方已呈白色。一个男人开始准备早饭。船橹不知何时只由一人把握，余人皆在船底倒头睡得死沉。送加乃来的那位船家也满脸愁容一动不动地睡着，一点鼾声也没有。

加乃在船边，脸埋入双臂，不知是睡着还是醒着。阿良突然站起来，一根手指戳了戳加乃的脖子。加乃立刻抬起头。

"果然，你醒着啊！"阿良的语气像是在怪她居然醒着，"我现在可是要去睡会儿了哦。"一整夜没有合眼，到这时，她实在禁不住困意。

"到岛上船场时叫我起来。"阿良吩咐道。她和加乃一样双手搭在船边,埋下脸。下一刻她已熟睡,发出轻轻的鼻息。

(二)

是日上午九点,阿良与加乃一齐踏上竹生岛水畔岩石上凿出的陡峭石阶。刚走完一段,又是一段。加乃在第二段石阶前止步,若不喘口气,她根本无法继续。这样陡峭的石阶,她从没有爬过。

"快点儿走嘛。"阿良催促。

"让我稍稍休息会儿——"加乃说。

"你真是麻烦。你这种人,居然好好活到现在呢。"阿良说着,在加乃坐下的地方站定。

石阶两侧生满郁郁葱葱的松、杉、桧木,沁入肌骨的寒气包围了她们。

"这么待着好冷啊!我先上去了哦。"阿良说罢,一个人噔噔噔跑上石阶,眨眼就到了弁才天正殿的高台。她在上头站了会儿,又跑下来。

"还不能走?"

"我能走得了吗?"

"就这么点儿路,有什么不行的。喂,快走。"阿良无奈地执起加乃的手,一级一级缓缓朝上走去。为什么自己要牵着这女人的手啊……想到这里,她像甩开脏东西似的丢开加乃的手。"啊……好可怕。"加乃小声叫道,在石阶半路蹲下来。

阿良惊住了。世上居然有这么纤弱的女子。这么纤弱的身体,怎么可能得到"疾风大人"呢。想到"疾风",阿良想,吓唬吓唬她也罢。于是把她抛下,复又径自快步上去了。

虽然到了上面,但看到加乃还是蹲在半途不动,只好再下去。

"我可是为了你才跑上跑下的哦。你给我打起点儿精神啊!"这一回,阿良心一横,有些粗暴地扯起加乃的手,将她拖上石阶。

"让我歇会儿……"

"说什么呢。"

"啊……好可怕!"

"休得聒噪,再啰嗦就把你推下去!"终于走到顶上,阿良催促想歇会儿的加乃道,"喂,快点去许愿!"说着将她推搡到正殿跟前。她自己并不想去，因此只是站着。神佛之类，她并不喜欢。好像总有什么亏心事，还是躲远一点的好。

加乃很久都没有回来。怎么许个愿要这么久，阿良已经生气了。快点回来吧！回来把该说的都说了，就把她推到湖里去。

几乎过了半个时辰，才瞧见加乃的身影。阿良立刻上前，朝她摆出一副自己也不知道的可怕的神色，死死盯着她。

虽然盯着她，视野里还有弁才天的正殿，于是说："靠近这边来点。"把加乃带到一定看不见正殿的茂密树丛中。而后环顾四周，右侧一间远即是高台尽头，悬崖绝壁。阿良决定视其回答，再一把把她推下去。

"快，告诉我！许了什么愿？"阿良咽了下口水道。

"马上就告诉你。"加乃一边说，一边望向周围，想找个可以坐下的桧木桩，"请我先歇会儿吧。"反正已经在神前为疾风之介祷祝完毕，安心了。加乃沉静得仿佛换了个人。

"你祈祷了什么？"

"祈祷他平安无事。"

"你和他在一起过么？"

"没有。"

"那你到底是他什么人?"

"什么都不是。"

阿良注视着加乃的眼睛,也觉得她未必是说谎。如果说谎,何以有如此清澈、如此寂寞的眼神。

"既然什么都不是,为什么为他许愿?"

"我想见到他。"

"想见他?!他在哪里?"

"在丹波山中一个叫八上城的地方。"

"在丹波?"阿良道,"疾风在丹波?那个人还活着在丹波?"说罢,踉跄了三两步,颓然蹲下,右手支地,埋下脸去。

很久很久,她都保持着这个姿势。

加乃有些害怕地望着她,全身的重量都压在右手上,埋着头,略显苍白的脸上双目紧闭。

这时,阿良睁开眼,霍地起身,仿佛完全无视了加乃,朝前走去。

"哎——"加乃吃惊地叫了她一声。阿良听见呼唤,回了一下头,又朝石阶方向走去,慢慢走了下去。

阿良已经顾不上加乃。疾风在丹波!在丹波一个叫八上城的地方!疾风没有死,现在依然呼吸着空气。那双温柔的、用力的、几乎要把我杀死似的紧紧抱住我的双臂!从他口中依然能发出声音，想笑就能笑，想叫就能叫！

她也不知自己要走向哪里。只是沿着岩壁下的岸边小道走着，来的时候并不是这条路。

船停在哪儿，船呢！

阿良正身处一个从未体会过的奇妙世界。知道佐佐疾风之介还活着的世界！湖上涟漪轻起，洒满灿烂的阳光。岛的斜坡上有一片竹林正迎风款摆。覆满岩石的草木也在风中荡漾。脚下小块岩石之间积满水，水中仿佛也有无数生命汇成，汨汨流动。

她突然清醒过来，半途折回，走到之前加乃走过的那段山道下面，朝反方向到尽头，便是湖畔。

她跳下岸，灵巧地跃过水中散落的礁石，又回到山崖下，在那里呼喊一名手下："阿权！"

叫了两三声，等着船过来。很快，山崖那边出现了船的影子。未待其靠近，阿良就跳了上去。

"那女人呢？"有一个男人问。

"扔那儿了。"阿良答。

"没有杀掉？"又一人问。

"本来是想从崖上推下去的，不过忘了。"阿良是真的忘了。不过忘了也不是什么大事。现在哪顾得上那些。摆在眼前还有一大堆事要自己一人思考呢。

她来到船头："请你们不要说话，都闭嘴，安安静静的！"语罢，就仰头躺倒船舱。

浅青的空中流云散淡。阿良眯起眼，望着那浮云。片片缕缕，连绵不绝从她眼底掠过，去往无穷的远方。

船橹溅起的水沫时不时飞上她的面颊。脸上的水滴，就这样保持着冰冷的感觉，很久都不离去。

她突然发出一声无谓的叹息，双手静静抱在胸前："船真是太慢啦。"

（三）

那之后过了两日。离前番弥平次被一群武士袭击的村庄不远的一处山间小村中，弥平次与阿良在一户人家的土间内对面立着。

"一定要去丹波？"弥平次道，"想去就去吧。年轻女孩子跑到战场上，可没什么好事。"

阿良默然不语。

"胡闹啊！太郎怎么办？"弥平次又道，这一次有些生气了。

"又不是不回来了。我还是要回来的。"

"一个人回来?"

阿良又不作声。

"你一个人回来?"弥平次又问。

"也许是一个人回来吧。那个人,肯定不会来吧……"

"为什么?"

"为什么……我是这样感觉的。"

顿时,弥平次脸突然怒成了仁王样,吼道:"当然!他要来了,我受得了么!"又道:"该死!我跟你去丹波!"说着,凌厉的眼神转向屋中挂着的长枪上。他要是真能去丹波,一定要用这枪把佐佐疾风之介的胸口刺穿。

弥平次在阿良跟前,从未这样手足无措。他非常憎恨正要夺走阿良的疾风。那暴雨之夜、悬崖上的决斗之后,那人居然还能活着,真是命大。

"我不许。不许你去什么丹波。"他道。

"为什么要这么说啊。"

"我不许女孩子胡来。"

"我又不是你女儿。"

"什么?你也不是我老婆。"

"那当然,我又不是你老婆。"

"你是太郎的——"说到这里,弥平次停住了。他所说的太郎,是给比良山中捡回的那个婴儿起的名字。

"你是太郎的母亲。不,是姐姐也行。反正,我不许你去。"

"可是,弥平次,我想去,就一定会去的。"听到阿良这样平静的声音,弥平次浑身一凛。他知道一旦阿良用如此冷静的语气说话,说什么都已无济于事。

一想到事已至此,弥平次心就软了:"去吧,非得要去那就去吧。不过,必须你一个人回来!"说罢,他取下土间柱上悬挂的螺号,吹了起来。

"你召集大家要去哪儿?"阿良问。

"坂本也好佐和山也好,帮你攻下城下哪个码头!然后你可以混进去。"他抛下这句话,大步走进内间。

弥平次在琵琶湖被追杀后,最近一直隐居比良山,月余前才回到这里。将那场残酷扫荡后的幸存者又慢慢聚拢,和以前一样构筑起村落,又将阿良接了回来。

他的螺号声刚响未多久,就风也似的聚集了二十多人。

"老大,有活儿么?"一人在门前大声问。

弥平次持枪来到廊下,把太郎背在身后。从土间出来的阿良看到,忙问:"你把他也带着吗?"

"不带着怎么办,没人照顾!"

"你把他随便托付给谁不就好了吗?"

"当爹妈的要都这么想,还怎么带孩子?"弥平次丢下这句，看也不看阿良，直奔房门外的广场而去。

弥平次是把太郎当成自己孩子抚养的。对太郎说话时，提及阿良，一会儿当成是母亲，一会儿又当成姐姐。他也一会儿把阿良和太郎当作姐弟，一会儿又把他们视为骨肉相连的母子。

阿良见弥平次把太郎背出去，果然担心起来。她当然没有把太郎当成自己的孩子抑或是弟弟，但毕竟是亲手抚养，还是很有感情。她追上弥平次，在后面喊他，跑到他背后，对孩子说："要乖哦，我马上就回来了。"

孩子只是在弥平次背上撕心裂肺地哭着。阿良追上来的举动，令弥平次狂躁的心稍稍安定。

"好好准备一下再出发啊，盘缠在壁龛下头放着。"他言语间满含关切。

"我很快就会回来，弥平次。"阿良也有些眷恋，对这个既不是父亲，也不是丈夫，更不是情人的男人说道。

弥平次离去后，阿良立刻回去准备行装。她想，自己也许再也不会回到这里。若与疾风之介重逢，除非死去，世上再没有任何可能会把她从他身边带走。无论如何，她再也不能离开这个男人，这个自己交付了唯一的生命的男人。她再也不能与之分开。

数年前在比良山中疾风之介住过的土间里，阿良曾拔出怀中短剑，凝视着。此刻，在弥平次与大郎都已离去的土间里，她又一次拔出短剑，凝视着锋刃。

如果疾风之介对她已失去爱恋，且再难挽回时，她就将此短剑刺入他的胸膛。

远远传来螺号声，是弥平次向部下发出集合的命令。螺号的响声在阿良听来有一种别样的盛大辉煌，却又令她无比悲哀与痛苦。

她急忙收整行囊，按弥平次所说，卷起壁龛上的席子，打开床板，从里头的土罐中取出一把钱，揣在身上。

螺号再度从远方飘来，阿良走出家门，向着湖岸相反处的山边小道奔去。

她想，自己正一步一步接近佐佐疾风之介所在的地方。

月明

（一）

到丹波八上城后，佐佐疾风之介的酒量大增。每一入夜，便举杯痛饮，却从未醉过。构筑在丹波高城山腹地至山巅的八上城，生活在这里只有三件事：大雾、战争、酒。

这雾又曰丹波雾。每至夜半，气温骤降，高原盆地特有的湿气便化为浓雾，遮蔽了丹波高原起伏的丘陵与山谷。

早晨起来，八上城总被浓雾包裹，沉浸于雾海。

疾风之介住在城北高崖畔临近城壁的守卫处。那是一间狭小的木构屋子，十分坚固。除去入口与窗户，全由圆木组成。

从夏到秋，圆木之间的空隙有雾气涌入。为防湿气，罩了几层草席。雾总在九点多散去。一到九点，雾气流散，远方的森林、村落，以及一部分呈合围之势的明智军阵营，渐次到眼底。

大雾散去后的一切,沐浴着朝阳柔和的光线。在山中武士的眼里,都好似涂上赭石颜料,一片彤红。密林顶端一片金红。人家的屋顶也一片红色。明智军阵地的望楼是红色的,丘陵间的小道、川流,均好似蒙上铁锈般的鲜红。

这红色一旦褪去,常常就是交战之时。

然而,包围八上城半年过后,已呈拉锯战之势。说是合战,其实大多只是小规模冲突。比如到山下村庄去的一行人被弓箭射伤,比如运石头的役夫被袭击,只是这样的程度而已。像春天那样激烈的攻城防御战已经不再。

日头也短了。一到黄昏,武士们就聚在休憩所、守卫处、宿舍,豪饮不休。除了喝酒,这群被困住的男人别无慰藉。

在疾风之介眼里,这八上城说是城,不如叫山寨更贴切些。城内的生活倒也没有什么不喜欢的。这座城池早晚注定覆灭。这些乡下武士,对于自己不知何时就要与城同亡的命运,并没有特别的悲哀。

疾风一想到这座城中几百人不知何时就要全军覆没,便觉得对自己而言,身处其间比在他处都要好。与他从前待过的任何一处部队相比,还是这群即将灭亡的乡下武士令他心情畅快。没有人贪生怕死,没有人追名逐利。城内武士们的举止与眼神都如此清澈。

当然，疾风也不想和这座跟自己无甚关联的别国之城同生共死。不过是想能帮就帮一把罢了。不过目前还不知道到底有没有挽救的余地，在弄清楚这个问题之前，他确信自己还是会留在这里。他想，至少到那时都能活着！

他在意识到已经失去加乃后，才感到那么大的打击。为抚平这种创痛，对他而言，没有比八上城更好的地方了。除了这样被一群等死的人包围着的生活，没有什么可以让他忘记加乃。

中秋月圆夜，疾风与三好兵部对饮。

"如何？厌倦这样的生活了吗？"三好兵部问。

"确实厌烦啦。不过也不想去别的地方。"疾风答道。

"你如此本领，要是在这里了结，太可惜啦。"

"我倒不想去死。"

"可是这座城绝不会求和，会决心战死到最后一人。"

"我知道。所以我会留到最后。"

"你觉得你一个人能得救？"

"说不定呢。反正我会亲眼送你到最后再逃走。"

"我的最后么！"三好兵部面上毫无阴云，仍与平时一样安静朴素地笑出声来。笑了一阵道，"真能那么顺利吗？我的死期，不也是佐佐疾风之介的尽头么？"语罢起身道："疾风，出去走走。多好的月亮！"

二人走出守卫处，登上傍山小道。果然一轮好月。

"今天是几号？"疾风问。

"几号？傻啊，今天是中秋啊！"

山坡落叶湿滑，行走困难。到山顶时，三好兵部略变神色道："可是，疾风！只有一个地方有一条路，可以从这座山逃到有马去。其实也算不上路，沿着山走下去，能到一个叫后川的村子。幸好，在下一位熟人住在那里。"

"……"

"如何？请记好。从这里下山——"

"别说啦。"突然，疾风之介打断道，"我虽不想死，但也不想打听逃跑的路。送你到最后，我再自己找。你怎么不知道我呢？"

"我知道，所以才告诉你。"稍停片刻，三好兵部感慨道，"疾风，那个女人让你这么痛苦吗？"

"什么！"疾风之介骤然大叫，月光下脸色苍白。

"不，不必介怀。我只是猜的，也许说错了。不过，应该有九分对吧。唉，不要紧。我只是忽然觉得你这么死去太可惜啦。为女人痛苦，只有年轻才会这样呢。"三好兵部道，"好啦，不说了。看，多好的月亮！天正六年的月！恐怕是我见到的最后的月亮啦。"

疾风之介平息了一时的激动，抬头看月。也许正如三好兵部所言，只有年轻才会有的痛苦。在这痛苦中，他忽而想到，加乃会不会也抬头看着这月亮。琵琶湖上，她是不是正与十郎太二人并肩看月？

"明天雾也很大吧。"疾风之介想在这洞悉一切的中年武士跟前掩饰自己的内心，找了个话题。

（二）

十郎太在版本的码头挺胸立着。那身影虽是昂然，却又令人感觉悲凉。湖上有许多赏月的船只。

"再等会儿，一定会来的。"十郎太对身边站着的船家说。他雇了两艘船，一只已满载他从佐和山带来的五位同伴，另一艘是想与加乃、林一藤太共乘，现在还空着。

许久都不见加乃与林一藤太过来。已经过了小半个时辰。十郎太只好把自己的幸福时刻向后延。他极为耐心地站在岸边，盯着往来的船只。

——我也许能来。

加乃的这句回答盘旋在十郎太心上。他担心只邀请加乃一人会让她对周围有所顾忌，因此也请了林一藤太。

林一藤太对十郎太印象颇佳。每次造访林家，十郎太都不忘带来足够的礼物，给老磨刀师留下一个单纯、热情、真诚的丹羽家家臣的印象。

当林一藤太与加乃的身影出现在通往码头的小路上时，十郎太双眼一亮，吩咐船头："快准备！"立刻跳上船，想想又回到岸上。

"让你久等啦。"加乃道。

她并不喜欢船。舟祭那晚与疾风相见，又失之交臂，正是乘着船。后来又遇到那来历不明的美人强盗，经历了诸多恐怖，又被孤身一人抛在竹生岛，还是因为坐船。

今天出门前，她还犹豫不决。湖上赏月确然清美，可一想到那些，就怎么也提不起兴致。

舟祭之后，加乃对那虽然纯情却死缠烂打的立花十郎太绝对没有一句承诺。一想到舟祭之事，即对他的所为憎恶不已。可是那之后无论怎样拒绝，他都不退缩，依然坚持过来。她也没办法表现出多么强烈的恨意。

仔细一想，他对自己的执着也实在可怕。他不把妻子接来，是为了安心备战么？如果不是，那这位年轻武士就是真正迷恋着自己吧。如此，也实在再难从心底恨他。

但是，绝对不会和他一起乘船。

"请……让我和师傅一起乘这条船吧。"她道。

十郎太闻言慌道："我不能和你们一起吗？"说着望向林

一藤太,想求老人从中周旋,"我绝不会给你们添麻烦的。"

至于是什么麻烦,自己也不知道。

"不,哪有什么麻烦呀。恐怕是我麻烦你呢。"老师傅自己先上了船,招呼十郎太上去。

十郎太心道事不宜迟,急忙应声,也不看加乃一眼,立刻上了船。

加乃立在岸边,她再不敢和十郎太一起乘船。若是疾风再出现可如何是好。

"快点上来吧。"十郎太站在船头,伸出两手,欲迎加乃上船。瞥了眼她,心道果然还是不行。他顿时害怕了。如果加乃这样转身就走,岂不因小失大。他只好又下船,回到岸上:"我去那条船。"小声对她道:"求求你,别走。"又道:"啊,真是好月!出发吧!"说着挤上那条坐满同伴的船。想想舟祭那时的事,就觉得现在加乃的冷淡也是情理之中。不过想想那时,眼下这点事算什么!

加乃与林一藤太的船先驶了出去。

十郎太命船家尽可能靠近前面的船,又没好声气地对手下说:"你们给我靠边去!"他想,要是不带他们来就好了。不过有三五个手下也可昭示他的地位,到底还是带来的好。

"你们尽情喝吧,痛快吧!"他对手下道,"我就不喝了。"

驶到湖心，两船并排时，加乃道："真美啊。"

林一藤太也道："啊，月亮真好。多亏您，才看到这么好的月亮。

十郎太也得说点儿什么："湖上的明月啊！"他想再说点儿动听的话，但什么也想不起来。

也许在他心里对赏月是颇为不屑的吧。每晚都升起的月亮，有什么值得煞有介事泛舟欣赏呢？月亮又不会改变。

不过，虽然不能同舟，但可在加乃旁边同沐月光，倒也甚为舒畅。

"今年的月亮比去年的更美呢。"加乃道。

"前年的月亮也很好，不过还是今年的最好。"十郎太道。

"前年下雨了。"

"是吗？"十郎太也不觉吃惊。他对这些事本就不关心，只是一心想着如何换到加乃的船上去。只要过去，加乃就逃不掉了。

"船家，把船靠近！"他吩咐道。两船船舷并拢时，他飞快跳到了加乃的船上。

两艘船彼此剧烈摇荡。

十郎太见情势已定，便一脸傲然，坐在加乃与一藤太之间。

不一会儿,他悄悄瞥了一眼加乃。加乃抬头望月,面无表情,冷冷道:"这一回,您没有落到水里呢。"

这话在十郎太听来实在太讽刺,太尖刻。但他也不好说什么,只有把加乃的话当成耳旁风。他已经很擅长如此。

一藤太独自啜饮。

加乃渐渐看透十郎太的用心。很后悔自己不该出来赏月。她已经没什么心情和十郎太一起看月亮。欹过身子,后背斜对着他,凝望皎洁月光照拂的湖面,觉得有一些寒意。

离这条气氛怪异的船不远,十郎太手下那条船紧随其后。十郎太不在,那船上越来越热闹,又笑又唱,沸腾不已。

三

镜弥平次腋下夹枪,奔跑于丘陵的斜坡。身体略略前倾,像一头野猪般在梯田的田埂上奔突。

亮如白昼的地面上映着他漆黑的影子,时长时短,从东到西。

跑到梯田尽头小山谷的崖边,弥平次右脚拇指作势稳住,像孩子们玩单腿跳似的蹦了两三步,才勉强在崖畔站定。他低吼了一句："奶奶的！"

而后稍作喘息，躬下身，四下警惕地张望。崖下传来沙沙的动静。

"畜生！出来！"他又低吼了一句。他自己跑得像头野猪，其实是在追真的野猪。因为听说有野猪破坏庄稼，他决定出来打死这头畜生，这才半夜持枪出门，藏身田垄的沟壑。

他等待着野猪的现身。如果不出来，他就在地上躺到天亮，也许那时就出来了。

太郎已经托给村里喜欢孩子的老婆婆。今夜就不要他抱着孩子在院子里转悠。

对弥平次而言，比起照看孩子，还是打一头野猪要痛快得多。阿良不在家，他情绪甚为暴躁。本想抱着太郎缓和一下心情，但一听到有野猪，就按捺不住了。

——孽畜们，很好！管你来几头都把你干掉！

想到这里，便跑出来蹲守了。

一地雪白月光下，一头野猪清清楚楚出现在半町远的番薯田地里。弥平次强抑心中亢奋，继续等待。不止一头，要是全家父母兄弟都出动才好呢。不过等来等去，并没有其他出现。

弥平次有些不满足，只好放弃，夹紧长枪，长啸一声，朝那生物突然冲去。

月光中，可以看到野猪深褐色的毛一根根都炸了起来。它也急忙在空旷的山坡上飞奔，不时高高跳起。弥平次穷追不舍。

虽然弥平次斗志昂扬，但他跑不过野猪。当他气喘吁吁到崖边时，心头一闪："要是阿良在……"

要是她在，她跑得那么快，说不定能追上野猪。一想到阿良，他的心再度陷入郁躁。

"奶奶的，再来一头！"他又伏在地上，盯着空旷山坡的梯田。

一丝动静也无。草木山石，万物死寂，静默于月光中。

他虽匍匐在地，右手却紧握长枪，夹在腋下，时刻做好跳起的准备。

一想到阿良，她的一切就充满他的心，挥之不去。

"傻啊！没准儿什么时候又晃晃悠悠自己跑回来了，像以前一样。"他这样想着，像被浪子伤心的父母的心情，又像被妻子抛弃的丈夫的心情。

唉，还能指望阿良么？我还有太郎！可是光有太郎，怎么够呢？

去丹波山里做什么呢！此刻，满月之夜，也许她正拖着疲惫不堪的步子在山中徘徊吧。我当时怎么就允许她这样任性呢？

一想到阿良月下踽踽独行的身影，说不清是怜爱还是恋慕，他再难自持，蓦然从地上跳起。此刻，眼里突然出现一只比刚才那只更大的野猪，从山坡上方跳下来。

他狂吼一声，冲上前。与刚才方向相反，从南向东跑去。

野猪半途急转方向，朝弥平次奔来。

"来吧，疾风！"弥平次不顾一切迎上去。此刻，他已将面前的动物当做疾风之介。

距之五六间远处，他被田垅绊倒，滚出两三间远。枪刺在地上。他跳起来，四下一望，右侧约十间远处，野猪正撒腿奔逃。他立刻追上去。

野猪一个大迂回，又改变方向。弥平次张开双臂冲上去。可是当野猪直奔上来时候，他又慌了，因为手里没有武器。

他转身就跑，气喘吁吁冲下梯田，但一脚踏空，顺着田垅滚下去，一屁股摔在下方一块田地里。这时，那足有六七十斤的大野猪正从他头顶连蹦带跳逃将出去。

"奶奶的！"他骂了一句。但这次再也站不起来。他累坏了。还是和人作战要轻松得多啊。他顺着脸上三道伤疤，双手拂去沾满的泥土。

野猪是放弃了。不过还是可以挖几只番薯给太郎吃。他站起身，爬上田埂。那一柄长枪，仿佛从天而降，刺中宽广田野的正中，月凉如水。

强烈的孤独突然向他心上袭来，几乎无法忍受——

丹波

（一）

阿良扭伤右脚，在龟山的旅店躺了近三月。

从坚田翻山，一路朝京都的白川走来。这是她生平第一次到京都，但只能斜穿城市而过。渡桂川，经下桂，过冢原、沓挂、老之坂等艰险之地，一路风餐露宿，无暇休息，以常人难以企及的速度很快抵达龟山。但到龟山当晚脚就开始疼痛。

她在老之坂的山中摔伤了膝盖，也许那时弄伤了关节。虽然带够了盘缠，无甚可担心。但想到不能即刻赶往疾风之介所在的丹波，而要在途中白白耽搁数日，她就耐不住了。

阿良几次想离开龟山，但腿脚实在不便。

"你这样走不出一里呀，不相信的话就走吧。"听医生这么说，她也不敢再强求。而且听人们说，龟山到八上的路极为难走。要翻越几座山，跨越几座山谷，根本没什么像样的路。

三月以来，阿良闲居于此。到了九月，寒意已初露端倪，她再也忍不住了。

"无论如何，我都得走啦。"她对大夫抛下这句话，第二日果真从龟山的旅店出发。走了几步，发现腿似已痊愈。她顿时觉得这么长时间都被那位老大夫骗了。

十三四里的山道，若在平时，阿良不过一天工夫就能走完。而这次她颇为谨慎，路上歇了两夜。

第一晚借宿在山中一户人家。家中四人全是女人：一位八十多岁的老奶奶，一位六十多岁的老婆婆，一位四十多岁的妇人，一位十六七岁的女孩儿。

女人们一有空暇便念佛不止。只有需要讲正事时才停止念佛。而只要有一人开口，其他三人便斥骂不绝，一家关系极为恶劣。阿良但求一餐饭，一张床，也不在意这些。

半夜睁开眼，隔壁四人又开始念佛，一声高过一声，吵得阿良无法入睡。

"喂，大家都起来！"她忍无可忍来到隔壁，摇醒那个模样丑陋的中年妇人："你们到底在干吗？都叫得这么难听？"

那女人扯一扯睡衣的前襟："孩儿爹爹要显灵呢！"

"显灵？鬼吗？"

"是的。"

"为什么会显灵?"

"有原因的。"

"什么原因?"阿良眼睛发亮,她从小就爱听鬼故事。在比良山中,她常常缠着父亲和村里人给她讲鬼故事。

"我们的男人都是被我们杀死的,所以会显灵。"

"为什么杀死?"

"都是在外面乱搞。"

"一下子全杀死了?"

"什么啊,那倒没有。"

听这妇人絮絮叨叨半天,才知道这家四代女人都各自把有外遇的丈夫杀死,扔到山谷中去了。

"那个年轻女人也杀人了?"阿良很吃惊,望着那正在熟睡的、与母亲容貌非常相似的女孩。

"今年春天,招了个女婿。不过很快也把他推山谷里去了。"这位母亲道。

阿良心道,这家人太可怕了。但却道:"如果是我可能也会这么做。"说罢回到自己房中。躺下后很长一段时间都没有睡着,心头盘旋着疾风和加乃的事。

……要是我,最终还是会把加乃推下去吧……她想。

隔壁又是此起彼伏的诵经声。阿良受不了,叫了声"够了!"但那怪异的声音并未消停。她只好放弃,想起那个被自己扔在竹生岛、极为拿腔拿调的女人,不知后来下落如何?想着想着,终于睡着了。

第二夜借宿的人家全是男人。说是家,其实不过一间徒有虚名的小屋。仅仅因为住在那里比露宿野外要好些,阿良才去求宿的。

屋里有四个四十多岁面目狰狞的男人围炉饮酒,其中一人警惕道:"你说要借宿是吧。"

"是的,我想住一晚。"阿良答。

"还是算了吧,我是为你考虑。"又一人道。他在炉火的光亮中盯着阿良的脸,表情奇怪地扭曲着,过一会儿粗声道:"你不会不是人吧?"

阿良瞥见炉上锅内煮着热腾腾的东西,想到只是几个时辰前在那群怪女人家吃过一点饭团,腹中饥饿无比。

"给我吃点儿东西吧,出多少钱都行。"她道。

阿良走近,四个男人不约而同弓起身子,其中有一人大声呵斥:"你是人还是狐狸!"

"要是狐狸又怎么样?"阿良说。一人哎呀大叫一声,两手乱舞。

"吃吧吃吧,不必客气,吃吧。"其中最沉得住气的人道。阿良有些不明就里,在土间的水盆了洗了手,在门边坐下:"那我就不客气了。"说着将锅中煮着的肉与蔬菜盛到碗中，狼吞虎咽。男人们观察了她一会儿，而后将信将疑靠近她。

这一夜，阿良睡在那仅有一间小屋的角落。

月光从窗户缝隙内洒入，撒在她上半身上，凉意沁人。明天就要到八上村了。那个有疾风在的村子，对她而言，却是忧伤多于喜悦。也许是月光过于寒冷，她的心里也一片冰凉。

"把窗户关上好么？"她道。

炉边躺着的一个男人站起来去关窗，将吊窗弄得很响，瞥了眼躺着的阿良，敲了敲窗户："你出去时，就从这儿走吧。"

半夜，她被什么动静吵醒，屋中男人都已不在。窗外传来人声。

"把她干掉吧，奶奶的。"一人道。另外三人阻止道："要是遭报应怎么办？"

"到时候再说。"

阿良站起来，推开窗户一条缝隙，看到一人手执猎刀舞了一通。另三人在一旁看着。月光满地银白，只有男人们漆黑的影子。

阿良想，万一有什么事，才不怕这群胆小鬼呢。

"你们在干吗！"她哗啦一声推开窗板，男人们惊叫一声,四下作鸟兽散。

很快一片死寂。

阿良稍事收拾,以防万一拿了土间一把长枪,乘夜出门。

(二)

越过飞曾山山顶,在起伏的山道上走一刻工夫,就到了平坦的大路,那里有一条大河,两侧是宽广的河滩。

岸上有五六个农民模样的人正在滚石头。阿良冲下去问道:"快要到八上了么?"突然出现这么一位美人,又这么劈头一问,男人们都大吃一惊。

"你要去八上什么地方?"一人问。

"要去八上城。"

"城里?!"对方惊叫,"去城里做什么?"

"要见一个人。"

"要找人?那一定是波多野大人那边的吧。"

"那个人正在守城!"阿良道。

"这样啊,恐怕不行哪。我们有儿子也有亲戚在城里,但都见不着。近江的大军把城围得死死的!"那人叹道。

他说，八上城的高城山已被明智军围了两三层，想要进去是不可能的。就连高城山山麓一个小村庄也被包围，与外界断绝了联系。

"怎么也不能进去么？"

"别说这不着边际的啦。那样马上就被抓住，枭首示众。可别乱说啦。"那男人五十上下，看起来很老实。

阿良在岸边的石头上坐下，奔波一日的疲倦袭满全身。黄昏天空中，几团洁白的云朵似动非动缓缓朝北而去。在近江不会有这样的黄昏。她还是第一次看到如此轻软的云铺满天空。

近江的天空十分宽广。许是因在山城，丹波的天空这样狭窄，却又如此高远，比近江的天空更加湛蓝清澈，深邃无穷。

"不管城是不是被包围了，反正我要进去。"她道。

男人们不再说什么。他们也发觉阿良美丽的脸上闪闪发亮的眼睛似与平常人不同。

"唉，是个疯子！生得这么好看，太可惜了。"方才那个跟阿良说话的男人，一脸不该跟疯子交流的神情，继续干活了。

阿良站起身，在铺满碎石的河滩上摇摇晃晃走着，不久，右边自山谷至山巅平地拔起的高耸城楼的一角映入眼中。浓荫遮蔽下，可以看到石墙、城门与望楼。这必是八上城无疑。

说是被明智军包围了两三层，但阿良望了望，也没有看到什么。这险峻的城楼就是八上城啊！她立在河滩上看呆了。多美的山，多美的城池啊。丹波无比澄澈苍蓝的天空下，静默的，略显凄凉的城池啊。

定睛一望，北侧城门旁立着什么白色的东西。旌旗么？好像是。顶端还饰有金属，时不时在夕阳下闪着冰冷的光芒。阿良想，疾风就在那里吧。他在那里呼吸、思考、言语。那温柔有力的眼神，他的嘴、脸颊、手臂……总之，他就被困在那里吧。

"我的生命！"阿良喃喃。此刻，她已不是平时的那个阿良。可能自己也没有意识到发生了什么变化。

脸颊的线条变得僵硬，天生白皙的肌肤全无血色，眼中潮润，似乎总含着眼泪。失神的黑色眼眸如此呆滞。好像那个曾在比良山中疯狂追寻疾风、在山谷间狂奔的阿良。

大河沿着城下的山麓缓缓延伸，弯出很大的弧度。阿良顺着河滩又走了一段。突然，远处传来一声："站住！"她一惊，停下脚步，看到对岸有几个武士涉水跑来。当头一个问："你去哪儿？"阿良也不害怕，只觉对方十分碍事，恨恨睨着他们："你管我去哪里？"

对方怒喝："什么！"一看阿良的脸，又被她的美貌一惊，倒退了两三步，"你是哪个村的，报上名来！"

"我没空，给我让开！"阿良朝围过来的武士们瞪了一眼，武士们似乎也意识到他们遇上了意想不到的、难以对付的对手。

"这人很可疑！抓起来！"有一人气势汹汹道。可是没有人对这位美人动手。他们都有些胆怯。终于有一人深吸一口气，缓缓问道："你要去哪里？"

"城里。"

"城里？！抓起来！"又有人叫道。依然没有人动手。

"去城里干吗？"

"我要去见一个人。就这样，快让开！"

"你不知道我们是谁吗？"

"明智大人的手下？"

"你还知道啊！好了，抓起来！"但这次和刚才一样，说话的人和别人都不动手。

阿良站在那里，河风萧瑟，感觉极为寒冷。衣摆被风掀起，她去抚平时，感到一阵强烈的眩晕。饥饿与疲倦席卷阿良蜷曲的身体。她单膝跪在河滩上，轻道："让我走！"眼前突然一黑。

恍惚感觉有人从背后抱起她，让她喝一点河水。又被武士们扶着，渡过浅滩，再走一段，爬上田埂，在竹林旁的小道上走着……像梦一样。

在一户农家土间的草席上，阿良睁开眼睛。她并没有睡熟，只是从朦胧的梦境回到现实。清醒过来后，她蓦然从席子上坐起来。

虽然是一户农家，但屋里全是武士，约略十来人，横七竖八挤在有地炉的屋内，正在吃饭。再仔细看，他们勉强保持着一点秩序，分两排坐着，正埋头大吃。四周充塞着男人的气味，油脂与尘土混杂，热烘烘直发闷。

土间入口站着的一个武士看到阿良支起身子，喊道："喂！"坐在屋中最上首的头领模样的老年武士道："既然醒了，就把她押到守卫处旁的小屋去吧，好好审问。"

于是阿良被带到据此约半町远的一间农家小仓库，门前点着篝火，五六个武士席地而坐。

她没有挣扎，走进那间小屋，坐在席子上。

"哎，我饿啦。"她对押送自己的年轻武士道。

"别妄想啦。"虽然这么说，那武士不久还是给她拿来一碗泡饭，"快吃！"

"把我关在这儿做什么？"阿良问。

"做什么？也就是审问一下。不过要等明天啦。"

"为什么呀，我想早点儿问完早点儿出去呢。"

据说负责审问的队长现在奉命到半里外的寺庙去了，恐怕不到半夜赶不回来。

"太讨厌了。"

"你死了这条心吧！老老实实睡这儿！只要没什么可疑的，明天早上就放你走了！"这年轻武士言语虽然粗暴，阿良却觉得他心底还算温柔。

三

这一夜没有审问。

也许看她是女人，看守也不是很严密。不管有没有她在，这群武士的任务也就是整夜不眠而已。中庭燃着篝火，总有几人或躺或坐。只有阿良去方便时才有一人跟在后头。

她躺在草席上，心里盘算着一定要从这里逃出去。如果明天被审问，总觉得反对自己不利。而且，疾风所在的八上城已近在咫尺，却要在这么个地方白白浪费一夜，实在不能忍受。

夜深时分，她打开小屋的木门。寒冬冷月，一地严霜。

即将熄灭的火堆旁，两个武士睡得死沉。其中一个就是之前给她送饭的年轻武士。她蹑手蹑脚避开这两人的腿，穿过前院，躲开门前的石阶，弯腰从篱下钻过，跳到三尺之下的田地里。

田野的前方是白色的河滩。白天度过的一丈余宽的大河在当中流过。虽然是夜里，也能看得很清楚。阿良知道暴露在月光下很危险，但河滩上连一棵藏身的树木都没有，只好横下心弯腰往前去。跑出五六间远，停一停，又跑开。

突然，肩头掠过一支箭。她急忙伏在地上。回头一望，十来个人影从高处跳下来，在河滩四散开去。她又狂奔起来。跑下河滩，冲进河流，溅起的水花被月光照得雪白。河流很浅，但十分湍急，很难行走。

几支箭刺在她前方一二间远的水中。她想，千万别射中！

她穿过河流，半町远的上游，一位骑马武士几乎同时过了河。阿良停下脚步，马蹄踩着石子的声音渐渐靠近，在阿良身边停住。那武士下马道："站住！"

阿良突然朝武士胸口狠狠一撞。武士大叫一声，手里还握着刀，直直摔下。阿良向后一闪，那武士就扑倒在地。再看河上，几个人正朝这边冲来，又飞来几支箭。

有一支射中马臀，马吃痛长嘶，朝河流下游拼命狂奔。

她冷冷看着这一切，仿佛在看与现实无关的梦境。很快，又没命跑起来。跑过河滩，越过田埂，冲向左边山坡的竹林。

钻进竹林,她才松了口气。不用担心有谁追到这里来了。四周一片竹叶婆娑的清响。她这才知道正在刮着大风。

右脚脚趾很痛。用手一摸,一脉冰凉。不知是在河滩被划破,还是在竹林被划破,有几根脚趾在流血。

她走出竹林,在路边揪了几片杂草擦拭伤口。而后,走上顺着丘陵的山道。

山阴小道如此幽暗。

㈣

路上长满大叶竹,一步一滑,很危险。山坡陡峭。

爬了一町多远,面前突然出现一道结实的木门。她最初以为是门,但并不是。前面已经没有路,到这里完全截断了。

两边是深不见底的山谷,无论如何都无法继续攀登。

她呆呆立着,周围只有无边暗夜。没有办法,只有折回。这时,传来厉声呵斥:"谁!"下面走上来两三个武士。

"我要去见一个人。"女人的回答令对方一惊。

"见人?!见谁?"

"佐佐疾风之介。"

"疾风?！哦哦,那个很厉害的年轻武士吧。"对方又问,"不过,你到底从哪里来?"

"从近江来。"

"近江?！"对方沉默片刻,道,"实在抱歉,此处把守甚严,谁也不得半夜进城。而且这里是芥川恶右卫门的寨子,那个年轻武士不在这里。"

"那疾风在哪里?"

"鸿巢寨。"

"从这儿怎么过去?"

"你得重新下山,沿着山脚走上几町远,从神社那边再上去。但是,我得告诉你,女人是进不去的。"那武士在月光中细细看着阿良,"武士的妻子,不要忘记应该谨言慎行!请你多多保重——回去吧!"

只有最后一句,他语气很严厉。阿良顺从地转身而去。武士的妻子……这陌生的形容突然令她浑身一震,说不清是什么原因,身体都酸软起来。武士的妻子!说得真好啊。

但武士妻子要谨言慎行之类,她没什么兴趣。如果不相见就回去是武士妻子的谨言慎行的话,她才不要呢。现在她必须尽快见到疾风,这是她唯一要做的事。

武士的妻子!武士的妻子!这称呼出乎意料地在阿良耳

畔反复响着。她依言下山，沿山脚平坦的路走下去。

渐渐道路两侧出现人家。她叩响一户，想问鸿巢寨怎么走。不过没人应声。她推了推雨窗，很容易就打开了。但刚跨进一步，久无人居的人家特有的悚然寂静迎面扑来。

她又敲响一户人家，又无人居住。接连一两町的村落都没有人居住。死寂村庄的尽头，有一处神社。她爬上旁边的山路。

和之前的路不同，这里没有大叶竹。只有四下乱滚的山石，坡比之前更陡。走了小半刻，都是被灌木遮蔽的小路，阿良有些发怵。突然，她停下脚步，面前突然有一座大木门。又是一声大喝："站住！"肩膀立刻被人粗暴地抓住了。

"什么人？"

"我想见佐佐疾风之介。"

"疾风？！不认识！不过女人一概不得入城！明天来还有可能见上一面。半夜三更在这里转来转去，要被砍头的！"说着狠狠推了把她的肩膀。

"哪怕看一眼也好，我今晚就想见到他。"

那武士闻言即笑："想看一眼？也是啊！明天要打仗，说不定明天就见不着了呢。"他颇有些幸灾乐祸，"实在不好意思，你还是回去吧，回去！"最后一句也粗暴地吼起来。

哼，说什么呀！怎么可能回去！阿良心道。但面上却很顺从地转过身，走下半町远，从没有路的右侧崖面慢慢探下身。她紧紧抓着灌木的树枝，一步一步往下滑。她打算先到谷底再爬上去。因为方才已瞧见城门右侧有一条几丈长的石墙。

她攀上谷底干涸的河床，走到遮蔽鸿巢高地北方的石墙下，又过了半刻工夫。

夜已深，月隐于层云，四周阒暗。她爬上石墙一角。如果半途摔下去，一定会粉身碎骨吧。但想到疾风就在这高墙之上，她就无所顾忌了。

她一步一步踩实，一点一点爬上石壁。

月亮曾一度钻出云层，照见阿良眼前的石壁一片苍白。她回头往下看，数丈高的石墙仿佛正等着吞没她。抬头一望，又是数丈高的山崖压顶而来，仿佛在嘲笑她的痴心妄想。

她满心绝望。像壁虎似的死死抱住一块大石，歇了会儿。月又隐入云翳，她手脚并用，继续向上爬。

箭书

（一）

阿良已完全不知此刻自己在做什么。她身后是墨黑的虚空，前面是巨大的石壁。

她心里什么也没有。只是在岩石间寻找何处可供攀援，确定何处可以踏足、支撑全身重量，竭力向上爬去。

也有悬在半空却找不到下一处踏足之所的时候。她就屏息凝神，喃喃低语："疾风！"仿佛疾风就在她面前，这样悄声呼唤。

如果此刻有人看到她的模样，定会将她气若游丝的呼唤当成临终最后的叹息。

事实上，每当她觉得难以为继时，都会喊出爱人的名字。但对方没有回应。但这时，她眼前却浮现出疾风的面孔，比任何时候都要清晰。眉眼、鼻唇、略显严肃的双颊，仿佛触手可及，就在面前。

她也许已呼唤了他几十遍。而石壁的巨石却仿佛永无尽头。她就在这无止境的重压下一步一步，继续攀爬。

当她攀住最后一块岩石，半个身子终于翻上高台时，已快耗尽最后一丝气力。她一头扑在地上，很久过去后，下半身仍一动不动悬在石墙外。

她闻见泥土的香气，颊上感觉到地上的湿气，强烈的睡意向她袭来。

她不时提醒自己，这样不行。必须再努力一把。可是深浓的困倦令她渐渐失去知觉。

嗖！

突然，头顶上飞过两声异响。随即不远处传来墙板破裂的怪声。

她一跃而起，虽然不明就里，但知道周围有变。并非有意如此做，而是条件反射似的跳起来狂奔，完全没头没脑。

可还没走出四五间远，她突然被什么东西迎面一撞，飞出去好远，狠狠砸在地上。

她爬过去，摸了摸面前的东西。手心感到木材的纹理，是一面墙板。她双手左右试探，发现这是屋子的一面墙。

此时，右侧黑暗中，跑出大群慌乱的武士："箭书么！"

"装在箭筒里射过来的！"有人道。

"声音真大！我睡得好好的……"

"是为了明天的总进攻吧!"

"到底射哪儿去了？一定嵌墙壁上了!"

远不止五六个人的动静，而是一大群人。

阿良沿着墙角左拐，朝武士们靠近的反方向偷偷溜走。无论来者何人，都不能被对方发现。

"在这里！这里!""找到了!"身后一片嘈杂。阿良蹑手蹑脚继续往前走。

又拐过屋子一角，看到一束明亮的灯火投射于不远处的地面，照见几树鲜亮的枝叶。这灯光来自屋子的窗户。

她弓身悄然潜到窗下，静静窥向窗内。是一间没有屏障的宽敞屋子，地上散着十来条被子。

也许是方才的箭书使原先睡在这里的武士们都纷纷跑出屋子。这里似乎是武士们的守卫处。这时，她突然弯下腰。原以为屋子里没有人了，但一角的被子里突然有一个武士站了起来。

她又一次从窗外悄悄朝里望。那武士端坐在被褥上，单手执太刀，双目微阖，一动不动。蓦地又低吼一声，拔刀出鞘，好漂亮的居合斩①!

而后，他又将太刀高高举起，大力劈斩。

此刻，阿良突然脱口叫道："疾风!"疾风，这个人正是

---

①瞬间神速拔刀法。屈单膝迅速拔刀杀敌的武术。

佐佐疾风之介！虽然如此憔悴，但绝不会看错。那个她从未有一刻忘记的疾风之介，那个丝毫没有变、依然无限温柔、无限冷酷、令她神魂颠倒的男人，正端坐在那里！

"疾风！"她不管不顾大声叫道。

"疾风！疾风！"她大喊着。疾风之介静静收刀入鞘，这才将视线投向窗外。

"疾风！疾风！疾风！"她已半是呜咽。

疾风起身，来到窗户稍左侧的门边。很快，门打开了，疾风修长的身影沐着屋内的光线。少顷，门又掩上，他的身影再度被黑暗吞没。

"疾风！"阿良朝黑暗中静静唤了一声，默默等待他的靠近。

"是阿良？"是疾风的声音，除了他还能是谁！就在近在咫尺的黑暗中。

她再也无法发出任何声音，也再也无法朝前迈出一步。浑身颤抖不已。她已经不知道如何控制自己的身体。

（二）

阿良双手试探着去抚摸疾风的身体。双手、胸口、肩膀、脖颈。待到抱住他头时,她终于开口道:"啊……抓住了。疾风!"山呼海啸的呜咽吞没了她的身心。她再也不想失去他,死死抱着他,贴紧他。疾风!疾风!她终于抓住他,她的爱人。反而不知道该怎么办才好。

"不要出声。"这时,疾风掩住她的口,几乎令她无法呼吸。但仍然不失温柔——至少在阿良看来是如此。

她被他抱起来。

她被他双手轻轻抱在怀中,恰能仰望夜空,在他怀里安稳地躺着,摇摇晃晃往前走。她恍恍惚惚,任由他抱着。

叫她不要出声,她就没有再开过口。等他允许时再说话吧。夜空星海浩瀚,璀璨无数。但其实并没有那么多星星。不过是她眼中溢出的泪水将零星几粒模糊成一片星光海洋。

道路起伏。树枝偶尔掠过她的脸与手。她双手一直轻轻攀着疾风的脖颈。有时会稍稍用点力,确认这个抱着自己的人没有离开自己。

走下很陡的一段长坡。半途疾风之介抱累了,将她放下来。她的手仍搂着他的脖子。

山坡右边也许有马场,黑暗中传来马嘶。一会儿又听见马匹互殴的响动,有些森然。不过很快安静下去。又是一片死寂将他们包围。

略作休息,疾风复将阿良如方才一般抱起来。这一次没走出二町远，就把她放下来："在这里等着。"

阿良为疾风的离开而十分不安。无论如何都不要松开搂紧他的手。

他的话令她很害怕。很想让他收回。所以仍然抱着他的脖子，拼命将脸贴在他的胸前。

不过，当感觉到疾风温柔地拍了拍她的肩，抚慰她时，她终于乖顺地松开手。

他拨开繁密的树丛，一阵枝叶摩挲，爬上横贯的小道。不久，和另一位武士一起回来了。那武士道："你这下多了个累赘啊。"又朝阿良这边问道："你到底怎么来的？"

"爬石墙翻上来的。"她答。

"石墙啊……是鸿巢的石墙么？"不知是惊讶还是叹息，他长长吐了口气。

"疾风，虽然不知道怎么回事，就当我不知道吧。明天一早，得把她送出城。"又道，"不，还是明天傍晚安全些。白天可以好好带她观察地形，趁天黑逃出去。就是上次我教你的那条路！这段时间你的活儿我帮你替着。我去守卫处了。"

"真抱歉。"疾风道。

"抱歉？有什么好抱歉的！"那人低声哑笑道，"黑灯瞎火看不见模样，真遗憾啊。"语罢，转身离开。

疾风之介又登上那不高的山崖。阿良跟在后面，攀着树枝爬上去。夜里看不清这是在哪里，只见崖上有一间小屋。

推门进屋，疾风之介将门闩好。

有炉子，火苗跳跃，温暖地映入她的眼中。

"这里是北边的守卫台。"疾风之介刚开口，阿良就道："再也不要去哪里啦，疾风！"她直直立着，灼热的眼神死死盯着疾风，一刻也不离开，朝前走了两三步，"哪里都不要去了，疾风！"眼神无比执着，不容一丝敷衍。

"我哪儿也不去。"仿佛被阿良的眼神所压倒，疾风道，"城陷之前我都得在这里。不过城里不许有女人，这是规矩。"

"不要紧。不让待在城里，我就在城外等着，等到城陷。"

"那恐怕要等好几年。"

"没事，那就等几年。"

"城池陷落时，恐怕我疾风之介的性命也不保了。"

"没事，那时阿良也不会苟活。"

至此，疾风不再说什么。二人对立，短暂沉默。

突然，疾风叫道："你太傻了！"但当阿良意识到这喊声中除了爱意并无其他，迫切激烈的目光渐渐变得温柔沉静。而后低语："疾风！抱我……我要倒下去啦……"

"倒下去?!"

"真的站不住啦……疾风,抱我……"

疾风的手刚碰到她的肩,她就在他臂弯中瘫软下去。他低头看她,她确如自己所说,已然不省人事。

三

阿良醒过来,并没有过去多久。她躺在草席上,清醒过来时,发现自己的草鞋已被脱去,看到围炉边坐着的疾风之介,火光将他的脸照得通红。

她一时没有作声,静静躺着,痴痴望着疾风的身影。她想,也许这就是幸福吧。在没有别人的屋内凝望他的身影。他哪里都没有去,脸朝着自己,坐在炉边。

她突然禁不住叫了一声。疾风之介投在地上的影子也闻声一动:"你醒了?感觉如何?"

"已经没事了。"她说着就坐起来,轻轻晃了晃头,双手扶颊,意态轻闲。脸上有细砂落下来。她发现自己的手和脸有些脏,便问哪里有水。

"渴么?"

"我想洗脸。"

"外面有水,我帮你打来。"

"不要啦,我自己去。"她拉开门闩,朝水声潺潺的方向走去。外面比之前稍稍亮了些,周围物事从黑暗中略微浮现出一点轮廓。她怔了怔,心想天大约快亮了。仰头一望,天上只有一点微光。月亮还被薄云覆盖着。

她洗净手足,梳理长发,将衣裳沾染的尘埃拂了又拂。而后在屋外立了一会儿。因为她想,月亮会不会从云中出来一会儿呢?如果出来了,她想借竹槽的水光照一照自己的容颜。

眼前一浮现那女子——被自己抛弃在竹生岛的加乃——优雅的姿容,她就很不安。但再一想,自己比那厚颜无耻的女人要白一些,就稍稍平复了心情,回到屋内。

炉火上吊着一只锅。

"饿了吧,快吃。"疾风之介边吃边道。围城以来粮米匮乏,只有煮点米粥。那粥里也不知放了什么,不过大概有肉,米汤表面浮着几星油花。她喝着粥,不一时就看一眼疾风。确定这人正是疾风无疑后,她又安心喝粥。

关于加乃,她只字未提。虽然她很好奇。但想到疾风之介不知会作何反应,她就害怕了。还是不说为妙。

"你这傻瓜。"疾风望着阿良,道。如此温柔、如此令她心魂摇荡的言语啊。

"喝么？"定睛一看，疾风之介把碗送到她跟前。

"我喝呀。"她一口饮尽。喉咙到胃突然渗入一股火辣辣的灼烫。

"怎么一口就喝完了？"

"不可以吗？这是酒？"

阿良还没有喝过酒。父亲藤十绝不许她沾酒，弥平次平时也只是自己喝，一口都不给她。她平生第一口酒不是来自别人，而是疾风给她的。想到这里就很喜悦。怎么有这样温柔体贴的人呢？

"我还要。"

"不给啦。"

"我想喝嘛。"说着阿良又一口饮干。

"真是太傻了！"疾风又叹了一句。

"再说一遍。"

"什么？"

"刚刚你说的。"

疾风之介没有再说，而是一把抓起她的手，朝自己怀中拉去。方才一直清澈的、安静的、满含爱怜的眼神，突然被涌起的情欲取代，缠绵、潮湿、晶亮。呼吸也急促起来。

阿良记得这眼中的光亮。多么激情热烈的目光！就是这充满魅力的目光，燃烧她、令她舍弃生命，也丝毫不会后悔。

然而，阿良也记得，与比良山中清晨冰冷的空气一道，这眼中烈焰冷却后的孤寂与凄清。

"以后，我再不要看到你以前那种冰冷的眼神！"她说着，不顾一切紧紧搂住疾风厚实的胸膛，"抱我！"

她感到一股无比热烈无比甘美的力量拥紧了她，足以融化她每一寸肌骨。"给你！我的生命！"她低低呻吟着，烈火燃烧般。这是她意欲侍奉爱人而发出的呼喊，是完全忘我的对神明的祈祷。很快，她大幅向后仰倒，浑身颤抖，朝着铺满彩虹的深谷坠落下去。

次日黄昏，阿良走出小屋。走出小半町，又折回来，推开屋门："疾风！"

疾风端端正正坐在炉边："路上小心，去吧！"

她掩上门，又走下昏暗的山坡。但没走多远又一次转身回去，推开门："疾风！"

"走到有两棵杉树的地方，别迷路啊。到了后川村，就去找叫左近的人家。记住，叫左近。"

她又关上门。

走下山坡。途中第三次停下脚步，第三次转身回去。不过这一次，她没有再开门。而是绕屋一周，又像敏捷的猿猴般飞奔而去。

她飞奔在昏暗的山道。不能再回头，所以才狂奔不已。不顾脚下的山石树根，在初起的夜雾中奔跑得上气不接下气。

大叶竹

（一）

八上城在封锁中迎来了新一年——天正七年（1579）。

是年，丹波一带下了两场大雪。第一场从年尾下到正月初五。积雪到三月末都没有融化，一片一片残留于高城山、弥十郎岳上。

在积雪全部融化，丹波群山再度生满新绿之前，八上城周围笼罩着可怕的寂静。像样的交战也没有。包围八上城的明智军似有较大变动，已无攻城之力。攻城军队也不再主动挑事。如此情势，丹波波多野一族又渐渐活动起来，八上城与外界的联络也日益频繁。

织田信长决定彻底歼灭丹波蠢蠢欲动的波多野势力，向丹波派出前所未有的大军——那是五月初的事。

明智光秀的大军从新自山城而来，羽柴秀吉从但马而来，丹羽长秀从摄津而来，分兵攻取丹波。

三军齐发，转瞬包围以绫部、福知山、荻野、冰上、福住诸城为首的各处要塞。

明智新军首先攻下岭、沓挂、细野、西冈、本木等城。乘胜直指八上城。羽柴秀吉自西丹波进军，夺取冰上城，又得荻野城、久下城。丹羽长秀自能势口开进，攻得虎杖山、天王山、丸山、冈山诸要塞。

不足一月而已，织田军即以绝对优势横扫丹波方圆之境的波多野一族势力，仅余八上城一处而已。到五月二十日，明智军的桔梗家纹大旗已遍插山北平原，林立于八上城四周。

从八上城的高城山上望去，无数旌旗仿佛芒草纤细的穗子，在初夏日光中冷光瑟瑟。

波多野的将士们望着这片生于斯长于斯的山野，非常陌生。将平原一分为二的河流仿佛长带，仍如昨日一般静静流淌。但两侧空旷的河岸人头攒动，群马奔腾。连洒下的阳光都似与往日不同，有些凌乱地闪烁着。

佐佐疾风之介在三丸下的小高地上凝望眼下展开的新态势。久违的紧张又出现了。他知道眼前这座丹波小城，正急速滑向悲哀的命运。城池沦陷在即，两千人生命（算上各处城寨逃亡的武士，已接近两千兵力）也即将消逝。

映入眼中的高城山山坡也完全变了模样。没有风，但山中丛生的树木却像被摇动似的簌簌颤抖。

这样的场景，疾风很熟悉。和当初从小谷城上看到的完全一样。这正是陷落前的光景啊。

"疾风，在这儿啊。"

回头一看，是三好兵部，面上也有几分激动。疾风注视了他一会儿，低声自语道："真可惜。"

"什么？"兵部问。疾风没有回答。他为这位朴厚的农家武士即将逝去无比可贵的生命而感到可惜。但他没有说出口。

"说不定敌方会提出议和呢。据说荒木氏纲正从中斡旋，要暗中派出使者呢。"兵部道，"不过即使是真的，条件也很苛刻吧。"荒木氏纲是园部城城主，明智光秀刚到丹波时就迅速投降了。

"别傻啦。"疾风之介脱口道。

"不，很可能是真的。"兵部话刚落音，疾风就怒道："可能是真的，真有这种事。因为丹波的乡下武士太好骗了！说你傻，是因为怎么能信这种话？八上城怎么可能这么轻易获救？"

疾风盯着三好兵部，像要把他吞下去似的。他听说小谷城陷落后，那些继承浅井家的人，连不懂事的孩子都杀光了。就是这样的时代啊。如果八上城的将士不明白这时代的残酷，那真是太凄惨了。

第二天，与三好兵部的忧虑和疾风之介的担心都不同，激战从清晨持续到天黑。明智军渡过河，守城军士也出城迎敌，双方此消彼长，缠斗激烈。一天下来死伤惨重。疾风之介伤了手腕，三好兵部腿中流箭。

当晚，白天打仗累坏了的武士们横七竖八睡在各处城寨的公务所内。这时，传来荒木氏纲作为使者上山的消息。这一次是千真万确的了。

翌日没有交战，而是公布了议和的内容。明智光秀以其母为人质送入八上城。波多野一方向织田军投降，领地完全交由光秀掌管。

数日后的五月二十八日黄昏，人质一行来到城中。当日，城内在西仓上首堆满如山的柴薪，一旦发现人质有假，立刻烧死。就这样迎入了十来名男女。

四日之后，六月初二。波多野秀治、秀尚二人率随从八十余人，由千余骑兵护送至半途，朝本目城而去，与明智光秀会面。

原意与织田军奋战到最后一刻的波多野兄弟应于当日返回八上城。而不知为何始终不见踪影。

失去主将的八上城充满不可言说的恐惧与不安。次日，明智军终于有消息传来，说秀治、秀尚两兄弟为会见织田信长，去安土城了。然而这一日傍晚，却又传来急报，说秀治在去往安土的途中，交战时所受重伤发作，已然殒命。

悲哀的消息并未至此停止。六月初四，抵达安土的秀尚与随从十三人被下令自裁。这一消息传到八上城，是在三天之后。守城将士闻此，实如晴天霹雳。

"上当了！到底还是上当了！"三好兵部满面血色全无，来到公务所向疾风传达这一消息时，疾风想，预料中的事终于还是来了。

"现在，把人质全部押到茶屋台旁松林里，处死。"兵部下令。此刻窗外夜幕初降。

"杀死无辜老母与众武士，可平丹波武士之怒否？"

"总比不杀的好。"兵部道。

"比不杀好？！"疾风之介心头涌起一股难言的阴霾。

"你去看看么？"兵部问。

"我就算了。"疾风答。一阵他自己也不明白的冲动令他高声狂笑。波多野秀尚与秀治都被骗、被杀害。明智光秀的母亲与几名随从也要丧命枪刃之下。明日八上城陷落在即，诸多丹波武士也将命丧黄泉。这到底是什么事！

疾风转头对兵部道："明天要打仗吧。"

"当然。"他道。

疾风多少语含讽刺："破釜沉舟，最后一战吧。"说着眼前浮现出一条细细的河流。每临此境,他眼前总出现这一幕,仿佛是他命运的象征。这命运河流在这风云激荡中,流淌过无情,流淌过血腥的战争,自己也将随之流到尽头。

也许会死吧。不过说不定也能活下来。虽然无论怎样都无所谓,但还是要努力活下去。看看这命运之河将流到何处,也是很有意思的。忽而想起阿良白皙的面孔。她正在后川的村中守候他的命运。不由感到前所未有的深情与悲哀。

"好冷啊。"他打了个寒战。天已全黑,夜雾从公务所窗外漫入。他忽而觉得那夜雾的流淌也有声音。侧耳倾听,当然,什么声音也没有。

(二)

继秀治、秀尚后,伊豆守波多野秀香掌管八上城。从夏到秋,在守城军与包围军之间进行了多番殊死拼搏。每一场战争后,城内兵力都会有所削弱。

八月最后一日,最后一场大战。在此前夜,城内武士们都集中到山下茶屋丸附近,摆开别离的酒宴。

次日天未明时,残存的数百名武士自鸿巢的高地杀将出去。佐佐疾风之介与三好兵部亦在其中。

兵部希望与明智日向或泷川左近大战一番。但他肋下已受重伤,行走都相当困难,这愿望过于奢侈。

战场绕着高城山逐渐转移。当疾风来到西仓下首,以刀为杖支撑身体时,四处几乎布满敌军。

他在混战中寻找三好兵部的身影。很快,望见半町远的前方民家,兵部正坐在院子里。那一幕竟十分宁静。背后是燃烧作鲜红色的晚云,兵部仿佛是走累了,要在地上坐一会儿,歇一歇。

从疾风站着的地方到兵部坐着的地方,一个人影也没有。方才还到处拼杀的武士们,似乎瞬间被一扫而空,眼中只见几户农家,苍白的行道树,还有几只栖在枝上的鸟儿。

他向三好兵部走去。但没有走出两三间远,就踉跄着倒下。他爬起来,不过两三间又倒下。回想起来,这场黎明即起的恶战,一直延续到秋暮将至的此刻。虽然没有受重伤,但实在太累了。

他经过了漫长的过程,终于走近兵部坐着的地方。

他问:"你还好?"兵部没有回答。温和的脸上含着笑意。他鬓发散乱,额头至脸颊一道深长的刀伤,满面血污。而在疾风眼里,仍能看出他在笑,笑得这样温和。

"有一件事要跟你说。那女子在芥丸高地等你。快去吧。"兵部静静道。

"女子？"

"上次来的那个女子。你不要死，去见她。活下去，活下去——"兵部说着，向前倒下。他背后已被刀劈开。

"兵部！"疾风之介抱起他，脸贴着他的脸。这时，耳畔传来兵部游丝的声音："真可贵啊，活着——"

疾风之介摇晃着他的身体。但，此刻，三好兵部已停止呼吸。疾风握住他的手，手已经凉了。

疾风已丧失任何思考的力量。"活着很可贵。"他把三好兵部这句话记在心里。至于什么是活着，什么是可贵，他什么都不知道。只是知道，丹波山中的无名老武士，此时此刻，在自己的身边，停止了呼吸。这才是事实。

疾风之介在三好兵部身边跪坐良久。他觉得只有这样跪着才舒服一些。当缓过神来，四围已被无边夜色包裹，一片死寂。

活着很可贵！

这句话，一时出现在疾风恍惚的脑海中。没有任何意义，很快又消失了。

但约摸过了半刻，三好兵部的这句话才产生了真正的作用，闪现在疾风的心头。活着原来很可贵啊！疾风心头顿时一阵剧痛。为什么没有告诉兵部，你的死，你的离去，也很可贵！

他说，活着很可贵。但他死了，为什么会这样？

疾风不管什么可贵不可贵，只是知道自己必须活下去。他站起身。一站起来，突然想到兵部的另一句话。阿良在芥丸的高地等他！

疾风为了活下去，为了与阿良见面，迈出脚步。他踉跄着，拖着灌铅一般沉重、失去知觉的腿，朝着恐怕已全军覆灭的城中走去。

三

疾风之介来到芥丸高地，黎明已至。那简直是座空城。昨日清晨至少尚有百余名武士住在这里，而此刻苍白晨曦照拂下的城寨，却浑如荒弃数年乃至数十年的废墟一般。

哪里都没有见到阿良的影子。

天一亮明智军就要进城了。因此疾风之介只好出城来到马厩，顺着三好兵部此前教给他的路线，穿过延绵群山，去往后川村。

尽管昨天登上芥丸时，已累得一步都走不动。但熟睡了几个时辰后，他体力有所恢复。虽然所受刀伤无数，但所幸都不是重伤。

遍地大叶竹高过人头，道路漫长无尽。疾风之介走了小半天。也许阿良昨天已经到芥丸找过他一回，没有见着面，又回后川了吧。无论如何，只要到后川，就能见到她了。

他一刻不停，拖着疲惫的双足，向前行走。但走出很远也没有看到像村子的地方。走到山谷下，已经没有路。

他沿着谷中的河流继续行走。不指望找到后川村，只要能有个村子出现也好。从谷底走到山脊，发现一条樵夫走的小路，但已完全迷失方向。也许是朝南吧，他顺着这条路走下去。不知何时，周围又遍布大叶竹。

他一头倒在竹丛里睡着了。醒来已是黄昏。又一次睡过去。再醒来就是次日清晨了。

一睁眼，他蓦然一惊，抓住了刀。因为不远处有奇怪的声音。那呜呜的粗鲁的吼声显然是动物所发出。他在竹丛里弓着身子，但连一尺开外也看不清楚。他本想离开，但又想知道那到底是什么猛兽，看看长什么样子。

疾风拨开大叶竹，朝声音的方向走出一间远。而突然映入眼中的不是熊，也不是别的什么猛兽，却是一个身高近六尺的壮汉。他倒在竹丛里，摊成大字，大口喘着粗气。

仔细一看，他身边摆着束起的长刀短刀，应该是个武士。疾风从上到下打量他，看到他双腿间有一只大包袱，于是走过去看。

打开包袱，里头是二十来个饭团。饭量再大的壮汉也不可能一个人吃下这么多。

疾风抓一个送到嘴里。又抓了五六个，回到刚才睡觉的地方，俯身大嚼。

"起来！"听到哪里有人喊。是从壮汉武士反方向传来的。随即，清楚听到壮汉打了个很大的哈欠。疾风从竹丛探出头，环视四周。五六人自竹丛中站起来，很快聚集到一处去。最后才是那壮汉武士从竹丛中慢慢走过去。

疾风窥视这群武士，忽而大惊。在那并列一排的六位武士前面站着的人，正是立花十郎太。他在壮汉跟前显得有些枯瘦，但声音却很响亮："饭团不是每个人都有的。抓住一个落难武士才许吃一个。这两天肯定会有不少逃难的武士。你们好好盯着，不要杀掉，绑起来就行！"

这声音，以及说话时的姿态，除了十郎太没有别人。

疾风之介霍地起身，大喊："十郎太！立花十郎太！"

众武士闻声齐齐转过脸。

"我是佐佐疾风之介！"疾风自报家门，拨开竹丛，向十郎太走去。

十郎太呆立片刻，突然醒过神，大惊失色，后退两三步，猛然转身狂奔。

"杀！杀了他！"他边跑边大叫。疾风也紧追其后。虽然不知十郎太为何看到他就跑，但对于逃跑的人，总有本能冲动要把他抓住。

几个貌似十郎太部下的武士拔刀逼近疾风。那壮汉闪到跟前，疾风打掉他的刀，踢中他的肋骨。

第二个人挥刀横扫，但也被疾风从背后踹飞。余人见此气势，皆畏缩不前。

"杀了他！杀！"十郎太在十间远的竹丛中探出上半身，大吼道。不过马上又躲到竹丛里去了。

他为什么要杀我？！

疾风哗啦哗啦走在竹丛中，仿佛游泳一般拨开竹枝竹叶，朝着十郎太藏身的方向而去。半途中，回想起在比良山时，阿良曾教过他如何在大叶竹丛内行走。

"像野猪那样，闷头朝前，闭着眼，使劲儿跑就行啦。"

的确，阿良说完后，就在村中南面的大叶竹原野上如履平地似的狂奔起来。她那时敏捷的身姿，至今仍留在疾风之介眼中。想到这里，他也低头躬身跑起来。果然快多了。但却找不到十郎太。疾风跑了五六间，换个方向再跑五六间，再换方向。

他突然停下脚步，侧耳倾听。五六间远的前方传来簌簌声。十郎太的上半身突然从竹丛里钻出来。他朝疾风这边瞥一眼，又仓皇躲藏。

"十郎太！"疾风大叫，穷追不舍。前方十郎太已露出全身，两手乱舞。

"十郎太！"疾风又喊，冲上前去，一把揪住他的衣领。十郎太大概终于放弃，突然停止奔逃，道："我、我那时，什么都没说！……你自己误会了！"又咽了口唾沫，"你、你别激动！听我解释、就明白了！"

疾风道："我没有激动。"

"不杀了？"

"杀谁？"

"杀我！"

"杀你？！"

"别、别杀我。你不杀我，我也知道你比我强一点。听我解释。加乃的事，听我解释。你就知道了。"

而后十郎太泄气般一头坐在竹丛上，敞开衣襟，长叹："啊，真是好风！"

又一秋

（一）

八上城陷落第二日，明智军兵分几路，进驻城中。

最早入城的部队从神社跟前的道路往鸿巢的高地进发，登上险峻山道时，已是辰时（八点至九点）。

八上城中横尸遍地。他们都不约而同切腹而死。昨日最后一场战斗延续终日。全部武士出城，到高城山山麓一带激战。因此城内并无战场。这些切腹的武士们在结束战争后乘夜回城，将生长于斯的高城山山腰作为赴死之所。丹波豪族波多野一门，与织田军历经数年交战，至此全部覆亡。

明智军的武士们又从鸿巢高地一步一步向下茶屋丸、上茶屋丸、中之坛、右卫门丸、三之丸等无人之城走去。先头武士来到二之丸高地时，头一回听到了人声。那是异样清脆澄澈的声音。

疾风！

那呼唤仿佛从山坡滚落下来,山谷间回声悠长。

"什么声音!"先头武士驻足细听。

"是人的声音。"

另一人又道:"是女人的!多么哀愁的声音啊。"

阿良呼唤疾风的声音,在明智军武士听来,也同样是难以忍受的凄凉。

疾风!那令人不忍的声音又响起来。

武士们登上二之丸。不一会儿,碰上一个失魂落魄、步履蹒跚的女子。

"抓住她!"一人叫道。很快又改口,"随她去!"此刻阿良的模样,已令人连抓捕都要费些踌躇。她发丝凌乱,衣衫褴褛。

"你们见到疾风了么,疾风?"她问道。但没有人回答。于是,她也不看他们,朝着武士长列队伍径自逆向走去。走到队伍尽头,她抬起头,眼神与队列最后一人相遇。她停下脚步,静静道:"要是疾风死了,我也不活啦。"她似乎是在与那武士攀谈。

那武士没有应声。大概与其他武士一样,也把她当成了疯子。他轻轻摆手,继续走上石子路。

但是,阿良并不是要对那武士特意说这番话。等队伍过去,她走到空无一人的断崖边,又静静说了与方才一样的话："要是疾风死了，我也不活啦。"

而后，她发足奔跑，冲下山坡。途中朝山谷喊："疾风，疾风！"没有回音，她默默下山了。

她从鸿巢的高地走到山麓，一一辨认每一处看到的尸体。

又过了一刻。明智军武士开始搬运战死的遗体，不论敌友，统统运到河岸堤坝旁的一角空地。

不知何处来的十余个僧侣，在堆积如山的遗骸边拨弄数珠，诵经超度。

阿良立在僧侣旁边，一有尸体抬来，就奔上前辨认。

武士和僧人们都对不时转来转去的阿良道："走开些，走开些！"但他们也没有太在意她。大概把她当成附近村中为战死的兄弟而心焦憔悴的女子。

尸体一直搬到傍晚。运来的依次扔到附近挖掘的大坑中。阿良没有在尸山中找到疾风之介。她想，他一定还活在人间。

从昨日清晨到现在，阿良一刻未眠，粒米未进。她一直忙碌着。已全不记得去过哪里，如何走来。

昨天她在战场上遇到一名武士。那时她正摇摇晃晃走着，撞了个满怀。也不知是明智军还是波多野军，她问："看到疾风了吗？"那武士闻言大惊，瞪大眼盯着阿良："到芥丸去了，到了那儿就别走啦！"言罢不知是被谁追赶还是要去追谁，向松林跑去。

阿良虽从武士口中得到这句谜一般的话，却找不到芥丸在哪里，也找不到谁问路。路上遇到的武士，见谁都乱舞血迹斑斑的长刀，她也不敢靠近。

昨晚一整夜，她都在无人的八上城内乱走。她想也许负伤的疾风正在哪里躺着。外表看来她的举止神情绝非常人，但她自己却一点都不疯狂。也感觉不到疲倦与饥饿。

只是没有在尸体中发现疾风时，她并没有感到轻松。也没有因此感到喜悦。

她自己也觉得不可思议。也许因为疾风没死，尚在世间，那么她又得去寻找他。像过去一样继续寻找他。也许从今天起，那没有尽头的痛苦岁月又要压到她身上。

僧侣们离开已有一会儿。阿良还在尸堆边站着。她想先回后川村去。

"你以后要去哪里啊？"村里有一位老妇人同情地问道。

"找疾风去。"她喃喃。那老妇人并未听见。

如自己所说，她又迈开疲倦的脚步，去寻找不知在何处活着的疾风之介。

(二)

"别、别杀我。别、别拔刀。"立花十郎太眼神一刻不离疾风,道。他害怕突然飞来一刀,一切就都结束了。

十郎太坐在竹丛中,左手撑背,右手指向前方。尽量不想刺激疾风,神经高度绷紧。

然而如此情景,他仍不愿失威严,语气仍甚为嚣张。

"我不杀你。你告诉我加乃到底怎么了。老实说!"疾风之介紧盯十郎太。十郎太很害怕他的目光。那底下分明有波澜。真后悔提起加乃的名字。这名字刚一出口,疾风的眼睛就突然血气上涌,一动不动盯着自己的眼睛。

十郎太想,还是说实话的好。要平复此人的急怒,也只有说实话。以后的事以后再说吧。先躲开眼前的危机,以后怎么都行。所以只好坦白交代。

"加乃一直想见你。"

"你胡说!"

"我没有胡说。请你去见她吧,求你了!"说罢,他视线仍不离疾风,稍稍向后挪了挪。

"我和加乃的事,你误解了。之前舟祭时,我也没有说什么。是你自己误解了。"

"误解?"

"是的。"

"说谎！你不是说你们很幸福吗?"

"我要不那么说,你当时不把我砍了么?当时你那眼神。"

听十郎太说完,疾风缄默了。

十郎太觑了眼疾风,观察自己的话带来的效果。他希望疾风眼里遍布的杀气能尽快消散。

"你和加乃什么都没有?"

"什么都没有。"

"真的什么都没有?加乃现在在哪里?"

"……"十郎太语塞。

"在哪里?"疾风提高声音又问。

"在坂本。"十郎太脱口道。反正已经说了,那就都说了吧。

"在坂本磨刀师林一藤太家里。"

疾风又沉默了一阵。而后道:"把饭团全部给我！我要去坂本！"

"全部?!"十郎太一怔。但看到疾风纹丝不动立在自己跟前,只好对远处旁观的手下吼道:"把饭团都拿来！"

壮汉将盛着饭团的包袱拿来。

"十郎太啊,你真不得了。这些都是你部下?"

"是的!"

"没什么厉害角色吧?"疾风右手拎起包袱,又问,"这条路去哪里?"

"向右就是摄津的多田村。"

"好。"疾风道。

"向左,过后川,就是八上城。"

十郎太口中的"后川",令疾风一愣。

疾风转身,提着饭团包袱,拨开大叶竹,踏上那条没有竹丛的小路。

走出小路,他驻足踌躇。是向右,还是向左?

他放不下阿良,也放不下加乃。

他感觉自己和阿良的关系已然难以切断。事到如今,他和阿良走得更近。

即使见到加乃,也不会和她如何。而正因为如此,才想见加乃一面,彻底了结他们之间的不幸。

虽然等见了阿良后再做打算也不迟,可他心中的欲望却异常执拗,容不得一刻犹豫。

短暂思量后,他果断转向右方岔路。踏出这一步的此刻,疾风有一种被残酷命运纠缠的奇怪感觉。

等我，阿良！他心里说，又踏出一步。风从遍生大叶竹的原上吹过，竹叶起伏，一片空茫。

一旦迈开脚步，就无所顾虑，飞快走下去。走出一两町远，路又被竹丛淹没。他和先前一样，躬身探头，在竹林里狂奔。恰如野猪经过一样，一片大叶竹海被一分为二，奇异的浪头疾速由北向南而去。

等疾风的影子消失在视野中，十郎太大为咋舌："切！"心道自己真是蠢透了，居然跟他讲了那么多实话。

"糊涂啊！"十郎太半是对自己，半是对部下道。

"饭团都给他了吗？"壮汉十分沮丧，垂头丧气。

"一群饭桶！"十郎太满面愁容，之后道："再给我坚持四五天！给我抓点逃难的武士！不许空手回去！抓住了就带回部队！你们谁先回去准备一些饭团！我必须在那人之前赶回坂本。你们归队时替我兜着点儿。"

说罢，他就空手走进生满大叶竹的原野。

岂能容忍加乃落入那人之手！

他在竹丛中气急败坏，但走不快。每一步都要把脚抬很高。终于气急败坏一头冲了出去。

想到之后数日的行军都没有饭团，他很绝望。半途停下来，回头看部下们依然跟在他身后，顿时破口大骂："你们这些蠢货！要是不能在这儿坚持五天，就砍死你们！"

三

三天后。阿良走在后川村南约三里的大叶竹丛中。

她借宿在后川的左近家。八上城陷落后四五天，疾风之介都没有来过。她想，也许他已经逃到别的地方去了吧。于是她决定先离开后川，回一趟近江。

她踏入这片竹林已是黄昏时刻。高原上初秋近晚的风很凉，肌肤生寒。夏天不知何时远去，又是一度秋。夏去秋来不知已过了几载。夏去秋来，又是夏去秋来。最终又如何？这种落寞感攫住了阿良。

她在竹丛原野当中呆立。今晚就露宿在此吧。走出后川还没有三里，并不是很累。只是今晚反正要露宿在外，这竹丛掩映的地方倒是不错。

突然，面前竹丛一阵窸窣，二三间远外，钻出几名武士。一个壮汉问："八上城逃亡来的吗？"

阿良道："没错，你想怎么样？"

"必须抓住！老实点儿！虽然不是武士，不过，也没辙。"

"说什么呢？"阿良话刚落音，壮汉就靠近抓住了她的肩。

他脸上突然清脆地响了两声。

"还会动手啊。"又一武士猛扑上去,却被阿良突然攥住手腕,狠狠咬了一口。他发出女人似的尖叫:"松开,松开!"

但阿良并没有松口。

"松开!"那声音已变为哀嚎。阿良仿佛要咬碎那手腕似的,终于松开,唇上沾着血迹:"逗你玩呢,明白了?我现在正有兴致!"

那武士拿左手握住被咬的右腕,惨叫一声,连滚带爬逃远,身子在空中画了大半个圆,伏在竹丛中。

一个武士叫:"杀了她!"

"杀我?!"阿良扑向那个武士,揪住他的前襟。

二人扭打在一处,滚倒在竹丛里。

"为什么要杀无辜的女人?"

"不杀了!"

"用你们这些蠢钝的刀杀么?"

"松开!松开!别咬了!"

不久,阿良与武士都从竹丛里站了起来。她靠近那些茫然杵在那里的武士,道:"不许碰我一个指头,懂了吗?我要在这里休息。你们,给我滚到那儿去!"

壮汉率先后退五六步，余人也往后退去。要离这美丽的却恐怖如野兽的人远些，他们又退了十间远。

"这么远行么？"壮汉高声问。

"就在那儿，不许动！"阿良说着，拔出怀中短剑，高高举起，凌空劈斩。而后才坐到竹丛里。

她仰头倒下，身体再难动弹。前一刻的恶斗已忘却。她像每晚睡觉时一样，保持着被疾风之介抱着的姿势，向右躺下，眼神无比温柔："傻瓜呀，又乱跑到哪儿去了？"好像是对疾风喁喁低语一般，之后才阖目。

夜色完全降临之前，阿良满心都盘旋着疾风的一切。一想起不论是在比良，还是在八上城内，疾风对自己百般爱抚之后寂寞空虚的眼眸，她就感觉浑身骤然一冷，缓缓转身面朝天空睡了。她望着夜空，内心冰凉，很快就这样睡着了。

黎明，她醒来。晨光白茫茫一片。起身时，竹梢簌簌滴下夜露。

朝武士们躺着的方向望去，竹丛纹丝不动。想是他们尚在酣睡。

她无意中望见竹丛远方的山脚下有大队武士蜿蜒前行。看不清是靠近还是远去。不过可以肯定的是，他们是织田军进攻丹波的军队。

穿过大叶竹原野，走上小路时，看到山脚的先头部队，隔着十间远正朝这里走来。

他们呼啦呼啦跑过来。阿良想,要是被他们抓住还是很麻烦,于是也跑起来。

"不能被抓住!"她嘟哝着狂奔。武士们跑累了,停下来。阿良也停下脚步。

武士们又追,阿良也跑。间隔似乎永不缩短。她想,要这么跑一天,那实在无趣透了。她偶尔也会停下,回身看看那队人马,企图引诱他们接近。但这样也无法排遣她满心的虚空。

湖面

（一）

大夫走后,加乃仿佛完成了每日功课,心情一畅,换了个躺着的姿势,远望廊外碧清无波的湖面。

她望见的那片湖水其实离岸很远。几乎接近湖心。有时,湖面上有纸片一样的物事,在亮白日光下闪动。直到一个多月前,她才知道那些纸片原来是飞翔的水鸟。

在没有知道那是鸟之前,加乃在很长一段时间内,每天都在想,那阳光下小小的闪烁的东西到底是什么呢?却没有想过那会是鸟。它们在阳光下那样耀眼,浑然不似生物。有时,那小小的光点在阳光下明明灭灭,落到湖面去。这在加乃看来,又是何其惘然,何其脆弱。

后来,林一藤太告诉她,那是鸟儿。

"我每天都看见的,那湖上偶尔闪亮的东西是什么呀?"一藤太到房中时,加乃问道。

"闪亮的？在哪里？"一藤太立在廊边，远眺湖面，"我就看到水鸟了呀。今年飞来一种没见过的鸟。"

"不是鸟吗？"他道。

"真没想到啊……"加乃说。果然，那就是鸟啊。加乃从未见过这样悲哀的生命，落花一般飞舞，在虚空的阳光下闪烁。

月余来，加乃每天都躺在榻上远望湖上飞翔的白色水鸟。天气不好时，没有阳光，就看不到了。只要天气晴朗，中午一过，那群水鸟就会在湖上固定的地方出现。黄昏时，也许是阳光的变化，又或者它们飞到别处去了，就看不到那闪烁的白色光亮了。

加乃想，人的一生，人的生命，也是如此。

夏天过去后，她自己心里很清楚，生命正在衰弱下去。恐怕今年，再难好起来了。想一想，这一生没有太多乐趣，但也不是特别不幸。大约人生就是如此。不仅自己，大家也一样。当此战乱之世，能勉强活到今天，已是很大的福报。

至少，与小谷城陷落时一门不幸的浅井家相比，与伯父伯母相比，与许多战死或自尽的人相比，自己苟活至今，也可谓幸运。若说悲哀，谁都悲哀。爱慕我多年的立花十郎太也很悲哀。从舟祭那晚看到的侧影推断，心心念念的佐佐疾风之介大概也不幸福。

还有，说要把我扔到湖里，却又把我抛在竹生岛的美丽女子，她美貌的容颜，出格的举动，也笼罩着一层悲哀。大家都是水鸟。在阳光照耀下飞舞，落下，飞舞，又落下。

但还是想见疾风一面。不相见就无法瞑目。他们什么都没有说过。自己有必须要告诉他的话，却没有说出来。疾风不也是么。他应该也有想说却没有说的话吧。

加乃凝望着闪烁的白色水鸟。回想月余来每天缠绕着自己的思念，今天忽而想起，自己已经很久没有到屋外晒晒太阳了。她想尽情沐浴秋光，呼吸屋外的空气。

她从榻上支起身，梳理纷乱的长发，收拾面容，穿好衣裳。很久都没有穿过外衣，压在肩上有些沉重。她小心翼翼，静静走着。挪到廊边，又走下庭院。离黄昏尚有一段时间。下午薄薄的秋阳，自湖上斜照而来。

她静静走着，将要出后门时，一藤太在通往作坊的檐下问："不要紧吗？"

"不要紧。我就走到屋前——"

"把阿茂带着吧。"

阿茂是家里的侍女。加乃刚走到门边，她就从背后追上来。

"没事的。"

"我陪着您吧。"

加乃对这位石山①出身的十八岁侍女格外垂爱。虽然容貌算不上美丽,但性情极为温柔。

原意走下家门口的坡地就返回,但走下去后,加乃还想再走一段。在走不到半町,就能到湖岸的大路,可以看见整个琵琶湖。

总是躺着,只能看见湖面一隅的清波。她还想看看绕湖的堤岸,岸边丛生的树木,远方的人家,还有山,还有云。

"再走一段,去看看?"

"你还走得动吗?"加乃不顾阿茂的担心,又缓缓地,一步一步走下去。

阿茂跟在后头,望见加乃白皙的脖颈,在秋阳下几近透明,十分美丽。

她总是被加乃的美丽打动。而今天的美尤为特别。不足阿茂一半宽的细肩,在秋阳下摇摇晃晃。阿茂看着,觉得很心痛,好像加乃马上就要倒下似的。

(二)

加乃走到湖边一艘空船边,倚着身子。前方三尺就是水

---

①滋贺大津县地名。

岸。细细的水波轻轻冲刷着芦苇根。偶尔一见的比良山非常美。轻纱般洁白的秋云缭绕在山巅,极缓地移动着。

听见阿茂好像在和谁说话,加乃转过身。两三间外,阿茂在和一个女人对峙。此时,二人一动,阿茂吃痛叫了一声,已跌在地上。

"你说话注意点,别惹我哦。再啰啰嗦嗦,小心把你扔湖里去!"

听到那女人的斥骂,见她已背身离去。和她凶狠的言辞不同,她蹒跚的步履非常不稳。只是顷刻之间而已。阿茂捂着半边脸,从地上起来,脸色苍白。

"你怎么了?"加乃很吃惊,一时也说不出什么。阿茂见那女人背影渐已远去,才渐渐恢复平静:"她突然就打了我。"

"突然?你说什么了吗?"

"那个人,摇摇晃晃过来,说要我帮忙。"

"那么……"

"我很害怕,所以不想帮她,她就突然……"

"真是飞来横祸。那人疯了么?"加乃说着,突然觉得那女人声音很熟悉。虽然匆忙间未看清她的脸,但那声音的确是熟悉的。

下一瞬间,她想起了那个可怕的女人。就是那个可怕的女贼。那蹒跚的背影已没有袭击自己时那般精悍泼辣。可确确实实是那个对自己吼着"出来,跳下去!"的可怕女人。想到这里,加乃再也沉不住气。湖上明媚风光刹那暗沉,寒意从脚下侵上来。

"阿茂,回去吧。"她道。阿茂感觉她语气不同寻常,苍白的脸上又添一层恐怖。

"回家把门关紧吧。"阿茂道。

二人走上回家的山坡,不想立花十郎太正站在那里。他看着加乃,开口就问:"那家伙来了吗?"而后死死盯着加乃的表情。

"哪一位?"

"不管是谁,到底来了没有?"

"不知道你在说什么……不过,没有谁……"

确认加乃脸色并无异样,十郎太心道,赶上了!还是我走得快。心头大石落地,一路都没有吃饭,日夜兼程从丹波大叶竹原野来到这里,疲惫感终于重重压来。

"我累死了,帮帮忙。"

一听十郎太这么说,阿茂吓得往后退了几步,因为刚才那个女人也说了同样的话。

阿茂本能地避免挨打,但下一瞬间跌倒的却是十郎太。

"一点力气也没有,帮个忙……"他又道。天并不热,跪在地上的十郎太额上却满是汗珠，脸也比任何时候苍白。

加乃伸手去抚他的额头。这在她是自然的动作，此刻的十郎太也等待着她这么做。他的额头冰凉，汗也冰凉。

"你怎么啦，不是去丹波了吗？"加乃温柔地望着十郎太。十郎太从未见她如此温柔，一时心驰，身体动也动不了。

"帮、帮帮我！"他又道。他恍惚中感觉有很多人抓着自己的手脚，把他从地面拎起来。

他被抬到林家，昏睡了整整一昼夜，而后在强烈的饥饿感中醒来。

"啊，想吃饭！"他打了三个大哈欠，神志刚清，就说道。不过自己怎么会躺在这里？

"啊，好想吃饭啊！"说着，才回想起自己是在林一藤太家门口与加乃说话时睡着的。那到底是什么时候的事？好像很遥远，又好像几个时辰前刚刚发生，又好像过去了好几天。

坏了！他突然想到，自己昏睡至今，是多蠢的事啊！他很生自己的气，从床铺上站起来，走到廊下，来到加乃屋前站定。屋内寂无一声。

"能进来吗？"他问。

"请进。"平静的声音。

拉开纸门,加乃已经坐起身。在十郎太看来,她又比之前美了不知几倍。就是为了这容颜,他才放弃难得的建功立业的机会,从丹波赶回到此。

"来了吗?"十郎太像之前在门口时问了同样的问题。

"还没有来。"加乃望着庭园,面无表情答道。语气极静,神思恍惚。

"谁?"十郎太又问。他想知道她说谁还没有来。

"佐佐疾风之介大人。"加乃道。十郎太清清楚楚听到她这么说。

"谁?你再说一遍?"

"佐佐疾风之介大人。"加乃依然没有一丝波澜。

十郎太浑身一凛:"你、你怎么知道,疾风要来?"他十分焦躁。这时心头窜出一个绝望的念头,也许自己做梦时说了呢:"我说过吗?"

加乃没有理会他,完全自言自语道:"还没有来呢,还没有。不过,他一定会来的吧?一步一步,靠近这里。一定,他现在,正一步一步,朝这里走来呢。"

这话令十郎太毛骨悚然。确实,正是如此。佐佐疾风之介正是在靠近这里。虽然不知现在走到了哪里,但可以确定,正在朝这里走来。

(三)

十郎太想，在疾风出现之前，必须把加乃藏到什么地方去，刻不容缓。他费了好大的劲，先说服林一藤太，总算征得同意，带加乃去佐和山看一位大夫。

"马上乘夜船出发。"他说。

"明天走不行吗？"一藤太道。

十郎太坚持："一刻耽搁的工夫都没有啦。"

"我倒没觉得有这么糟糕。"

"不，事态紧急！"说着，十郎太冲出林家，自行去与前往佐和山的船只交涉。又回来收拾加乃所需的日用品。一切准备停当后，他才告诉加乃，要去佐和山。

加乃反对："我不想去。"

"不想去也得去，性命最要紧。"

"不知为何，我就是不想去。"

"别任性！只有活着才能见到疾风啊。"

"本来是可以见一面的，但被你拆散了。"

"过去的事说也没用了。"他又道，"求你了，听我的吧。我立花十郎太求你了。"他跪坐地上，埋下头。他的表情很认真。因为无论如何，都必须把加乃带走。如果不尽快决断，结局不可想象。

十郎太决绝的表情打动了加乃。小谷城陷落时一起逃难，至今已有数载光阴。为了出人头地，为了博她欢心，他已费尽全力。与往日不同，加乃觉得很伤感。

"那就去吧。"她道。但心里却固执地不愿走。不知怎么，总觉得疾风会突然出现在这里。这个念头死死缠住她。

"你肯去，真是谢天谢地！"

"我去佐和山看病，你就这么高兴么？"

"不，你做什么我都非常感谢。"他想，这下好了，不仅自己脱险，加乃也能瞧病。本来只是为了自己才计划去佐和山。不过现在又觉得这样也能使加乃病情好转。想到这里，他都要热泪盈眶了。

不过，加乃又问："是很好的大夫么？"

"大夫？！"十郎太顿时语塞，"佐和山的大夫啊……"他想，无论如何到佐和山之后，自己一定要遍访天下名医。似乎真觉得能令加乃药到病除的大夫就在佐和山似的。

十郎太与加乃去码头时已是黄昏。阿茂与另一位佣人将行李送到船上，一藤太也来送行。

"你就在大夫那里待上一个月吧。"一藤太道。

"我很快就回来。"加乃似乎要出远门似的，心里十分寂寞。

十郎太将最后一件行李搬上船,正准备接加乃登船。突然望见岸上,阿茂正领着一名武士朝这边走来。

十郎太呆呆杵着,望着那武士与自己越来越近。暮色虽沉,但那武士就是疾风之介,似乎已没有任何可怀疑的了。

如果疾风的到来已成事实,那到底会发生什么事?他异常迟钝地思考着这恐怖的一切。但一筹莫展。总之,已经走投无路了。

他的表情因死亡的威胁而扭曲,恐怖与绝望折磨着他。他终于开口:"疾风那家伙,终于来啦。"语气却出奇平静。

"事到如今,做什么都没用了。"他喃喃着,已恢复常态。目光闪烁着,突然跳上船。想起加乃还没上来,又慌慌张张回到岸上,猛地横抱起她,又跳回船上。

船身剧烈摇荡。十郎太抱着加乃,摇摇晃晃站在船上,看去非常危险。不过还好,没摔倒,也没翻到水里去。

"船家,开船!"他大叫。

"快点,快开船!"

但船家不在船上。

"嚷嚷什么哪?"被十郎太的突发举动弄得一怔一怔的船家在岸上问。

"蠢货,快开船!"十郎太又怒吼。他仍抱着加乃,却突然精疲力尽坐在船舷上。因为，佐佐疾风之介已经在岸上，站在船家身旁了。

"疾风啊！"十郎太喊，"你真快！"

"还是你快啊！"疾风之介道。

"正好，刚好赶上啦。快上船吧。"十郎太松开抱着加乃的手。无论如何都只能厚着脸皮继续下去。

"去哪儿？"

"带加乃去看病，到佐和山去。"

"好的，我也去！"疾风之介跳上船。

加乃坐船头，中间是十郎太，十郎太对面是疾风之介。

船家上来，终于开船离岸。岸上的一藤太与阿茂都一头雾水，目送船只远去。

加乃无法抑止身体的震颤。不足六尺外坐着的，正是疾风。她掐了掐自己。不是梦。虽然不是梦，却还是无法相信这一切。

"疾风之介大人。"她轻轻，小心地喊了声。疾风与十郎太都没有作声。二人抱着胳膊，呈对峙之态。

那船载着一名女子，二位沉默不语的武士，在欸乃橹声中渐渐远去。湖上暮霭吞没了这叶小舟，暮气愈浓。

孤岛

（一）

"我知道您今天回来。"加乃打破了三人的沉默。这话自然是对疾风说的。

十郎太为加乃越过自己同疾风说话而生气。

疾风仍然抱着胳膊，不作声。

"一别七载，虽然日日都想起您，可却觉得您越来越远。怎么说才好呢，觉得您远得难以触及。可是今天，却与任何时候都不同，感觉很近。不知为什么，我心口跳得厉害，总觉得要见到您啦……"

她呓语般平静悠缓地说着，越过十郎太传去。十郎太已彻底厌烦。

而疾风闻此仍然沉默。

"疾风大人！"这次加乃的声音已成呼喊。船也左右摇晃起来，加乃似乎站了起来。

"危险，别动！"十郎太在黑暗中朝加乃道。

加乃摇摇晃晃起身，踉跄着，扶住十郎太的肩。十郎太不顾一切握住她的手，抱起她的下半身，让她坐下："不要乱动！掉水里怎么办？怎么这么傻！"几乎同时，船尾传来疾风的声音："加乃！"在加乃与十郎太听来，都出乎意料地遥远。

"到了佐和山，再慢慢说吧。不要着凉，好好睡吧。现在到后半夜，会非常冷的。我也睡啦。"疾风话刚落音，突然一声怒吼划破湖上的沉寂："杀！"

刹那，十郎太浑身一紧。等明白这一声拔刀呐喊是疾风之介发出的时，不由后悔和这么个不安分的人同舟了。

杀！杀！同样的喊声，又响了三次。之后就是死样的静寂。漆黑的夜色又深了一层。

十郎太躺下，虽然不知接下来事态该如何发展，但离天明尚早，只要在这段时间想到收拾复杂局面的方法就好啦。

疾风和加乃似乎也在他身旁躺下了。

加乃突然开口："方才，您在杀什么？"

这一次，加乃的声音仍是从十郎太身上越过。

疾风没有回答。

"不知为什么，我总觉得，自己是不是被你杀了呢。"

"也许吧。"一旁的十郎太道。立刻，疾风叫道："闭嘴，十郎太!"他似乎突然坐起来,但旋即改变想法,又躺下去。

疾风起来的瞬间,十郎太也起来了。疾风躺下,十郎太也躺了下去。不管哪个,都令他生气。真不得安宁!十郎太想,千万不要贸然开口。他双手叠在胸口,轻轻闭目。

不知过去多久,也许是深夜。突然,又一声"杀!"

是疾风的杀声。可怕的声音,似乎足将山石劈开。十郎太浑身战栗。

"疾风大人。"紧接着,加乃又朝疾风开口。十郎太想,这两人都没有睡啊。

"您杀的是我么?"加乃的声音很认真。而疾风仍不予回答,又发出比之前更激烈的杀声。不久,传来收刀入鞘的冰冷的金属声。这一次,疾风才说:"杀了!"

"杀的是我么?"

"也许吧。"

"是我、到底杀的是我么?"

"是的。"伴随疾风简短的回复,加乃的呜咽与橹声一道传来。她的哭泣很低,不时被橹声淹没。

"加乃。"疾风道,"这七年里,发生了很多事。"

"我知道。"加乃不再哭泣,声音比之前更冷静,"我都知道。我想过,如果相逢,也许会这样吧。不知道为什么,我有这样的感觉。可是,能与您重逢,真是喜悦。"

"能见面，很好。"

"您真的，这样想么？"

疾风没有回答，只道："我再杀你一回吧！"

"您刚刚不一直在杀么？"

"也许刚刚没有杀死吧。"

"那么，请您——"加乃嘴角泛起一丝笑意，又很快隐去。

杀！

船身摇荡，听见疾风之介的杀声。已听不见加乃的笑，抑或是哭泣。十郎太一直瞪大眼睛盯着包裹加乃的黑暗，似乎带着几分紫色，正微微颤抖。

（二）

不知何时，湖面晨曦微明。浅黑小舟周围铺开的水面，一丝波纹也无。

彻夜未眠的三人朦胧中刚能看清彼此的身影，就不约而同起身了。

三人都沉默地绷着脸。

"十郎太，找个地方下船吧。"疾风打破沉默。

"下船?!"十郎太道,"离佐和山还有一段呢。这是琵琶湖中心,想下船也没有地方啊。"

疾风道:"那里不是有个岛么?"

"哪里?"十郎太朝前望了眼,问船家,"那是建岛吗?"

整夜默默不停摇橹的船家似乎充耳不闻,头也不回。

"是个聋子!"十郎太咋舌,又道,"那里大概是个叫建岛的无人岛吧。"

"把我放到那里。"

"为什么要下船?"

"我想下去。"

"那里一个人也没有啊。"

"没有也无妨。"

"若是没有渔船靠近,你哪里都去不了。"

"不要紧。"

"你疯了吧。要下去就下去吧。我可不管你,在那儿耗下去会死的。"

"我已经死过很多回。如果怕死,还能在这时代活着么?"

加乃默默听着他们的对话。

疾风想在湖心无人岛下来的心情,加乃恐怕也难以弄清。但这样冲动鲁莽的行为,不知为何总觉得是疾风对自己最后一点情分的表达方式。

她记得，疾风在小谷城时就会有这样孩子气的举动，却又暗含无法言喻的悲哀。他要以这种方式与自己告别，那就由他吧。而且，如果不是用这种方式，即使他拒绝爱情，抛弃她，她也不会和他分开的。

十郎太一脸漠然，从船里起身，抻抻腰，在晨初清冷的空气里略微踽踽着走过疾风之介，去找船家。

他让船家在建岛停船，有一个人要下去。船家一脸"有病吧"的表情，但见十郎太瞪着自己，也就依言调转方向。

"我活不多几时啦，心里很明白。那之后，请将我葬在林家屋后，可以一眼望见琵琶湖的地方。"加乃对疾风道。

"人只有活着最可贵！"疾风突然想起高城山麓那位遍体鳞伤死去的、出身丹波的心地醇美的年老武士的话。

"是的。我也觉得，这世上最可贵的，就是生命。不管多艰难，多痛苦，活着都是……可是，我不行啦。自己心里很清楚。"

"你傻啊！去了佐和山不就能好了吗？"

十郎太依然坐在二人当中，抱着胳膊，面无表情听他们说话。想说什么就说吧，反正再忍耐一会儿就好了。

终于，船停在建岛的礁石之间。十郎太道："疾风，到了！"

"好，那我下去了。"疾风站起身，"好好照顾加乃。"

"不要你吩咐。"十郎太只有在此时，才没有昨夜的狼狈，有些威严地说。

疾风却怒视十郎太："本不该让你活命，是我饶了你。"

十郎太感觉到疾风严重的杀气，有些心慌。为免刺激他，紧紧闭嘴。

疾风从船头跳上一块石头。

真是蠢货，十郎太想。他实在不能理解这位情敌的所作所为，真是个怪人啊。

疾风立在岩石上，十郎太对船家道："快开船，快。"唯恐疾风之介改变主意。当船离开岩石数间远后，十郎太终于松了口气，问加乃："不冷吗？"

加乃目不转睛凝望着疾风之介在石上越来越小的身影。

不论十郎太说什么，加乃都没有回应。

"那家伙，大概会死在那里吧。"

"……"

"岛上也没有粮食，只有鸟粪！"

"……"

"多蠢啊！"

十郎太说话时，加乃浑身颤抖哭倒在一旁。已经不需再顾虑任何人。她哭得肩膀剧烈抖动，咬着嘴唇，强忍着呜咽。十郎太见加乃如此，也就闭嘴。他略挺胸，抱着胳膊，在旁看着加乃起伏的肩。其时，他怒道："别哭了！我还想哭呢！"他第一次对加乃这么凶。很快自己也意识到，忙换了温柔语气道："我说这个并无恶意，你别哭了好吗，太伤身了！"

他突然也改变坐姿，拔刀出鞘，大吼一声。他也模仿疾风，将自己满心难以言明的悲哀情绪一刀斩断。

疾风待望不见加乃与十郎太乘的船后，跳过几块岩石，立在建岛水畔，心里知道，终于与加乃分别了。

内心极虚空，极绝望，无比狂暴。

不想见到任何人，不想与任何人说话。不过想到自己此刻身处的小岛即是湖心的无人岛，作为冷静情绪的场所，实在再好不过。可以在这里自由哭泣、嚎叫、狂躁。他盘腿坐在岸边，视线久久停留在礁石间缓缓荡漾的水面上。

之后该如何，目前他并未多加考虑。只要有渔船靠近，就可以搭乘离开，回到人烟熙攘的地方去。可是他现在并不想回去。如果一只渔船也不来，就饿死在这里也不错。

朝阳最初的光束照射在湖面时，疾风之介竭尽全身气力，嘶吼道："阿良！"

"阿良！阿良！"他呼喊着阿良的名字。并不是因为想念她，而是想驱散加乃执拗的、挥之不去的幻影。

三

镜弥平次坐在廊边,望着自己一手抚养的太郎与附近孩子玩耍嬉闹。其他孩子都比太郎大五六岁。一个孩子撞了太郎胸口,太郎摇摇晃晃摔了个屁股蹲儿。另一孩子去打他的头。太郎求助似的不时瞧着弥平次。

"不许哭,哭也没用!"弥平次总是很凶地瞥一眼。

不惟这日如此,弥平次对太郎一贯如此。他想把太郎培养成毫无依赖心、绝不轻易示弱的人。这可以说是弥平次如今在世上唯一的梦想。他要把比良山成堆尸体中捡回的太郎,培养成不为女色动心、胆色武艺皆古今无双的男人。

近来,弥平次不再出没琵琶湖偷盗掠夺。不过手下还是有几十个壮汉,总是老大老大地喊他。他自己也做些农活,还有各处送来的食物,过得很充裕。

太郎已是第三次朝弥平次摆出快哭的样子。弥平次却想起什么事似的,调开视线,不管他,站起身,走进土间,向后门绕去。

"老大!"村里跑来一人。

"回来啦!"他在土间停下,道。

"谁?"

"阿良啊,阿良姑娘!"

"阿良?!"刹那,弥平次布满刀伤麻斑的脸上,双眼远远望去。而后倒吸一口凉气般,短暂沉默后,又盯着那人问:"阿良是谁?"

接着,大吼道:"告诉她,这不是她回来的地方!"

说罢,弥平次朝后门走去。他想,绝对不让她回来了!两三个月也罢了,一出去就一年半,这种女人不是老婆也不是女儿。

他闯入屋后的竹林,抡起柴刀,劈倒一棵毛竹。好高一棵竹子,稀里哗啦倒在他脚下。

"弥平次!"身后传来呼喊。一听这声音,弥平次一怔。但没有回头,一根一根劈下竹枝。

"弥平次,我回来啦。"

弥平次仍未应声。而他已丧失冷静的证据是——本想砍下竹枝,却将竹竿斜劈两段。

"弥平次。"这一声,字字沁入心头,令他身体吃痛般麻木。

"我不要听到你的声音!"他几乎是咆哮。

"你说什么呀?"

"快滚!"

"要我去哪里?"

"随便你!"

"你别不讲道理哦。我可是好久都没有回来了啊。你这是要干吗?我可要生气了呀。"

他想,多么让人舒服的声音啊。

"一个人,还是两个?"

"什么?"

"你是一个人回来的,还是两个人?"

"当然是一个人啦。"

"当然?疾风怎么样了?"

"那个人?!那个人,大概还活在世上某处吧。"

"你真是傻透了!"弥平次长叹一声,终于望向阿良。

虽然这次她不似前番自长筱回来时那样疲倦。可是一年半未见,她变得极憔悴。眼中毫无生气,只有绝望。

"见到疾风了?"

"见到了。"

"那怎么不带他来?怎么不把他脑袋提来?"

"是啊。"阿良双眼突然失去焦点,直直跪倒在地,"是啊,要是把他杀了就好了。要那样的话,就不会这么痛苦了。把那人的头砍下来,抱回来就好了。唉……我想死。"

弥平次静静看着地上的阿良,听她说想死,顿时变色:

"你想死？"

"嗯，想死。不知道为什么，突然觉得再也见不到疾风了。"

"你若真想死，我成全你。"弥平次大怒，突然摔下砍刀，奔回家，从横梁上取下长枪，甩掉鞘壳，抡了一圈，又跳下土间。他望见阿良跪在地上的背影，全不像她，那么遥远，那么瘦小，那么孤独。

"如何，我杀你了！"弥平次咆哮。

此时，阿良转过头，苍白的面容令弥平次心头作痛。为什么她的脸这么白？

"怎么样，我动手了！"他又吼道。

"你想刺，就刺吧。我也不想活啦。要是能死在你枪下，也许很痛快呢。"

弥平次似乎见她在微笑。那笑容好不凄凉。

"好！"弥平次绝望大叫一声，不知是空喊还是呼唤，躬身持枪，朝阿良一溜烟冲去。

他仿佛受伤的野兽，在阿良一尺远外突然跳开，一头冲进竹林。竹林一阵摇动，他已走得很远。

竹林摩挲有声，渐而静止。里面传来弥平次的声音"回家吧。以后不许再乱跑了"。他依然在竹林里坐着，并没有出来。

风云

（一）

明智光秀在本能寺突袭主君织田信长，是天正十年（1582）六月初二清晨的事。

织田信长自尽。二条城一片火海。织田信忠自尽①。一连串惊天动地的大事件，在这日午后就传到琵琶湖一带。

三骑武者急往佐和山报信，沿琵琶湖南部平原的大道飞驰，到达佐和山城，正是当日未时（下午两点至三点）。

该事件对靠近叛逆者明智光秀领地的佐和山而言，不啻巨大冲击。

以丹羽长秀为首的重臣无不大惊失色。虽然不得不迅速作出佐和山城对此突发新事态的决定，但织田信长死后，天下形势必陷入混沌，无人可测。唯有一事可确定，即迄今为

---

① 即本能寺之变。1582年公历6月21日（农历6月2日），织田信长家臣明智光秀谋反，突袭宿在本能寺的信长与继承者信忠，命其自杀。

止的统治者织田信长,平定全国之霸业中途而断,骤然辞世了。

织田信长麾下诸将动向亦杳然无知。料想有大动乱,初三夜以来,京都及附近地区不断有逃难的妇孺,三五成群涌入佐和山城外的街市。在此前后,明智光秀在京都拜领征夷大将军,光秀为织田、明智两军战死者在阿弥陀寺主持追悼法事,明智军前往占领安土城等消息亦由几位骑马武士传递而来。

初五日,从安土城逃来的大批武士与难民,活灵活现描述起明智军占领安土的情形。守卫安土城的蒲生贤秀①弃城返回日野城,也是可以理解的。

安土城已落入明智家之手。如今,佐和山城必须尽快决定,是与叛逆者明智对抗,还是与之暗通款曲。

佐和山城主的态度是,暂时弃城,等待织田军部将联合起来,再与明智军决一死战。此行为乃是丹羽长秀为报答织田家多年恩遇。

是夜,明智光春已进驻安土城的消息在佐和山城下掀起可怕的浪潮。除丹羽长秀外,尚有一人从一己立场做出完全

---

①蒲生贤秀(1534—1584),战国时代武将。六角氏重臣蒲生定秀长子。1568年,六角氏为织田信长所灭。贤秀以长子蒲生氏乡为织田家人质,自为信长家臣。信长以女冬姬许氏乡。1582年,本能寺之变。守卫安土城的贤秀为保护织田家女眷,迁回日野城。

独特的决定。这就是立花十郎太。

他想，这已是明智一家的天下。信长已死，京都平定，安土城陷落，织田军已不值一提。若佐和山仍犹疑不决，后果不堪设想，必鸡飞蛋打。争取只在今朝，且不容一刻迟延。

佐和山城也罢，城下街市也罢，主君丹羽长秀也罢，上司也罢，同僚也罢，他毫无眷恋。回想长筱之战后入仕以来，已为佐和山城鞠躬尽瘁，却不过只得了十一人半的部下而已。说半人，是因为有个十二岁的小毛头。要成一国一城之主，恐怕遥不可及。若无眼下巨变，恐怕也没有什么盼头吧。

"喂，今晚就出发！快准备！势不容缓！"他睁大充血的眼睛，喝令部下。而十一人半们也不知要去哪里。

"到底去哪里？"一人问道。

"去哪儿我也不知道。沿着琵琶湖朝西走吧。"其实，十郎太也仅知道这些。大概明智军正在各处招兵买马吧。既然要投奔明智军，那一定得谋个条件最佳的好去处。

"这到底是要去做什么？"又一人问。

"做什么？！不用打听。跟我走就行，这就是你们的追随之道。"

十郎太对部下绝对专制。部下就是用来打压、威吓、指使的，他坚信这一点。

他命部下各自背上甲胄箱，带好刀枪，趁夜从家里出发。他想，只要出了佐和山城，之后就不要紧了。如果有人在城内叫他，不管是谁，一律砍死。他抽刀在手，所幸未有什么人声。

离开城下街市，走入湖岸松林时，他收起刀，小声道："这次，我肯定要高升啦。"想想自己虽然数番入仕，但这次与过去不同，可有了十一人半的部下，不再是地位低下的小兵卒了。他心里颇为满足。途中警觉驻足，朝背后的黑暗叫道："作十朗在吗？"

黑暗中传来回音。

"次郎在吗？"又问。他依次点了十二人的名字，有两人不在，似已逃跑。

"你们走我前面！"为防逃脱，他命部下在先，拼命催他们快走，去往湖岸明智军的势力范围。推动时代大幅运转的主轴中途折断，波诡云谲的风云中，立花十郎太双目炯炯，挺胸前行。

离开城下一里，夜色中望见琵琶湖水面的微光。极短的瞬间，十郎太心头冰凉地划过一丝伤感。因为想到了加乃的死。

距今整整一年，去年夏天，加乃在佐和山十郎太家中过世。到佐和山后，加乃卧病不起，全无好转之望，但十郎太还是竭力为她做了能做的一切。一年半左右的将养后，加乃短暂不幸的一生至此结束。

十郎太清楚记得那一日。大夫说，就在这两天，恐怕不好了。于是十郎太一早便不离加乃病榻半步。夏季寂寥的黄昏，夕光苍茫，弥漫于中庭花树。

"这么长时间，多蒙您照顾。我与您之间，究竟是何因缘呢？"加乃的语气略微反常。

"虽不知是什么因缘，但我喜欢你。不过，到底没有博得你的喜欢。"十郎太对临终的加乃感慨。

"我并不讨厌你。"加乃道。

"也许是不讨厌吧，但也没有喜欢过。"十郎太强调，加乃并未回答，只道，"不要再说这些无用的话啦。我，也许就要死了。只想念着你的事而瞑目。"

"念着我的事，为什么？"哪怕是说谎，十郎太还是希望能听到加乃一点有感情的话。加乃道："我祈祷您出人头地。希望您出人头地！"语罢，她无限温柔地望着十郎太，嘴角浮起一丝微笑。温驯、安静的笑意。

十郎太移开视线，望见庭中植物在风中簌簌摇动。长风徐来，而映入他眼中的风景，却远离现实般寂静。

"加乃！"当视线回到加乃身上时，她已停止呼吸。从那以后到今天，十郎太一直身处失去色彩的世界。但他一直想着加乃祈祷他出人头地的话。

他走在路上,又想起与加乃、疾风三人同舟自坂本去佐和山的暗夜。

"加乃、加乃、加乃、加乃。"他心中呼唤着加乃的名字。因为这里是加乃安息之地,故而十郎太对佐和山有难以言明的眷恋。

"等等!"他道,说罢回望佐和山,一星灯火也无。

"好了,走吧!"他喝道。在心中道:"就此别过!"不知是对佐和山城,还是对逝去的加乃说。

之后,十郎太步速飞快。半个时辰走二里。中途只略休息一回,命部下穿好甲胄,自己亦武装妥当。命一名部下扛旗,上书潦草大字:"投奔日向守大人麾下立花十郎太。"夜色渐隐,这些字样逐渐在初夏清晨的晓光中明晰起来。

一行人又少了一个,连上十郎太共九人。

这群莫名其妙的人,为迂回避开安土城,匆匆向西而去。他不愿充当安土城的守备部队,因为与战争无缘,不是肥差。既然要入仕,不做明智光秀的直属部队岂不太亏。

（二）

明智光秀居住的坂本城,上下一片混乱。满眼血丝的武士们涌入城外市街。大小部队不断出发，不知去往何处。又有大小部队，不知从何处抵达坂本城下。

那日风很大，湖面波浪起伏，尘沙不断卷向城南。街中民家无一不紧闭门户。尘埃渗入门窗缝隙，沙沙地落在草席上。

初六夜里，立花十郎太听说，明智军的武将荒木行重已进驻佐和山城，妻木范贤进驻长浜城。当他来到坂本城的招兵所时，跟随他的部下只余六名。

活该，笨蛋们！他眼前浮现出佐和山城的混乱场景，心中暗道，天下真是要尽入我怀中了。丹羽长秀麾下诸将，对时代变动有敏锐感知的，也只有自己一人而已嘛。

他与六名部下一同躺在招兵所（其实只是个寺庙）的草席上。那里已有几人睡着了，无畏的脸上犹有汗滴。有人穿着盔甲，有人背着甲胄，也有未作武装的，各色各样。还有一人仅持一柄竹枪，不知是武士还是农民。

只有十郎太一人醒着。

"必须发达！打仗！打仗！"兴奋令他稀疏胡须中露出的皮肤异常苍白，双眼也睁得非常大。

"立花十郎太大人！"突然，门口有人叫他名字。迄今为止，对别人都直呼姓名，唯独称他作"大人"。

"哦。"他吼叫似的答应，站起身，被带到一条长廊外的内室。十余位武士都坐在折凳上。

"率部下来的是你吗?"一人问。

"正是。"十郎太颇为傲慢。

"你叫什么。"

"到昨日为止,尚是丹羽长秀的家臣,立花十郎太。"

"希望你听从分配。"

"但凭吩咐。"

"有什么特别的要求么——"

"没有别的。只是不要做留守部队,要去第一线。"

"非常感谢您挺身而出,请休息到明日早晨。"

问答就这些。十郎太离开,一位年轻武士被叫进去。

"报上姓名和年龄。"

"过去休息吧。"

十郎太听见背后这些对话。他们的言辞只是对十郎太与众不同,他对眼下的情况很满足。

他的休息间也与别人不同。他被带到离寺庙半町远的一户农家。他对带路的武士颇傲慢地吩咐,命他将部下都叫到这里来。

约略过了半刻,六人都来了。十郎太让他们睡在土间铺着的席子上,自己独宿客厅。半夜,十郎太被人声吵醒。

"请您在这里休息!"

话音刚落,纸门便拉开,一位武士被引入。十郎太想,大概也是和自己一样破格应征的武士吧。

"打扰了。"这话显然是对先到的十郎太说的。十郎太对他的语气不甚满意,加上懒得动,就装睡,未回答。那武士在十郎太身边躺下,十郎太再度入睡。他又醒来时,见客厅不知何时又来了四个武士。窗隙透入的晨光照得屋内影影绰绰。十郎太无意瞥了眼自己身边的武士。发现自己睡在草席上,而他旁边那位武士却睡在被褥上。这实在是破格又破格。环顾四周,除了这位之外,谁也没有被褥。

十郎太不由有些恼恨。想看看到底是何方人士,便稍稍起身,觑了眼那人,不免大惊。

"疾风!"他脱口道,又立刻闭嘴,坐在草席上长长喘了口气。怎么又和他见面了!

这时,对方也睁开眼,伸了个很大的懒腰,也蓦地坐起来。

疾风似乎也很意外,盯了十郎太一会儿:"你改变念头了?蠢!"他道,又躺了下去。

十郎太不知此言何意。只是对此前的情敌又生出敌意。但同时,加乃已不在世上的悲哀又令他缄默。他狠狠盯着疾风,沉默良久。

"说点儿什么吧,十郎太。"疾风道。

"加、加乃死了!"十郎太道。

"我知道。昨天去林家后院看到了墓。不过我也不意外,已经预料到了。之前见面,我就知道,她快不行了。"疾风略作停顿,又道,"加乃也死了,我也会死,立花十郎太也会死。大家都会死。"

疾风之介的言辞并无感伤抑或感慨。只如一阵阴冷怪风。

十郎太心道,胡说八道!他说:"我不会死。"

"不会死?!你到这里,没有想过死?"

"怎么能死?"

疾风沉默许久,又道:"真是蠢到家了。"语气并无轻蔑,也无愤怒,"明智会失败的吧。可能不堪一击。"

"被谁!"

"那就不知道了。看吧,不会超过十天的。"

疾风之介的话令十郎太感到强烈的不安,浑身热血凉到脚尖。

三

镜弥平次听传言纷纷,有说快到明智大人的天下了,有说天下将一分为二,大战就在眼前。于他而言,这些都仿佛与自己不相干。这一日,弥平次在丘陵山坡梯田里耕作。他穿着下田劳作的装束,很合身,看去就是一位地道的农人。弥平次很喜欢种地。深翻黝黑的泥土,这活儿与他性情很相符。不需费什么心,也不需与人说什么。只要沉默动手就可以了。似乎是上天给弥平次安排的生计。

"爹爹!"远远传来太郎的声音。这个六岁的孩子的任务是来叫他吃饭,或者给他送便当。弥平次默默转向声音的来处。虽然想说点什么让太郎高兴的话,但总是想不起来。只好常常沉默相向。

他看见太郎后面跟着的是阿良。她平常很少到田里来。因为弥平次不喜与人打交道,寡言少语,她也变得不爱与人交往,话也很少。这不可思议的一家人只有早饭晚饭时才聚在一起,弥平次与阿良都不怎么开口。只有那正当可爱的六岁的太郎,在沉默的两人膝上玩耍。

弥平次虽然不说什么,但心里觉得与阿良和太郎三人的生活很快乐。这样安宁的幸福,在其他地方是不会有的。他把阿良当做大女儿,把太郎视为小儿子。不过阿良却将弥平次视为父亲,将太郎当做自己的儿子。太郎呢,则唤弥平次为爹爹,唤阿良为母亲,并且是真这样认为。虽然三人各持己见,却也没有什么不自在。

若说弥平次还有什么放心不下的，便是阿良偶尔还是会面露哀愁，怔怔望着庭中树梢。每当此时，弥平次就知道，她是在思念疾风之介。他一见她如此，便心神不安。不过，他的情绪掩藏在布满伤口的、没有一丝表情的面孔背后。没有人能在他脸上发现一丝情感的阴翳。

"爹爹！"太郎的呼唤比之前更响亮，不多时，就见他爬上田埂，朝这边奔来。弥平次三两步上前，抱起他。

"怎么不叫姆妈一起来？自己就跑来啦？"他语气十分慈爱，没有一点责备的意思。这时，阿良缓缓走近。

"弥平次！明智的武士过来，问你去不去做事。"

"明智！"弥平次道，短暂沉默后，面部略有抽搐，简短回答，"赶走！"

"我侍奉的浅井大人已经不在了。"弥平次发现阿良的表情与平日有些不同，他望着她，只听她道："我其实，希望你去呢。"

"为什么？"

"倒也没什么原因，只是希望你去。"

"我已经厌倦做武士啦。"

"我知道。既然不喜欢，就去看看好了，马上罢手也行。"

"怎么突然说这些？"

弥平次语罢，阿良默然片刻，道："不知为何，我总觉得，疾风在那里。"弥平次一愣，瞥了眼她。心道，你说了我不爱听的话。

"听刚刚那个武士说，坂本城现在也有不少从前浅井家的家臣呢。"

"有没有我不知道。反正又去明智家效力的不是什么好人。"

见弥平次不为所动，阿良便道："那就算了。"

那就算了——弥平次忽而心慌起来。因为阿良这么说，不知道是什么意思。

"太郎，回去啦。"阿良唤道，说着就要回去。

"等等！"弥平次近于慌乱地叫道："别胡来，知道么？"

"胡来也好不胡来也罢，反正去做我要做的事情。"

听阿良的语气，似乎又执拗起来。弥平次想，这下又麻烦了。

"傻姑娘！太郎不可爱么？你不是太郎的母亲么？"弥平次一边说，一边想着对策。疾风在不在坂本不知道，反正不能让她靠近可能离他那么近的地方。

"疾风不会傻到给明智效力的！他性格那么坚决，不是还在丹波跟明智军作战了么？明智是他的敌人！"

"在丹波确实是把明智当敌人的。可是，他才不分什么敌我呢。这些事本来就一团乱！在丹波的八上城时，他跟我说过哦。"

"说什么？！"

"桔梗纹的旗真不错啊！他就说了这么一句，可我怎么也忘不掉。"

"赞美敌方的旗帜？"

"是呀。我想，他到底是流着明智家的血呢。那时候——"

"乱讲。"

"如果，他还活在世上，此刻，他会为明智家献出生命的。"阿良语气虽低沉，却足令弥平次心寒。他想，恐怕已经很难改变她的主意了吧。

"好吧，我让谁去调查一下。你就别自己去坂本了。"他说。

阿良没有回答。不知她有没有理解弥平次的妥协，只是默默立着。这时，弥平次也忽而觉得，那个武艺超绝的年轻武士，可能真已投身明智阵营。那个骄傲的人，如果真活着，确实也做得出这样的事吧。

呐喊

（一）

一连两日细雨，过午方晴。南面天空现出一角青空，洒下几缕阳光，照耀着湿润的山坡。天一晴，真正的炎夏也要来了。雨天不能下地，弥平次坐在没有生火的炉边，悠然盘腿坐地，望着廊边玩耍的太郎。

这时，阿良手提着裙裾，跃过前庭的水洼，冲进土间，喊道："弥平次！"看她的样子有些不同往日。

"刚刚东平回来了。疾风果然是去明智军中了，现在就在坂本。"

弥平次派出几位年轻人去查明疾风是否真在坂本，东平即是其中一人。弥平次本来尚存侥幸，但如今阿良的预感成为现实，不由烦恼。面上虽无波澜，心底却很烦忧。

"那又如何？"弥平次声音低沉且有力，他本想故意不理会，但阿良并无所动，神情坚决："我要去坂本！"

"你知道他在坂本哪里?"

"不知道。东平只说,到处打听,才遇到一个人说听过疾风的名字。"

"东平这个笨蛋,这事儿可靠么!"弥平次切齿,心里恨他多事。

"我要去!"阿良又道。

"不行!"弥平次怒道,"坂本有好几千武士,乱成一团。你这么过去就能找到他吗?等派出的其他几个人回来再说吧。"

阿良脸上掠过一丝悲伤,显然不服,赌气不说话。弥平次还以为她要负气跑掉,却意外顺从地走回土间,回自己房中去了。弥平次见她如此,真觉这既非妻子又非女儿的美丽女子实在可怜。

又过了一刻,第二个年轻人回来了。这回的报告比之前具体些。说疾风之介加入明智部将御牧兼显的一支队伍,昨夜已出发进京城。

很快,第三人也回来了。他虽没有带回疾风的消息,却有新消息,称以羽柴秀吉为中心的织田联合军从姬路出发,正在东进途中,将在京都郊外举行大战,不在明天就在后天。因此坂本城外一片混乱,部队也不断向京都进发。

第三个年轻人离开后,阿良十分平静地问:"弥平次,不一起去看看么?"

"去哪里?"

"把疾风救出来。"

弥平次瞠目结舌,默然抱着胳膊:"我觉得明智会败的。"

他从未见过阿良如此苍白的脸色。

"疾风总是待在失败的那方,这次应该也一样吧。"阿良道。弥平次一直静静盯着她。渐渐,眼中出现嫉恨与痛苦来,突然吼道:"明智肯定要败!弑主之辈焉能得胜!"

"败得七零八落,那个人又得在战场徘徊游荡……"阿良仿佛看到疾风的身影,自言自语道。又突然仰起脸:"弥平次,求求你!我无论如何都得把疾风救出来。你陪我去吧!"

弥平次见阿良白净的手攥着自己的衣襟。但他仍然沉默。

"你不去么?不去的话,我一个人去!"阿良瞪他时,他终于开口了:"几万大军厮杀的战场,你一个女人怎么行!"

"所以我才求你陪我去。"

"我才不会去!"他又甩手道。

阿良脸上血色渐无。即使自己能孤身闯战场,也没有救出疾风的自信。长筱之战时,八上城陷落时,自己都只能徘徊战场，连疾风的影子都没有找到。如今与之前都不同，是决定天下形势的大战，她希望能多一个帮手。

"弥平次，求你了。"她拼命坚持，无论如何都要打动弥平次的心。

而弥平次也只是面无表情望着阿良。他第一次听到阿良居然说出"求你"这样的话，换了个人似的。这时，阿良突然"啊"地叫了一声，霍然起身："算啦，弥平次！"

她取出怀中短刀，抽出来望了望刀锋，又迅速收鞘入怀，摇摇晃晃离开弥平次。

走出土间五六步，她回头道："弥平次，太郎就交给你啦。"

弥平次仍然怀抱胳膊，面上无波。他想，阿良迈出门槛后，也许再也不会回来了吧。她是抱着必死的念头离开的。要是想死就去死吧。她也不是我什么人！不是老婆，也不是女儿！要死就去死吧！

这时，阿良跨出门，走出土间。待她的背影消失在薄黯的夕光中时，弥平次也没有意识到自己已经站起来了。回过神时，他缓缓跌坐在围炉边，大大呼了口气。强烈的孤独感无情地包裹了他。

不一会儿，他突然发狂似的站起来，从架上取下长枪，呆立片刻，塑像般一动不动。很快，突然跳进土间，摘下门口柱子上挂着的螺号,吹响。两遍,三遍,螺号声震动山谷村落黄昏寂静的空气。少顷,跑来村里一位年轻人:"老大!"

"抱歉,我要请你们帮忙!大概两三天不能回来。你们先去准备,然后集合!外村的人也要联系上。集合处是在坚田后山的一棵松。明天正午碰头!"

随后,将太郎托给邻家老妇人,只道一声"交给你了",便走出土间。他腋下夹着长枪,为追上阿良,在村中坡道朝着湖边飞奔。

(二)

奉织田信长之命攻打中部地区的羽柴秀吉在备中时听闻本能寺之变,立即与敌方毛利氏讲和,鸣金收兵。初六日迅速返回自家阵营姬路城。而后率兵一万,昼夜兼程东进,十一日赶到尼崎,于此宣布为旧主复仇迎战,联络附近武将,开拔决战地点山崎街道。

翌日,第一队高山长房率兵二千,第二队中川清秀率兵二千五百,在山崎驿附近宿营。第三队池田信辉领兵四千,并羽柴秀吉一万大军自天神马场至芥川安营。秀吉则驰马前往富田。

与之相对,明智军布阵要晚半日。为迎接明日决战,驻守洞岭的第一队斋藤利三率兵二千前往山崎,第二队阿闭贞秀、明智茂朝领兵三千,预备队右翼藤田行政、伊势贞兴等领二千兵马,预备队中军明智光秀率兵五千,预备队左翼津田信春、村上清国带兵二千,并山区支队并河易家、松田政近等二千人马,均于是日黄昏布阵完毕,备战羽柴军。

天亮时,即是天正十年(1582)六月十三日,一早,盛夏骄阳就灼烧着决战战场。两军对峙,直至午后,也未见何时战机成熟。

十郎太被安排在明智军第二队部将阿闭贞秀军中。天亮以来,他不知为何有些不安,这是以前从未有过的。午后,他将部下召集至离队不远丈高的夏草丛中。聚来的仅有四人。

"只有四个!其他人呢?"

"一早就没见影儿。"一人答。必是逃走无疑。离开佐和山城时原有十一人半,而今只剩四人。

"听好,专拣敌军的大头儿杀,别管杂兵!"他和往常一样吩咐道,不过自己也无甚信心。

从那时起,敌阵兵力不断增加,后方似有部队源源不断增援。十郎太每一次观察敌营,都觉旌旗仿佛变多了。

将近申时（下午四点至五点），疾风来找十郎太。他在右翼军御牧兼显麾下。

"十郎太，也许我们就此永别了。"疾风走近道。

"今生永别！别说不吉利的话！你死不死我不知道，我是不会死的！"他加重语气，"死，不能容忍！"

"谁都不想失败，但就兵力而言悬殊明显。好啦，多多保重！我回去啦。"语罢，疾风之介与十郎太目光交汇，安静地笑了。走出两三步，又低声笑说："我也曾想把你杀掉呢！"

十郎太想，我也想把你杀掉。长筱之战的夜里，已经互砍过一回。不过十郎太并没有说出口。因为破天荒，他居然想和疾风聊点什么，便道："这就回去了吗！"

"得回去啦，大战就在眼前。"疾风抛下这句话，小跑着冲下夏草萋萋的山坡。

此后不足半刻，战争拉开序幕。眼见敌方诸部队全线开进，十郎太所在的阿闭部队也下达前进的命令。阿闭队与斋藤利三的部队并列前行，朝敌方第一队——高山长房军逼近，一步一步缩短距离。

两军仅隔一座小山头时，敌阵中率先爆发出惊天坼地的呐喊。与此同时，十郎太也与每次进攻时一样，高举战刀，朝山头顶端挺进。他前后左右皆是杀红眼的武士，形成黑色的洪流。异样的嘶吼在他周围盘旋,将他席卷。

小山顶端,两军初见。刹那,数千武士纠缠一处,厮杀不休。至此,战斗全面开启。淀川与天王山之间广阔的平原,到处都涌起刀枪军鼓的轰鸣。呐喊与枪炮撼动草木茂密的原野。只有天上飘浮的白云纹丝不动。

朦胧望见远近飘摇的数百面旌旗,仿佛芒草穗子一般。十郎太在山坡上拼命跑上跑下。

战争开幕后,十郎太一方暂处优势。斋藤、阿闭两队很快击垮敌方高山队,追敌三四町远。二阵中川清秀之队复来进攻,顷刻又大败。

此前的不安已烟消云散。十郎太不知何时已开始全心寻找大将头颅。他砍死几名杂兵,尸体连看也不看。

敌方不断补给军力。当敌军夺取天王山的叫喊远远传来时,明智军第一线部队的武士们心头都笼罩上不安的暗影。不久,敌方预备军的大部队密密麻麻来到一二町远的前方时,暗影已扩散可怕的阴云。

俄而,左翼军掀起敌军呐喊。十郎太此刻正要靠着松树喘口气,无意中看一眼,惊呆了。战况顷刻已完全扭转。自己所属的阿闭队不必提,连明智茂朝、斋藤利三队也已腹背受敌。十郎太张望的当儿,己方阵形已全线崩溃。仿佛巨大波涛拍碎在岸边,急速无情地消散。

这下坏啦！十郎太离开松树。已无暇顾及什么大将头颅。他冲上半町远的小山丘，在那里环顾四周。这自然是在寻找逃跑路线。但眼底所见，除了绝望再无其他。到处都布满敌方的部队，包围圈内，已方将士溃败、逃窜。

"我必须活下去。"他强自镇定，口中轻道。而后，当他选定逃出包围圈的方向后，便没命地冲过去。

然而在那里也遇到分散的敌人。途中只好改变方向。可是没走出半町，又改变方向。

这下坏啦！他叫了几次。心想还有何处可逃。然而除了登天，已无别处可去。

突然，眼前出现几个武士。十郎太砍倒当中一个，继续跑。几个人紧追其后。十郎太站定，又砍倒一个。此刻，自己右腿也深中一刀。

坏了，这下可能要死了！

他一边向前倒，一边想道。站稳后又开始奔跑。前方五间远处有两三百名武士呐喊着冲过来。在他看来，直如无数恶鬼扑食自己一人的地狱图景。

十郎太仓皇止步，意欲转身。而身边又窜出十来个武士，毫无疑问是奔着他来的。

不行！无论如何都得活下去！活着才能出人头地！

他胡乱舞着刀，狂奔不已。回过神时，周围已全是敌人。十来人持刀将他团团围住,另外几十人似乎在休息,或坐或立,静得瘆人。

十郎太环视周围,遍地尸体。

必须活下去,活下去!他一边舞刀,一边想。已感觉不到疲惫与腿伤的痛楚,但脚下踉跄,不留神就被尸体绊倒。

他眼前突然想起加乃洁白的颈子。又幻化作白皙的肌肤,向他眼前扑来。

加乃!他刚要喊出声,肋下一记猛烈的冲击,枪头扎了进来。

他带着扎在身上的枪,走了五六步。

一定要活下去!活着才能出人头地!

他一头跪地。

不要死!我必须活着!

这时,十郎太看见加乃的笑脸。仿佛加乃就立在跟前,脸上带着温存的笑意。

肩上又一记猛烈的击打。

我必须活……

他向前扑倒。

必须出人头地!出人头地……

此刻,他已身首异处。

三

明智军第一队、第二队一旦崩溃，左右翼预备队即发往前线。会战进入第二阶段，虽已呈拉锯战的殊死搏斗之势，但当羽柴军的预备队自后方冲来时，明智军败象已很明显。

右翼部队的部将御牧兼显为使光秀退守胜龙寺城，领二百残兵，将狂涛般的敌军引到自己跟前，其时战场已薄暮。真是不可思议的光景。明智军全线溃败，武士们败走胜龙寺城。人马如潮水般奔逃退散。只有御牧兼显的二百余人部队，在败走大潮中逆流而上，从战场中心杀向敌阵。二百武士个个咬牙切齿，野兽般咆哮着，顶着足以粉身碎骨的波涛，孤注一掷，继续前进。这是向死而战。

佐佐疾风之介，就在这敢死队中。

"今日，就请献出生命吧！"御牧兼显召集残存武士时，这样说。疾风心中也并未多大动摇。

而后，御牧兼显跃马当先，疾风紧随其后。那时，跟随或不跟随，都只凭自我选择，形势一片混乱。

他们周围到处是己方败走的洪流。他们混杂其中，或转投人潮，或跟随御牧兼显继续无望生还的突击，都只看各自取舍。

疾风望见御牧兼显身后的两杆矗立的桔梗旗，划破黄昏战场的空气。已不再是能引起人激情的东西，飘摇得那样寂静。

下一秒，疾风之介又开始奔跑。与两百放弃生命的武士一起，奔向死亡。这短暂的时间里，真是不可思议的充实、宁静。

转瞬之间，两百生命就飞身黑暗的波涛之中。

疾风在一支部队当中挥刀突围。刚杀出一处重围，很快又出现新的部队。两百武士很快被敌军冲散，很快四分五裂，相继倒下。

疾风与一位武士扭打在一起，头向下栽入沟中。恍惚中隐约感觉几百兵马从头顶跃过，好似一阵狂风。

恢复意识时，他仍抱着那武士。松开手，对方已经不动弹了。

左肩剧痛。一摸，原来被短刀深深刺入。是互相刺了一刀再滚落还是滚落后才被对方刺了一刀，他也不清楚。

总之，他意识到自己仍然活着。不过也知道自己遍体鳞伤。朝痛处一摸，都是血肉模糊。

在沟中躺着的疾风，只望见头顶的夜空。其余什么都看不见。黑暗的天空仿佛一块木板，缀满夏夜的繁星。

疾风之介久久躺着，一动不动。伤痛与激战后的疲劳，使他无法动弹。

活下去也好，就这样死去也罢，他什么都不想。刚刚那二百武士恐怕都已死了吧。也没有涌起什么感慨。敌方数千人马，在短暂的今日，也在这片原野丧失了生命。他们的尸体，会被冰冷的夜露濡湿，横陈于深不见底的黑暗。

疾风终于爬出深沟。胜龙寺城的方向一片火海，映红半边夜空。爬到地面时，无边旷野有时仍传来阵阵呐喊。

残兵败将即使赶回胜龙寺城，恐怕城池也守不到明天早晨。明智家至此难逃灭亡之命运。恐怕再也不会看到地上有桔梗旗的影子。疾风想，正如浅井家、武田家、波多野家的覆灭一般，明智家也要灭亡了。

他摇摇晃晃走着。迄今几度大战后都有的虚脱感，再次俘虏他的身心。

他突然决定，继续朝前走去。虽然不知自己的生与死，但只要生命还在继续，就必须朝前走。

战国的风

（一）

疾风！

疾风好像听见有人喊自己的名字，停下脚步。也许是听错了吧。

疾风！

不知哪里又传来呼唤。不过可以肯定，叫的正是自己的名字。与他长筱之战后一样，也是这样无边的暗夜、也是这样身负重伤时听到的呼唤一样。

他想，是阿良吧。自从那之后，他曾去过一趟后川村。但除了知道八上城陷落后不久她就离开村子之外，别无所知。

疾风为了与阿良一起生活，才与加乃告别，停留在琵琶湖的孤岛。与对加乃的感情不同，他对阿良的感情，应当叫做爱情。

疾风!

这一次呼唤比之前的似乎要稍稍远去一些。疾风呆立在暗夜中,听着那清脆、澄澈、纤细的余音,湮没于新战场幽深的黑暗。

疾风没有回应。因为心中尚有踌躇。

方才从沟里爬出时,站在遍布双方尸体的原野一隅,觉得自己尚有一事未了,必须要做。这样想着,才迈出沉重的一步。必须要做的事是什么?自己也不太清楚。而刚刚听到阿良的呼唤时,才知道身负重伤、濒临死亡的自己正是在向哪里走去。

不是阿良。确实不是阿良。

他是拼尽全力,要往坂本林家后院走去。那里长眠着加乃。他不是想把那里当做自己唯一的安息之所么。他不是想在最后的时刻,静静躺在加乃身边么?

疾风!

这一次,那声音比之前更遥远。疾风默默蹲下身。这时,忽而觉得左手无力,右手一摸,左肩还在流血,胳膊上血如泉涌。左臂顿时失去知觉,像一根棍子耷拉了下去。

疾风!

这一次呼唤近得令人吃惊。但不是阿良的声音,显然是男人的粗声。疾风一惊,到底是谁在喊自己?

"噢!"他下意识哑着嗓子答应了一声。

"疾风之介吗?"那声音靠近了。

"是的。"疾风答。

"是我,镜弥平次!"两间远的草丛中沙沙响了一阵,确实是记忆中弥平次的声音。他在一间远外站定,不再往前。二人在黑暗中沉默对峙良久。疾风突然感觉周围有一种异样的杀气,不由向后退了两三步。

"要来吗?"他脱口道。虽黑暗中紧张尚未缓解,但到底有所松动。

"啊哈,哈哈哈。"弥平次纵声大笑,冲破四围静寂。

"杀你做什么!杀你!"说着弥平次又笑。疾风之介感觉他身边的杀气已消散。

"受了重伤啊。"弥平次道。

"是的。"

"帮你一把好了。"弥平次说罢,吹响螺号。新战场血腥的夜晚飘荡起的螺号声如此不同。仿佛是从灵魂深处涌起的凄清与辉煌。号声散去,疾风感到弥平次伸手过来,触及自己的身体。

"你这人真傻,可给人添麻烦。"

疾风感觉到弥平次坚壁般厚实宽广的身体,松木般稳健粗糙的手腕。而他的声音又是疾风平生从未听到过的温暖。

疾风半靠着弥平次的肩，在夏草中行走。

"去哪里？"疾风问。弥平次没有作答。有时停下来吹响螺号。又一次驻足吹响螺号时，一个男人从黑暗中靠近："老大，找到了吗？"很快，不到小半刻辰光，黑暗中聚拢了一群听候螺号召唤的人。他们在弥平次与疾风周围，默默走着。

疾风不清楚他们要带自己去哪里。唉，他想看一眼琵琶湖。趁着一息尚存，还想看一眼琵琶湖。看一眼长眠着加乃的琵琶湖。这个念头在不时昏迷过去的疾风心头盘旋。

"弥平次！我想去坂本。"他终于开口。不过弥平次没有理会。突然，弥平次站定，一直昏睡的疾风也醒过来。

"弥平次！我感激你的恩情！"正是阿良的声音。

"恩情？！说什么傻话。"弥平次只答了一句。

紧接着，疾风感觉到阿良温柔的手，在自己身上到处乱抚："疾风，疾风，疾风！不要死！活下去！活下去！"

阿良拼命呼喊，在他耳边回荡。弥平次从旁低声喝道："别嚷嚷，这里是战场。"一群人又继续朝前。

疾风仍在弥平次肩头摇摇晃晃。偶尔听见呐喊声，远远地从胜龙寺城飘来，混杂着零散的枪声。仿佛永无黎明到来的长夜，重重压在这群在遍野横尸中穿行的野武士头顶。

二

胜龙寺城上的天空燃烧作一片可怖的赤红。城陷时的大火,又或是营地的篝火?总觉得有什么不寻常的异变发生。依然有喊声与枪声接踵而来。有时因为风向,还清晰传来什么人临死的哀号。

弥平次一行遥望胜龙寺城的混乱情形,一直走在平原上。好容易走到桂川岸边,月亮才迟迟露面。他们乘两艘小船渡河。河流右岸到处都有追逐者与被追赶者,偶尔传来惨叫与怒吼,混杂几声枪响。一片凄厉的夜色。

他们在下鸟羽①弃船登岸,取道往小栗栖②、醍醐③而去。道路转入山中时,不安的阴影笼罩了他们。到处燃着篝火,成群的败兵,羽柴军的追击部队,还有炸开的蜂窝般纷起的各种农民暴动团伙,都在他们前后左右潜伏着。

为从当中悄然通过,弥平次等人不得不走走停停,偶尔藏身树荫。沿着道路到山脚时,月光满地,眼前一片宽广苍

---

①京都市伏见区地名。
②京都市伏见区地名,明智光秀被刺杀之所。
③京都市伏见区东北部地名。

白的山野。弥平次暗道,这下危险了。但还是决然领着众人暴露在月光下。

突然,身旁传来一阵呼吼。弥平次清楚看见,约略三十名野武士从对面山坡挥刀冲来。他将疾风之介从肩上放下,对阿良喊道:"快进山,进山!"接着取过阿良帮他拿着的长枪,叫道:"我不要紧,你们快去!"

"可是……弥平次!"阿良以肩支撑着疾风,望向弥平次。

"我让你们走,快走!"弥平次又大吼,凝望着月光照拂下,阿良的面容。有一瞬,他脑海中掠过若干年前,琵琶湖畔月色中,与阿良初见的情形。与那时一样,明月清辉里,阿良静静立着。弥平次想,阿良仿佛不似人间的美丽,至今丝毫未改,在清冷月光下依旧如此迷人。而且也似乎从未长大,真是奇妙的女子啊。

"让你们走,就快走!"

阿良只好扶着疾风迈开脚步。但很快又停下:"弥平次!"

弥平次感觉阿良也正望着自己。他心里只觉无限充实,无限满足。多么可爱的妻子,多么可爱的女儿呀。

"好啦,快走吧!"他朝阿良晃了下枪,转身而去。这时,弥平次的手下已与凶暴的袭击者在山野间四下厮杀开来。弥平次一头杀进去,这才发现对手比想象的要多许多。

顷刻,弥平次刺中一人,又刺中第二个,走出五六间远。当是时,背后呼声又起,袭击者们各处散开。有的跳过田野,有的冲上山脚小道,有的钻入山坡树丛。这些野武士逃窜的身影,在亮如白昼的月色中看得非常真切。

这里剩下的只有弥平次并六名部下。他们的身影投在浸润月光的田野上,仿佛新鲜浓墨般清晰。其余部下似已被杀死,躺在散乱的尸体中。

这时,弥平次注意到靠近山的地方又扬起新的呐喊。这一次不是二三十人的声音。野武士们早已逃散。那定是羽柴军追击明智军的部队。足将这片小山地吞没的大军从山坡上杀将而来。显然是把弥平次一众当成了明智军的败兵。

"你们能逃就逃吧!"弥平次只吩咐了一声,也管不了更多。虽是让他们逃,但已无处可逃。面对这批狂涛般新杀来的袭击大军,弥平次体内又生出敌意。小谷城陷落时,羽柴秀吉的部队肯定也在那可恨的攻击大军中吧。

弥平次心道,不管是谁,都是仇人的同党!他夹枪在腋,匍匐于地,躲避火枪的袭击。

但很快,他又一声大吼,像出膛的枪弹般飞了出去。山坡上最先跑下的一人向后大幅仰倒。又一人被弥平次的长枪刺中,俯伏于地。弥平次拔出枪,退到山野中央。

"来吧!"弥平次咆哮着。几十个武士将他围住。却没有人上前。这时,他看到部队陆续通过对面山脚的小道,并没有理会这边。他觉得自己好像哪里已经受伤。小谷城陷落时应当死去的生命居然延续到今日,但现在,似乎也到了尽头。

阿良已经逃走很长时间。这一段时间的流逝,令弥平次内心安宁。他深知阿良绝不会半途倒下。一瞬间,他眼前浮现出阿良的身影。她一定正拨开繁密的灌木丛,扶着疾风朝前走去。那样清晰,那样鲜明的影子。不知为何,此刻,他心里十分满足。

"浅井大人!"他在心里呼唤时,枪声响了。弥平次感觉肩头火烧般灼痛。他身子微微前倾,踉跄了两三步,枪仍然撑着地面。

"阿良!"尖锐的枪声又响起。弥平次的身体仿佛枯木一般轰然倒地,再也不动了。

三

风不停拂动夏草,自山丘上往下望,琵琶湖湖面好似铺开的青布,波平如镜。

山崎大战后第三天——天正十年六月十五日。阿良与疾风一路餐风饮露，历尽千辛来到这里，途中记忆已不甚清晰。俯望坂本城一片火海。烈焰火舌不时蹿上望楼，白烟随风北去，飘散于琵琶湖西南一带的空中。在疾风之介眼中，一国之城燃起的灰烟，竟然只有这些许。

坂本城陷，毋庸置疑意味着明智一族的覆灭。看不到一面明智家的旗帜，听不见呐喊声，只有城池在湖岸澄澈的空气中静静燃烧。仿佛那火焰也燃得很急。城外必有羽柴大军围了十重二十重。但疾风与阿良立在比叡山余脉的山脊上，却看不见什么。疾风之介坐在草丛里，阿良在她身边站着。

"都撑到这里，已经不要紧啦。都没有伤到要害。"阿良道。她是真心这样想。但疾风并不这样以为。他深知自己为什么能撑到这里。因为当看到琵琶湖湖面的瞬间，他已经无力再挪动一步，这就是明证。仿佛望见加乃横卧在湖底。

他说："我快要死啦，阿良，你快逃吧。"

"你让我逃？"阿良上下打量着疾风。

"逃吧，不要管我，逃吧。"

"你让我把你扔在这里，自己逃走？"阿良仿佛在想着这些话的涵义，缓缓道。忽然醒过神来，很不可思议地笑道："啊，你让我逃？一个人？"

"我快死啦。"疾风又道。

阿良反驳道:"你会活下去的。"

"不,我的性命,只有我自己清楚!"

"为什么不愿意活下去?"

"我并不多想活下去。而且可能也活不下去了。"

他刚说完,阿良慢慢弯下腰,双手捧住疾风的脸,喊道:"疾风。"语气非常安宁,非常认真。

"疾风,你想死么?"

疾风未予作答。

阿良又道:"不想活是么?那,想死,对吧?如果真的想死的话,无论如何都想死的话,那就许你死。然后,我也死。"

"你死什么,傻啊。"疾风道。阿良不理会:"真的,疾风!如果想死就死吧。两个人一起死,也许很快活呢。你再也不用打仗啦,我也再不用到处找你啦。再也不用在战场上乱转啦,两个人安安静静的。"

她的话仿佛冰凉的水,沁入疾风的全身。

他看见阿良宛如孩童天真的大眼睛,正凝望着自己。她的脸上没有凄凉,没有悲哀,是真的认为死也不错的样子。

他长久凝望着这张脸。他知道如果自己死了,她也真的会去死。有没有让她活下去的办法?突然,一种酥麻的震颤遍及他全身。

"你想死么?"他阖目问道。

"嗯。"她答。而后又是无悲无怨,全凭疾风安排的声音,"活着也行,怎么都行。只要是你喜欢的就好。"

风拂动她的长发,略显苍白的脸上,一双眼睛清澈安详。疾风闭着眼睛,什么也看不见。看不到琵琶湖,看不到天空。他眼里只有她那比天空还要深邃的眼眸中的天空,那比湖水还要清澈的眼里投映的湖水,水天一色,空茫无际。

疾风眼中突然流出泪水。眼泪不停涌出来,顺着脸颊,从耳背流到脖颈上。阿良看见问:"怎么啦,你怎么哭了?"

"如果能活下去,就试着活下去吧!"疾风突然睁开眼睛,望着阿良的脸。

疾风激动得说不出话来。再不是对加乃的感情。而是对阿良的汹涌而强烈奔腾的爱意。

活着很好,只有活下去才最珍贵!

八上城高城山麓,赴死的丹波无名武士说过的话,此时又浮上疾风之介的心头,并用力冲击着他的心,将他从死带向生。

"你改主意啦?想活下去啦?你可真没个准儿啊,疾风。"阿良道,"想活下去的话,就活下去吧!疾风活着的话，我也就活着！"

是日午后，琵琶湖湖面到处都卷起小旋风，在冲岛一带激起无数水柱，似要将贝壳都卷起。水雾弥漫。

阿良撑船，载着疾风从冲岛很远的西面驶往北方。有时，小舟如树叶团团打转。驶入无风带的中心时，无论阿良怎么拼命摇橹，船也纹丝不动。旋风卷起的水花一阵一阵像雨水一样从晴朗的空中洒下。

"讨厌，讨厌！"阿良一边骂，一边尽力摇橹。风从东南西北吹来，全无规律。船也随之四处摇荡。阿良望一眼疾风。疾风躺在舱内，一动不动，好像知道在刮风，又好像不知道。阿良见他不动弹，很是担心。因为他说想活下去，那么无论如何都得活下去。

"疾风，好大的风啊。"她说。

疾风虽然浑身仍是一动未动，但开口说话了，语调竟很清晰："摇得动么？"

"摇得动！你不要紧吧？"

"不要紧。"

阿良听他这么说，放心了，又拼命摇橹。无数水柱林立眼前。阿良穿梭其间，划了过去。盛夏郁郁青青的比良山，在水柱间望去，如此鲜明庄重。

"这风刮得好厉害啊。"此时，疾风道。的确，战国的风,也自空中至水面,无情地掀起狂澜,愈来愈烈。

时代正悄无声息地大幅扭转地轴,很快就要从织田信长时代来到丰臣秀吉时代。

2012年11月28日星期三晚一稿

原本:井上靖《战国无赖》角川文库,2009年。

译后记　井上靖的少作

井上靖是与中国缘分很深的日本作家,他最富盛名且为人熟知的小说,大多是中国历史题材,譬如《天平之甍》《楼兰》《敦煌》《苍狼》《孔子》。他对中国史怀有浓厚的兴趣,也有非常深刻的理解。1956年,他加入了新成立的"日本中国文化交流协会",次年十月便随日本作家代表团访问了中国的北京、上海和广州。这是他战后第一次来到中国,中日战争时期他也曾应召入伍,但不久因病退役,也属幸运。1961年6月28日至7月15日,井上靖又以日本作家代表团成员的身份访华,见到了茅盾、老舍、夏衍等人。1963年9、10月间,为纪念鉴真和尚圆寂1200年纪念会及扬州的鉴真纪念馆奠基仪式,井上靖再度访华,此时距离他出版《天平之甍》已过去六年,之后他访问中国有二十多回。当年他读《唐大和尚东征传》,很喜欢"江淮之间,独为化主。兴建佛事,济度群生。其事繁多,不可具载"这样有力的文句,由此创作了《天平之甍》。他曾这样回忆:

对于其他人物，是要一一勾划出他们的性格，再从性格上来解释他的行动的；对于鉴真就没有那样操心的必要。只要把《东征传》所记载的鉴真的行动照写出来，把其中所记的鉴真的话照样地介绍就够了。因为无论什么行动和什么语言，都是出于鉴真个人的性格，而他的性格是可以完全通过信仰来加以证实的。（井上靖《鉴真和上的形象》）

井上靖对佛教也有很深的造诣，曾负责监修《日本古寺巡礼》等丛书。出身京大文学部哲学科美学专攻的他创作历史小说极为谨严，不仅查考大量文献、实地调查，也会就各个具体问题向相关领域的学者求教，并尽可能地想象历史场景的细节，因此读他的作品，常有强烈的临场感。

姜德明在《三见井上靖》一文中，有好几处写到井上靖构思小说时的逸闻。井上创作《孔子》之前，访问过山东、河南、河北一带，他向姜德明、夏衍等人询问中国何时开始用筷子，又问在孔子的时代是否食用大米。第二次见面，他们继续讨论这些问题，小说背景时代的衣食住行、室内陈设，无不关心。有趣的是，他请夏衍为小说里的人物起外号，"我将写到《论语》中提到的四隐士之一，就以中国一种蔬菜名来起外号吧。但是因为人物性格上的需要，得用不新鲜了的蔬菜，中国话又该怎么说呢"。最后定了"蔫姜"，实在是好名字。写小说的人知道，有时起到合适的人名，脑海中模糊构想的形象仿佛突然被吹了一口气般活过来，因此井上靖也说自己很快就要动笔了。果然，《孔子》中虚构了蔫姜这样一个孔门弟子的角色，并通过他的视角来铺陈孔子的人生、思想、死后之事。透过小人物的视角来切入某个著名人物或大时代，是井上靖钟爱的写作手法，这在他早期创作的日本历史小说《战国无赖》中也能见到。

《战国无赖》的舞台是日本战国时代，主人公佐佐疾风之介剑法非凡，品格高尚，以现在的眼光看，未免透着古早武侠小说的脸谱气息，又仿佛早年武士电影里常见的角色，一举一动都有套路，也一定最得故事中美人的喜爱。连井上靖也不太喜欢这部作品，不愿意将其与《风林火山》列入自己创作的"历史小说"范畴。但2012年的夏天，我还是接受了当时在磨铁工作的罗毅发出的译书之约。

我与罗毅相识于2010年，每每放假回京，他就会找我与从周吃饭，最常去小吊梨汤。他在我跟前劝我珍惜从周，背着我也对从周殷殷劝诫，要他爱护眼前人，温和的长者风度。2012年，他为我出版了《燕巢与花事》，这年夏天我回北京，他拿了一册角川文库的《战国无赖》给我，很坚决地说："你必须答应下来。"当时我没有翻译文学作品的经验，正处于换专业的茫然岔路口，对未来有模糊的憧憬，好像有很多事情都可以尝试，战战兢兢又跃跃欲试。犹豫再三，应承了这份工作。那个夏天一直埋头翻译，日记里有一些记录，甚至有从早晨到下午一直工作、饭也不吃的时候，年轻人到底猪突猛进，如今赶论文也没有这样的气力。

这个故事确实不算多么精彩，但依然有不少打动我的地方，琵琶湖、竹生岛、拎着兔子的阿良、卧病的加乃眼中所见的湖上鸟群，多次吸引我徘徊其间、反复斟酌词句。我在京都交到的第一位好朋友香织就是琵琶湖人，那时已和她同游过琵琶湖。她说小时候夏令营去过竹生岛——缥缈湖上遍覆丛林、栖息白鸟、高高石阶通往神殿的小岛，令我向往。

这年11月28日，翻译完成，次年初修改完毕，便交了稿，编辑将书名改作"浪人"，我不赞成翻译时擅自改动原题。所幸此番重版，恢复了原题。当时也想，或许以后有机会翻译井上先生自己更喜欢的作品。

然而事实上，那以后的我离文学越来越远，不曾翻译过文学作品，也不再创作小说。学院生活忙碌无比，遭遇良多，备尝艰辛。2018年6月，重庆出版社的编辑魏雯小姐联系，说要重版此书，这才有回顾从前的机会。尽管很想修改译稿，却始终难得空暇，仅略作改动而已。倒是今年7月，总算独自去了竹生岛。"水鸟栖息在上头呢！神明一点不差，就在这最宽阔的湖上造出那样的礁石呢。"小说里借船家之口这样赞颂过。竹生岛面积仅0.14km，周长两公里，岛上最高峰近200米。从近江今津搭船过去，半小时可以抵达。登上小说中阿良与加乃一起走过的陡峭石阶，至山顶宝严寺，又至观音堂、三重塔，入宝物馆，见到《弘法大师上新请来目录》《法华经序品》、骏河仓印等，收藏颇为可观。据说如今岛上鸬鹚成灾，吃得太多，排泄的粪便也太多，树木难以喘息，植被惨遭破坏。来往小岛的船上播放的短片一直在介绍鸬鹚之害，说要有计划地猎杀部分鸬鹚才行。

在井上靖的年代，中国题材的小说曾经可以获得日本大众真正的热情与喜爱，这样的时代在日本已过去，如井上靖这样的作家也不再有。而我们对日本还怀有关注，依然有不少日本文学、学术作品译介至我国，这是很好的事。原想借重版之机对井上靖的早年创作略加考察，但困于论文及琐务，仅止于漫然随想而已。欲了解某位作家的创作及思想，尽管本人大约不乐意——其早期作品也是不可忽视的资料。读者诸君不妨以鉴赏老电影的心情阅读这部作品，欢迎你们来到井上靖早期的文学世界。

             枕书

       2019年10月19日于北白川畔，秋雨潇潇

附录　井上靖年谱

1907年（明治四十年）
5月6日，出生于北海道上川郡旭川町，父亲井上隼雄，母亲八重，井上靖为二人的长子。
祖父井上洁。井上家是伊豆汤岛的医生世家。母亲八重是家中的长女。父亲隼雄为井上家赘婿。

1908年（明治四十一年）　1岁
父亲井上隼雄出征前往韩国，井上靖同母亲搬至伊豆汤岛。

1909年（明治四十二年）　2岁
因父亲调动工作，迁居至静冈市。

1910年（明治四十三年）　3岁
9月，妹妹出生，和母亲一起搬至汤岛。

1912年(明治四十五年) 5岁
父母离开汤岛,将井上靖交由其户籍上的祖母加乃抚养。加乃是已故的祖父井上洁的小妾,此时已入籍井上家,在法律上是井上靖的祖母,平时独居于仓库中。井上靖与加乃的感情十分深厚。

1914年(大正三年) 7岁
4月,入读汤岛寻常高等小学。

1915年(大正四年) 8岁
9月,曾祖母阿弘去世。

1920年(大正九年) 13岁
1月,祖母加乃去世。2月,来到父亲的任地浜松,和父母一起生活。转学至浜松寻常高等小学。4月,入读浜松师范附属小学高等科。

1921年(大正十年) 14岁
4月,以第一名的成绩考入静冈县立浜松中学,担任班长。同年,父亲前往中国东北工作。

1922年(大正十一年) 15岁
3月,因为父亲被内定为台湾卫戍医院院长,因此寄居于三岛町的姨妈家中。4月,转学至静冈县立沼津中学。

1924年(大正十三年) 17岁
4月,因家人全都去了台湾的父亲身边,所以被托付给三岛的亲戚照顾。夏天,旅行去台北看望父母亲。此时,受老师和友人的影响,开始对诗歌、小说等产生兴趣。

1925年(大正十四年) 18岁
学校发生了学生闹事事件,被认为是带头闹事者之一,被强制搬入了附近的农家,处于老师的监视之下。

1926年(大正十五年·昭和元年) 19岁
2月,在沼津中学《学友会会报》上发表短歌《湿衣》九首。3月,从沼津中学毕业。前往台北的家人身边,但因父亲调任,又搬家至金泽,为高中入学考试做准备。

1927年(昭和二年) 20岁
4月,入读金泽第四高中理科甲类。加入柔道部。同年,征兵检查甲种合格。

1928年(昭和三年) 21岁
5月,应召加入静冈第三四联队,但因为在柔道活动中肋骨骨折,退伍回家。7月,参加在京都举行的柔道高中校际比赛,进入半决赛。8月,拜访住在京都的远亲足立文太郎,初见其长女足立文。从这一时期开始创作诗歌。

1929年(昭和四年) 22岁
2月,在诗歌杂志《日本海诗人》上发表《冬天来临之日》。此后,到1930年年底为止,一直在该杂志上发表诗歌。4月,担任柔道部的队长,但不久便退出了柔道部。5月,加入由福田正夫主办的诗歌杂志《焰》,到1933年5月左右为止,一直在该杂志上发表诗歌。同时还活跃于《高冈新报》《宣言》(内野健儿主办的无产阶级诗歌杂志)、《北冠》等刊物上。

1930年（昭和五年） 23岁
3月,从四高毕业。4月,入读九州帝国大学法文学部英文科,搬至福冈,但是不久就对大学生活失去了兴趣,前往东京,醉心于文学。从9月开始,放弃使用笔名井上泰,改为自己的本名。10月,从九州帝国大学退学。12月,在弘前,与白户郁之助等人一起创刊同人杂志《文学abc》。

1931年（昭和六年） 24岁
3月,父亲在军医监(少将)的职位上退休,在金泽住了一段时间之后,退隐于伊豆汤岛。

1932年（昭和七年） 25岁
1月,杂志《新青年》上征集平林初之辅的未完遗作——侦探小说《谜一般的女人》的续集,以冬木荒之介的笔名参加征集并入选。此后,不断参加《侦探趣味》《SUNDAY每日》等主办的有奖小说征集活动并入选。2月,应召入伍,半个月后退伍。4月,入读京都帝国大学文学部哲学科,但是基本不去听课。从同年夏天开始,诗风发生改变,从分行诗转向散文诗。

1933年（昭和八年） 26岁
9月,以泽木信乃为笔名,小说《三原山晴夫》参加《SUNDAY每日》的"大众文艺"征集活动,被选为优秀作品。11月,《三原山晴夫》被大阪的剧团"享乐列车"改编成剧目并上演。

1934年（昭和九年） 27岁
3月，以泽木信乃为笔名，参与《SUNDAY每日》的"大众文艺"征集活动，小说《初恋物语》当选。4月，以大学在读的身份加入新成立的电影社脚本部，往返于京都和东京之间。

1935年（昭和十年） 28岁
6月，在《新剧坛》创刊号上发表首部戏曲创作《明治之月》。8月，与友人创刊诗歌杂志《圣餐》。10月，以本名参加《SUNDAY每日》的"大众文艺"征集活动，侦探小说《红庄的恶魔们》当选。《明治之月》在新桥舞剧场上演。11月，与足立文结婚。

1936年（昭和十一年） 29岁
3月，从京都帝国大学哲学科毕业。7月，参加《SUNDAY每日》的"长篇大众文艺"征集活动，《流转》当选为历史小说第一名，并获第一届千叶龟雄奖。以此获奖为契机，8月就职于每日新闻大阪总部。在《SUNDAY每日》编辑部工作。10月，长女几世出生。

1937年（昭和十二年） 30岁
6月，成为学艺部直属职员。9月，应召为中日战争候补人员。《流转》被松竹公司拍成电影。被编入名古屋第三师团派往中国北部，11月，患上脚气病，被送进野战预备医院。

1938年（昭和十三年） 31岁
3月，因病提前退伍。4月，回到每日新闻大阪总部学艺部工作。负责宗教栏目。10月，次女加代出生，但不久就夭折了。

1939年（昭和十四年） 32岁
除宗教栏目外，开始同时负责美术栏目。专注于对佛典、佛教美术等相关内容的取材。

1940年（昭和十五年） 33岁
与安西东卫、竹中郁、小野十三郎、伊东静雄、杉山平一等诗人交往。9月，因职务调整，转至文化部工作。12月，长子修一出生。

1942年（昭和十七年）35岁
在出版社工作的同时，还在京都帝国大学研究生院进行研究活动。

1943年（昭和十八年） 36岁
1月，《大阪每日新闻》与《东京日日新闻》合并，成立《每日新闻》。4月，与浦上五六合著的《现代先觉者传》发行，所用笔名为浦井靖六。10月，次子卓也出生。

1945年（昭和二十年） 38岁
1月，成为每日新闻社参事。因为学艺栏被裁掉，4月，调动到社会部工作。岳父足立文太郎去世。5月，三女佳子出生。6月，家人被疏散到鸟取县。每天从大阪茨木出发去上班。8月15日，撰写终战文章《听完玉音广播之后》。12月，将家人托付给妻子娘家足立家照顾。

1946年（昭和二十一年） 39岁
1月，就任大阪总社文化部副部长。再次开始诗歌创作。

1947年（昭和二十二年） 40岁
以井上承也为笔名，参加《人间》第一届新人小说征集活动，9月，小说《斗牛》在当选作品空缺的情况下，入选优秀作品。4月，兼任大阪总社评论员。8月，家人迁居至汤岛。

1948年（昭和二十三年） 41岁
1月，完成小说《猎枪》的创作，参加了《人间》第二届新人小说征集活动，但没有入选。2月，协助竹中郁等人创刊诗歌童话杂志《麒麟》，负责挑选诗歌。4月，任东京总社出版局书籍部副部长，独自一人前往东京，暂居于葛饰区奥户新町妙法寺。

1949年（昭和二十四年） 42岁
10月、12月，接连在《文学界》上发表《猎枪》《斗牛》。

1950年（昭和二十五年） 43岁
2月，《斗牛》获第22届芥川文学奖。3月，就任东京总社出版局代理负责人，专注于创作。4月，在《新潮》上发表短篇小说《漆胡樽》。5月开始在《夕刊新大阪》上连载第一部报刊小说《那个人的名字无法说出》。7月，长篇小说《黯潮》开始在《文艺春秋》上连载。8月，《井上靖诗抄》发表于《日本未来派》。

1951年（昭和二十六年） 44岁
1月，开始在《新潮》上连载长篇小说《白牙》（至5月）。5月，从每日新闻社辞职，成为社友。专心从事文学创作。8月，开始在《SUNDAY每日》上连载《战国无赖》，在《文艺春秋》上发表《玉碗记》。10月，在《新潮》上发表《某伪作家的一生》。

1952年（昭和二十七年） 45岁
1月，开始在《妇人画报》上连载《青衣人》(至同年12月)，7月，开始在《新潮》上连载《黑暗平原》。

1953年（昭和二十八年） 46岁
1月，开始在《ALL读物》上连载《罗汉柏物语》，5月，开始在《周刊朝日》上连载《昨天和明天之间》。7月，在《群像》上发表《异域之人》。10月，开始在《小说新潮》上连载《风林火山》。12月，在《别册文艺春秋》上发表《古德鲁先生的手套》。

1954年（昭和二十九年） 47岁
3月，开始在《朝日新闻》上连载《明日将至之人》，在《群像》上发表《信松尼记》，在《中央公论》上发表《僧行贺之泪》。

1955年（昭和三十年） 48岁
1月，在《文艺春秋》上发表《弃媪》。从昭和29年度下半期（第32届）开始担任芥川奖的选考委员。8月，开始在《别册文艺春秋》上连载《淀殿日记》（后改名为《淀君日记》），开始在《小说新潮》上连载《真田军记》。9月，开始在《每日新闻》上连载《涨潮》。10月，由新潮社出版新著长篇小说《黑蝶》。

1956年（昭和三十一年） 49岁
1月，开始在《新潮》上连载长篇小说《射程》，11月，开始在《朝日新闻》上连载《冰壁》。

1957年（昭和三十二年） 50岁
3月，开始在《中央公论》上连载《天平之甍》。10月，开始在《周刊读卖》上连载《海峡》。正在连载的《冰壁》引起了社会热议,成为畅销书。10月末,开始了首次中国之旅,为期近一个月时间。

1958年（昭和三十三年） 51岁
2月,凭借《天平之甍》获艺术选奖文部大臣奖。3月,在《中央公论》上发表《满月》。5月,在《世界》上发表《幽鬼》。7月,在《文艺春秋》上发表《楼兰》。10月,在《群像》上发表《平蜘蛛釜》。

1959年（昭和三十四年） 52岁
1月,开始在《群像》上连载《敦煌》。2月,凭借《冰壁》等作品获日本艺术院奖。5月,父亲井上隼雄去世。7月,在《声》上发表《洪水》。10月,开始在《文艺春秋》上连载《苍狼》,在《朝日新闻》上连载《漩涡》。

1960年（昭和三十五年） 53岁
1月,开始在《主妇之友》上连载《雪虫》。7月,受每日新闻社派遣前往罗马奥运会采风,周游欧美各国,11月末回国。《敦煌》《楼兰》获每日艺术大奖。

1961年（昭和三十六年） 54岁
1月,与大冈升平就《苍狼》产生论争。在《东京新闻》晚报等连载《悬崖》。6月末开始进行为期约半个月的访华。10月开始在《周刊朝日》上连载《忧愁平野》。12月,《淀君日记》获野间文艺奖。

1962年（昭和三十七年） 55岁
7月,开始在《每日新闻》上连载《城砦》。

1963年（昭和三十八年） 56岁
2月,开始在《妇人公论》上连载《杨贵妃传》,在《ALL读物》上发表《明妃曲》。4月,为创作《风涛》,前往韩国进行为期约一周的采风。6月,在《文艺》上发表《宦者中行说》。8月,开始在《群像》上连载《风涛》。9月末开始,进行为期约一个月的访华。

1964年（昭和三十九年） 57岁
1月,成为日本艺术院会员。2月,《风涛》获读卖文学奖。5月,为创作《海神》,前往美国进行为期约两个月的旅行采风。9月,开始在《产经新闻》上连载《夏草冬涛》。10月,开始在《展望》上连载《后白河院》。

1965年（昭和四十年） 58岁
5月,在苏联境内的中亚地区进行了为期约一个月的旅行。11月,开始在《朝日新闻》上连载《化石》。

1966年（昭和四十一年） 59岁
1月,分别开始在《文艺春秋》上连载《俄罗斯国醉梦谭》,在《世界》上连载《海神(第一部)》,在《太阳》上连载《西域之旅》。

1967年（昭和四十二年） 60岁
6月,开始在《每日新闻》晚报上连载《夜之声》。夏,受夏威夷大学邀请担任夏季研究班讲师,前往夏威夷旅行。诗集《运河》刊行。

1968年（昭和四十三年） 61岁
1月,开始在《SUNDAY每日》上连载《额田女王》。5月,前往苏联进行为期约一个半月的旅行,为《俄罗斯国醉梦谭》采风。10月,《西域物语》开始在《朝日新闻》周日版连载。12月,《北之海》开始在《东京新闻》等刊物连载。

1969年（昭和四十四年） 62岁
1月,分别开始在《世界》上连载《海神（第二部）》,在《太阳》上连载《西域纪行》。4月,就任日本文艺家协会理事长。《俄罗斯国醉梦谭》获新潮日本文学大奖。7月,在《海》上发表《圣者》。8月,在《群像》上发表《月之光》。

1970年（昭和四十五年） 63岁
1月,开始在《日本经济新闻》上连载《榉木》。9月,开始在《读卖新闻》上连载《方形船》。

1971年（昭和四十六年） 64岁
1月,开始在《文艺春秋》上连载美术游记《与美丽邂逅》。3月,前往美国进行约两周的旅行,为《海神》采风。5月,开始在《朝日新闻》上连载《星与祭》。诗集《季节》刊行。

1972年（昭和四十七年） 65岁
9月,开始在《每日新闻》晚报上连载《年幼时光》。由每日新闻社主办的"井上靖文学展"举行。10月,开始在《世界》上连载《海神（第三部）》。新潮社版《井上靖小说全集》(共32卷)开始出版发行。

1973年（昭和四十八年） 66岁
5月,前往阿富汗、伊朗等地进行为期约一个月的旅行。11月,母亲八重去世。沼津骏河平开设井上文学馆。

1974年（昭和四十九年） 67岁
1月，开始在《文艺春秋》上连载游记《亚历山大之道》。开始在《每日新闻》周日版上连载随笔《一期一会》。9月末开始为期约两周的访华。

1975年（昭和五十年） 68岁
5月，作为访华作家代表团团长，在中国进行了为期约20天的旅行。

1976年（昭和五十一年） 69岁
2月，前往欧洲进行为期约一周的旅行。6月，前往韩国进行为期约10天的旅行。11月，获文化勋章。进行为期约两周的访华。诗集《远征路》刊行。

1977年（昭和五十二年） 70岁
3月，用约10天的时间历访埃及、伊拉克等地。8月，进行为期约20天的访华，前往新疆维吾尔自治区。11月，开始在《每日新闻》上连载《流沙》。

1978年（昭和五十三年） 71岁
1月，开始在《文艺春秋》上连载《我的西域纪行》。5月至6月间访华，首次到访敦煌。

1979年（昭和五十四年） 72岁
3月，每日新闻社主办的"敦煌——壁画艺术与井上靖的诗情展"在大丸东京店等地举行。从夏到秋，跟随电影《天平之甍》摄影组、NHK丝绸之路采访组等多次前往中国、西域等地旅行。

1980年（昭和五十五年） 73岁
3月,和平山郁夫一起参观印度尼西亚婆罗浮屠遗址。4月末开始,和NHK丝绸之路采访组一起行走于西域各地。6月,任日中文化交流协会会长。8月,访华。10月,和NHK丝绸之路采访组一起获菊池宽奖。获佛教传道文化奖。

1981年（昭和五十六年） 74岁
1月,开始在《群像》上连载《本觉坊遗文》。4月,开始在《太阳》上连载随笔《站在河岸边》。5月,任日本笔会会长。9月末,在夫人的陪伴下前往中国旅行,为创作《孔子》采风。10月,就任日本近代文学馆名誉馆长。获放送文化奖。

1982年（昭和五十七年） 75岁
5月,《本觉坊遗文》获新潮日本文学大奖。同月末、11月末、12月末到次年初,三次前往中国旅行。出席巴黎日法文化会议。

1983年（昭和五十八年） 76岁
6月(两次)和12月访华。

1984年（昭和五十九年） 77岁
1月至5月,由每日新闻社主办的展览"与美丽邂逅 井上靖 无法忘却的艺术家们"在横滨高岛屋等地举行。5月,作为运营委员长主持国际笔会东京大会。11月,访华。

1985年（昭和六十年） 78岁
1月,获朝日奖。6月,在夫人的陪伴下,和《俄罗斯国醉梦谭》摄影组一起访问苏联。10月,访华。

1986年（昭和六十一年） 79岁
4月,访华,被授予北京大学名誉博士称号。9月,因食道癌在国立癌症中心住院,接受手术治疗。

1987年（昭和六十二年） 80岁
5月,在夫人的陪伴下前往法国,并游历欧洲各地。6月,开始在《新潮》上连载最后的长篇小说《孔子》。10月,访华。

1988年（昭和六十三年） 81岁
5月,前往中国进行为期10天的旅行,访问孔子的家乡曲阜,为创作《孔子》采风。这是他第27次中国之行,也是最后一次。诗集《旁观者》刊行。

1989年（昭和六十四年·平成元年） 82岁
12月,《孔子》获野间文艺奖。

1991年（平成三年）
1月29日,在国立癌症中心去世。2月20日,在青山斋场举行葬礼,戒名:峰云院文华法德日靖居士。